KB219793

등에 불을 지고

등에 불을 지고

김혜빈 장편소설

사계절

차례

1부

광휘로 그날을 설명할 수 있을까.

열병과 공룡 발자국.

기도 끝에 아이를 밴 아버지와 거인을 타고 해협을 건넌 고아 소녀들.

정결을 위해 끓는 물을 뒤집어쓴 승려와 갈비뼈 대신 메탈로폰을 매단 음악가.

그들은 한날한시에 타들어갔다.

우화와 시와 신화, 소설이 불타던 밤에.

책들이 불탔다고 해서 세계가 불탄 것은 아니므로 우리는 여전히 무언가를 읽거나 써야 한다.

이를테면 종이의 육肉에 관한 이야기를.

글자를 씹을 때마다 이 사이로 재가 새어 나온다.

불은 이미 어디선가 났다.

불이 다가오고 있다.

희슬의 메모

1

인쇄소에 문제가 생겼다는 연락을 받은 건 마지막 결혼식이 끝날 즘이었다. 호연은 버진로드가 깔린 중앙 정원으로 시선을 던졌다. 신록이 지는 해를 받아 주홍빛으로 물들고 있었다. 봄볕 아래 동화처럼 꾸며졌던 식장이 느리게 원래의 모습으로 돌아왔다. 전화 속 호수의 목소리만이 평화로운 풍경과 다른 빛깔을 띠었다.

어떡해. 불이 났어, 언니. 아직 아무도 못 빠져나온 것 같아.

그건 호연이 오늘 들은 두 번째 불행한 소식이었다. 짐을 싣던 중이라 트렁크 아래에는 촬영 장비가 가득했다. 호수는 격앙돼 있었다. 울음소리가 휴대폰 밖으로 빠져나와 호연은 볼륨을 줄였다.

아빠도 못 나왔다는 거야?

아빠도, 일하던 삼촌들도 다. 불이 자꾸 번지고 있어.

어떡해. 어떡하면 좋아?

울지 않으려고 노력하는지 호수의 목소리는 결연하기까지 했다. 그러나 불이 났다니. 그럴 리가 없지 않나. 이렇게 고요한데. 이렇게나 따스한 오후인데. 호수가 흐느꼈다. 인쇄소 주위가 너무 뜨겁다고. 근처에 구급차가 잔뜩 왔고, 자기는 현장에서 몇 킬로미터나 떨어져 있는데도 홧홧한 열기가 피부로 느껴진다고.

빨리 와, 언니. 지금 당장 오지 않으면…….

휴대폰 너머에서 무언가 무너지는 소리가 들렸다. 참지 못한 호수가 비명을 질렀다.

너무 뜨거워, 언니. 나도 이렇게 뜨거운데 우리 아빠 어떡해. 우리 아빠 뜨거워서 어떡해!

호수가 겁에 질려 이를 부딪쳤다. 호연은 살면서 그토록 절망이 가득한 음성을 들어본 적이 없었다. 쫓기듯 운전석에 앉은 호연이 차에 시동을 걸었다. 조금 전 결혼식에서 썼던 종이 폭죽이 워커 밑창에 붙어 펄럭였다. 호수의 흐느낌이 차에 연결된 스피커를 통해 전해졌다. 호연은 두서없이 위로했다. 괜찮아. 괜찮을 거야. 아빠잖아. 행운의 사나이. 팔 차선을 맨몸으로 가로질렀는데도 죽지 않고 살아난 남자. 그러니 아빠가 다칠 리 없어. 호수가 말을 끊으며 소리쳤다.

얼른 와! 언니가 와야 해! 아빠가 타고 있어! 아빠가 다 타버리고 있어!

다급한 외침과 함께 전화가 끊겼다. 호연은 땀이 고인 턱을 문질렀다. 다시 전화를 걸었으나 호수는 받지 않았다. 목덜미가 차갑게 식었다. 땅거미가 지기 시작한 도로는 몹시 스산했다. 암녹색 나뭇잎이 떨어져 유리창에 붙은 UN 마크를 뒤덮었다. 언젠가 이런 고요한 도로를 달린 적이 있었다. 이렇게 조용하고 인적 드문 도로를 한참 따라가면 가족끼리 시간을 보내던 마을 밖 공원이 보였다. 오래된 은행나무 아래서 몇 번 안 되는 단란한 가족 소풍을 즐겼었다. 왜 지금 그 순간이 떠오르는 걸까. 호연은 이마를 닦았다. 식은땀 탓인지 히터를 틀었는데도 몸이 서늘했다.

마지막으로 촬영을 마친 야외 결혼식장은 아빠의 인쇄소가 있는 주양시와 차로 십 분 거리였다. 터무니없을 만큼 가까웠지만, 호수의 전화를 받을 때까지만 해도 그를 보겠다는 생각은 하지 않았다. 아빠는 의무감으로 자식들을 만날 바에야 혼자 있겠다는 사람이었다. 무엇이든 혼자서 골몰하고 중요한 일을 독단적으로 처리해버리니 만났다가도 얼마 있지 않아 진저리 쳤을 게 뻔했다. 아빠를 만날 생각조차 하지 않았으니 후회도 들지 않았다. 그저 가슴이 뛰고 입안이 말랐다.

호연은 창문을 끝까지 내렸다. 오늘 촬영한 결혼식은 세 건 모두 야외에서 치러졌다. 삼십 대 부부의 엄숙한 혼례, 질 낮은 농담이 터지던 황혼 결혼식, 눈물로 막을 내린 어린 부부의 예식을 마지막으로 받은 일정이 끝났다. 수많은 푸티지 사이에서 행복한 표정을 골라내려면 시간이 걸릴 테지만, 걱정할 만한 일은 아니었다. 결혼식 촬영 아르바이트는 호연이 방사선과를 졸업하고 찾은 유일하게 돈이 되는 일이었다. 환부를 찍는 것보다 사람을 찍는 편이 더 즐거웠으므로 뒤늦게 영상학과에 다시 입학했으나, 처음의 열정은 금세 흐지부지되어 졸업 작품을 핑계로 한 학기를 남겨둔 채 휴학했다. 그때 학과 선배의 추천으로 하게 된 결혼식 촬영 일이 반년 넘게 호연의 생계를 지켜주었다.

오늘 본 연인들의 얼굴에는 행복과 슬픔 그리고 불안이 비쳤다. 갈팡질팡하는 시선과 솟구치는 눈물, 때로는 적의가 담긴 눈짓이 식장을 오갔다. 불안한 행복을 사실인 것처럼 기록해도 되는지 의문이 든 나머지 정돈된 예식장에 불청객이 난입하기를 바라기도 했다. 겉으로는 결점 하나 없어 보이는 무구한 공간에 수군거림이 가득 차고 흥미로운 소문이 불어난다면 무거운 커튼처럼 내려

앉은 분위기가 순식간에 걷힐 것만 같았다. 하지만 불행은 원한다고 저절로 찾아오는 게 아니었다. 오히려 날갯죽지 사이를 푹 파고드는 권총처럼 알아차리지 못하는 사이 겨눠지는 것이다.

사이렌이 울렸다. 호연은 선잠에서 깨어난 사람처럼 몸을 곧추세웠다. 워커에 붙었던 종이 폭죽이 운전석 바닥으로 떨어졌다. 양복과 드레스, 선서와 축가가 멀어졌다. 등은 식은땀으로 흠뻑 젖어 있었다. 인쇄소가 모여 있는 거리에서 검은 연기가 높게 치솟았고, 구급차들이 줄지어 골목으로 들어섰다. 거리를 통제하는 경찰이 유독가스가 심하니 다른 길로 돌아가라고 했다.

호연은 인쇄소로 갈 수 있는 또 다른 골목으로 들어섰다. 대로와 이어진 넓은 골목보다 폭이 좁고 인적이 드문 곳이었다. 아직 거리를 벗어나지 못한 몇몇 차들이 앞뒤로 보였다. 호연은 검은 연기를 이정표 삼아 인쇄소와의 거리를 좁혔다. 그러나 마음은 골목 반대편으로 달아나고 있었다. 골목의 끝은 새로운 시작과 미래를 축복하는 이들이 없는 곳, 불행이 잠재된 곳이었다. 어디까지 감당할 수 있을까. 어디까지 받아들일 수 있지. 오늘 치의 불운은 오전에 있었던 전화로 충분했다.

이른 아침부터 결혼식장을 오가느라 천안에서 춘천으

로, 춘천에서 연천으로 차를 모는 중이었다. 느닷없는 순간에, 오늘 점심은 뭘 먹을지 고민하며 맑은 하늘을 살피던 때에 대학 동창인 우희슬의 부고가 들려왔다. 전화를 건 사람은 희슬의 엄마였다. 희슬과는 학교를 졸업하고 한 번도 만난 적이 없었지만, 죽은 희슬이 남긴 수첩에 호연의 번호가 적혀 있었다고 했다. 장례식은 주양시에서 열렸다. 희슬이 어째서 주양시에서 장례를 치르게 됐는지는 알지 못했으나 호연은 얼떨결에 조문을 약속했다. 전화를 끊은 뒤로는 말을 처음 배운 사람처럼 우희슬의 이름을 되뇌었다.

우희슬. 우, 희, 슬. 그것은 한동안 들을 일이 없었던 이름, 거의 잊혔던 이름이었다. 한번 떠오르기 시작한 기억은 과거를 연료 삼아 호연을 잠식했다. 갸름한 얼굴과 차가운 미소, 불쾌한 문장으로 가득한 입담, 곧고 흰 발가락이 열기를 타고 밀려왔다. 어째서 죽었는지 궁금했다. 지구상의 모든 인간이 사라져도 끝끝내 살아남을 것 같았는데. 사인을 알고 싶어서라도 일을 마치자마자 장례식장으로 갈 생각이었다.

하지만 아빠가 인쇄소에서 아직 나오지 못한 거라면 일정을 취소해야 할지도 몰랐다. 아픈 가족이 있을 때는 남의 빈소를 찾으면 안 된다는 말을 이전에 들은 적 있었다. 누가 그 말을 해주었는지 떠올리는 동안 차는 불길에 이끌리듯 골목으로 주춤주춤 나아갔다. 열린 창으로 매캐한 연기가 들어왔다. 호연은 숨을 가쁘게 내쉬며 창문을 닫았다. 타는 냄새가 어찌나 강렬한지 머리가 어지러웠다. 속력이 느려진 틈을 타 눈을 느리게 감았다가 떴다. 문상에 입고 갈 옷은 다 정해두었다. 절을 해야 하니 하의는 바지를 입을 예정이었다. 신발은 이전에 사둔 검정 단화면 충분했다. 마음이 희슬의 장례식장으로 향하는 동안에도 차는 계속 나아갔다. 누군가가 울면서 거리를 뛰어다녔다. 화상 환자가 나오는 영화와 다큐멘터리, 인터넷을 떠도는 전쟁 피해자들의 사진이 머릿속에서 뒤섞였다. 몇 번의 재건 수술에도 불구하고 그들의 수축된 피부는 원래대로 돌아오지 않았다. 아빠도 그렇게 된다고 생각하니 무서워졌다. 아니, 그 전에 수술은 할 수 있는 상태일까? 차라리 죽는 게 나은 모습으로 살아남는다면 어떻게 해야 하지?

골목을 돌자 화마가 조금씩 모습을 드러냈다. 호연은 어지럼증을 느끼고 차를 정차했다. 아직 뒤따라오는 차는 없었다. 눈을 감고 헤드레스트에 머리를 기대자 차 안에 남은 탄내가 희미하게 느껴졌다. 어서 가야 했다. 가서 호수를 안아주고 어떻게 된 일인지 알아내야 했다. 호연은 핸들을 쥐었다. 머릿속에서 아빠는 더없이 끔찍한 모습이 되어가고 있었다. 생각을 멈추려고 할수록 탄내가, 뜨거운 열기가 느껴졌다. 뒤에서 다른 차의 엔진 소리가 들렸다. 동시에 낯선 기척이 느껴졌다. 전진 기어를 넣은 호연은 조수석으로 고개를 돌렸다. 그곳에는 온몸이 불길에 휩싸인 남자가 앉아 있었다. 전신이 새카맣게 타 팔다리가 검은 장작처럼 보였다. 너무도 선명한 백일몽. 마치 손을 뻗으면 닿을 것 같았다. 남자가 말했다.

호연아.

아빠의 음성이었다. 차가 조금씩 전진했다. 그의 갈라진 피부 틈으로 불씨가 점멸했다. 몸에서 뿜어져 나오는 열기 때문에 센터페시아가 방울방울 녹아내렸다. 불투명한 액체가 기어 위로 떨어졌다. 호연이 그를 불렀다.

아빠?

새카만 입술이 벌어지며 입안에서 불길을 머금은 혀가 움직였다. 그가 말했다.

집으로 돌아가. 다 타버리기 전에.

뒤차가 경적을 울렸다. 호연은 브레이크를 밟았다. 앞차와 아슬아슬한 간격을 두고 차가 급정거했다. 다시 고개를 돌리니 조수석은 텅 비어 있었다. 녹아내렸던 센터페시아 역시 멀쩡했다. 호연은 차를 갓길에 세우고 안전

띠를 풀었다. 뒤따라오던 차가 창문을 열고 뭐라고 소리쳤다. 도망치듯 차 밖으로 나오니 유독한 연기가 코끝을 찔렀다. 호연은 허상에서 멀어지기 위해 사람들이 있는 곳으로 달려갔다.

불이 난 인쇄소를 중심으로 구경꾼들이 둥글게 모여 있었다. 현장으로 가까이 가지 못하게 경찰들이 주위를 통제했다. 불길이 치솟는 슬레이트 지붕 위로 굵은 물줄기가 뿌려졌다. 호연은 숨을 헐떡였다. 눈에 익은 건물이었다. 십여 년 동안 같은 자리를 지켜왔던 녹우 인쇄소가 불에 타고 있었다. 새빨간 불길이 너울대는 사이 한 사람이 구급차로 이송됐다. 호연은 홀린 듯 그쪽으로 다가갔다. 구급차의 열린 문 너머로 새카만 손을 본 것 같았다. 누군가가 호연을 붙잡았다. 돌아보니 호수였다. 땀과 재로 하얀 얼굴이 젖어 있었다.

언니, 아빠를 찾았어. 구하러 가야 해.

호수가 손을 떨었다. 동공이 크게 확장돼 있었다. 구급차에 타 있던 응급구조사들이 호수를 향해 뭐라고 소리쳤다. 호수는 반응하지 않고 불타는 인쇄소 쪽으로 호연을 끌고 갔다. 보다 못한 응급구조사 한 명이 달려왔다. 그는 급한 상황이라고, 당장 병원으로 출발해야 한다고 소리쳤다. 호수는 그의 말이 들리지 않는 사람처럼 인쇄소를 향해 걸었다. 뺨에 열기가 느껴질 정도로 불길이 가까워졌다. 소방관이 더 다가가면 안 된다고 경고했다. 호수는 인쇄소 정문이 보이는 곳에 도착하자 멈춰 섰다.

봐. 아빠가 아직 저 안에 있어.

호수가 불길에 깨진 유리문을 가리켰다. 그러나 문 너머는 텅 비어 있었다. 호수는 저곳에 아빠가 있다고, 실오라기 하나 걸치지 않은 나신이라고 했다. 누군가를 들이받을 듯 상체를 낮게 숙이고, 어금니가 보일 만큼 입을 크게 벌리고 있다고. 손끝은 갈고리 모양으로 구부리고, 두 팔은 머리 위로 높게 쳐들어 꼭 누군가를 위협하는 것 같다고.

인쇄소 내부에서 작은 폭발음이 들렸다. 구급대원들이 호수를 뒤로 대피시켰다. 불길은 이제 옆 인쇄소로까지 뻗어나가고 있었다. 바람에 연기가 걷히며 짧은 순간 문 너머가 드러났다. 역시 아무도 없었다. 호연이 곁에 선 창백한 손을 잡아당겼다.

가자. 일단 가야 해.

분명 유독한 증기를 마신 탓이었다. 호연은 동생의 상태가 걱정됐다. 안 그래도 온갖 미신을 잘 믿는 아이였다. 운동과 관련한 학과에 진학해 현실에 발을 붙인 것도 잠시, 요가 강사가 된 지금은 명상의 세계에 빠져 헤어나오지 못했다. 호수는 비우지 않고 오직 채우기 위해 명상했다. 현실을 피해 달아나려고 몽상과 기도를 이용하기도 했다. 엄마가 돌아가신 뒤부터 오랜 세월 불안에 시달린 아이에게 또 이런 끔찍한 일이 일어나다니.

호수의 상태가 안 좋아 보일수록 호연은 정신을 붙들려고 노력했다. 호연은 응급구조사 쪽으로 호수를 밀쳤다. 호수가 눈앞의 불과 증기에 더 이상 미혹되지 않도록. 구급차로 가기 전, 호연은 마지막으로 인쇄소가 있는 곳을 확인했다. 일렁이는 열기 너머로 사람의 형체가 언뜻 비쳤다. 아주 짧은 순간이지만 헐벗은 아빠를 본 것만 같았다. 그는 연기가 잠시 흩어진 틈을 타 나타났다가 사라졌다. 인쇄소 안이 다시 검은 연기로 메워졌다. 호연이 읊조렸다. 착각이야. 현혹되지 마. 너까지 그러면 안 돼. 그러면서도 호연은 가까이 있는 소방관에게 반복해 물었다.

인쇄소에 남은 사상자는 정말 없는 거죠?

지금으로선 없습니다. 불길이 잡히는 대로 건물 뒤쪽부터 다시 확인할 겁니다.

호연은 애매하게나마 확답을 받고 나서야 구급차에 올라탔다. 검은 연기와 요란한 사이렌 소리가 멀어졌다. 단백질이 타들어가는 역겨운 냄새가 호연을 현실로 끌어당겼다. 눈앞에는 검게 탄 남자가 누워 있었다. 구조사가 이송된 환자의 신원을 확인했다.

호연은 아빠의 이름과 나이, 평소 가지고 있던 질환 들을 말하면서도 침상에 누운 남자가 정말 아빠인가 거듭 생각했다. 남자의 머리는 불에 타 머리카락 하나 남아 있지 않았다. 삽관된 호흡기를 통해 어렵게 숨을 쉬었고, 피부가 검게 변할 정도로 화상이 심해 얼굴과 상체에는 축축한 거즈가 가득했다. 위아래로 움직이는 가슴이 아니었다면 그를 살아 있는 사람이라고는 생각할 수 없었을 것이다.

의학적인 지식이 없는 호연으로서도 남자가 치명상을 입었다는 사실을 알 수 있었다. 그의 모습에서 아빠와 닮은 점을 찾기 어려웠다. 아무리 거즈에 가려져 있다고 할지라도, 이목구비가 불에 타 뭉그러졌다고 해도 조금은 익숙해야 하는 것 아닌가? 수십 년 동안 마주한 사람을 단번에 알아보지 못할 리가 없었다. 한번 아빠가 아니라고 생각하자 점차 불안해졌다. 호연은 결국 구조사의 소매를 붙잡았다.

이 사람, 정말 저희 아빠가 맞나요?

구조사가 호수를 힐긋거렸다. 호수는 여전히 넋을 잃은 채였다. 구조사가 미처 불에 타지 않은 남자의 바지를 가리켰다.

오늘 아버지가 입으신 옷이라고 이미 확인받았습니다.

호연은 남자가 입은 바지를 살폈다. 통이 넓은 베이지색 면바지는 확실히 눈에 익었다. 하지만 이런 바지야 이 나이대 남자라면 누구라도 가지고 있을 만한 디자인이었다. 그러나 바지 아래, 반쯤 불에 타 덜렁거리는 가죽신만은 호연도 모른 척할 수 없었다. 남아 있는 신발 앞코에 브이 자 모양의 긁힌 자국이 선명했다. 언젠가 호수와 같이 돈을 모아 아빠에게 사준 새 신이었다. 고맙다는 말도 없이 신고 다니더니, 얼마 되지 않아 앞코에 스크래치가 생겼다고 연락이 왔다. 혼자서 가죽에 난 상처를 지워보려다가 실패한 모양이었다. 수선 업체에 맡겨주겠다고 하자 가격을 알아보고는 됐다고 거절했다. 평소 아빠가 무슨 생각을 하는지 알 수 없었으나 그날은 달랐다. 그래서 잊을 수 없었다. 그의 신을, 신 위로 난 흉터를.

호연은 낯설게 느껴졌던 남자의 이목구비를 다시 살폈다. 거즈 사이로 굵은 눈썹뼈가 툭 튀어나와 있었다. 뻥 뚫린 뺨으로 두 개의 금니가 드러났다. 길쭉한 귀는 불에 녹아 머리에 달라붙었다. 감정하듯 살펴볼수록 몸에 전율이 일었다. 보면 볼수록 그는 정말 아빠가 되었다. 호연은 어리둥절했다. 아빠가 아니었던 것이 갑자기 아빠가 돼 피를 흘리고, 진물을 내뱉고 있다니. 믿느냐, 믿지 않느냐를 기준으로 그를 보는 시각이 이토록 순식간에 달라지다니. 착각이 아니었다. 아빠는 정말로 죽어가고 있었다.

구급차가 멈췄다. 응급구조사들이 침상을 끌고 병원으로 달려갔다. 호수는 아빠를 쫓아 뛰었다. 호연만이 덩그러니 남아 자동문에 새겨진 병원 이름을 확인했다. 오늘 오전에 분명히 이 병원의 이름을 들었었다.

호연은 응급실의 서쪽을 보았다. 그곳에 장례식장 전용 출입구가 있었다. 선동대학병원 장례식장, 그곳은 우희슬의 장례가 치러지고 있는 곳이었다.

2

기수라는 일이 이렇게 될 것을 알았다.

그것은 정해진 일. 인력으로는 쉬이 바꿀 수 없는 일이었다.

오후 다섯 시 사십 분. 녹우 인쇄소에서 시작된 불길은 근처 인쇄소 두 채를 더 태우고 정확히 여덟 시간 만에 진화됐다. 소방서 추산 약 이억 사천만 원의 재산 피해를 남긴 불길은 녹우 인쇄소에서만 총 여덟 명의 사상자를 냈다.

이 사고로 녹우 인쇄소에서 일하던 인쇄 기장 두 명이 질식사로 숨졌고, 때마침 놀러 온 옆집 인쇄소 근로자들 역시 크고 작은 상해를 입었다. 살아남은 사람 중 대표인 배진택의 상태가 가장 심각했는데, 기도가 대부분 녹아내려 자가 호흡이 불가능했을 뿐 아니라 전신에 깊은 화상을 입어 중환자실에서 사경을 헤매고 있었다.

녹우 인쇄소 관련자 중 아무 피해 없이 목숨을 부지한 사람은 한 명이었다. 출력 일을 담당했던 기수라, 그만이 살아남았다.

기수라는 어제 오후 불길이 시작되기도 전에 인쇄소 뒤쪽 창고로 숨어들었다. 내벽을 보수하기 전까지 출입하지 말라는 배진택의 경고가 있었기에 평소 근로자들은 얼씬도 하지 않는 곳이었다. 작년 겨울에 외벽을 뚫고 증축한 창고라 무너지지 않을까 싶을 정도로 벽이 흔들렸다. 거기다 인쇄소 건물 밖으로 몸체가 튀어나와 있어 요즘 같은 봄에도 숨을 쉴 수 없을 정도로 내부 기온이 올라갔다.

기수라로서도 창고에 이렇게 오래 머문 것은 처음이었

다. 창문이 나 있었지만, 환기를 제때 하지 않아 벽에 곰
팡이가 가득했다. 숨을 쉴 때마다 텁텁한 냄새가 올라와
그는 몸을 더욱 웅크리고 휴대폰을 살폈다. 이미 몇 시
간 전부터 2ing1이 올린 게시글을 모두 확인했지만, 아직
SNS 앱을 종료할 수는 없었다. 운이 좋으면 그가 올린 사
진을 실시간으로 볼 수도 있을 것이다. 기수라는 2ing1이
적은 문장 하나, 단어 한 토막도 놓치고 싶지 않았다. 그
의 하루를 알 수 있다면 어떤 불편도 감수할 수 있었다.

거기다 오늘은 특별한 날이었다. 2ing1이 그동안 발표
했던 단편소설을 엮은 첫 번째 소설집이 이곳에서 곧 인
쇄를 마칠 예정이었다. 기수라는 그가 쓴 단편 중 이 년
전 여름에 발표한 「부름」을 가장 좋아했다. 그 작품이야
말로 2ing1이 표현하고자 하는 세계의 정수였다. 창고 밖
에서 사람들의 발소리와 재단기의 소음, 표지가 삽지되
는 소리가 어지럽게 엉켰다. 기수라는 2ing1의 계정에 메
시지를 보낼 준비를 했다. 이미 있던 계정은 차단당해 오
늘 아침에 새로 계정을 만들었다. 물론 번거로운 일이었
으나 자신이 이렇게까지 하는 이유를 그가 알아주기만
한다면, 그간의 수고는 모두 보상될 것이다.

기수라는 턱을 무릎에 대고 잠자코 때가 오기를 기다
렸다. 눈을 감고 상상하자 바깥에서 들리는 기계음이 모

두 구분되는 것 같았다. 본문이 접지되고, 끈적이는 풀이 발리고, 판형에 맞춰 책이 재단되는 소리가 차례차례 이어졌다. 책날개까지 접힌 2ing1의 책들은 이제 제본실에서 스무 권 단위로 묶여 포장될 것이다. 그리고 자신들을 이송해줄 트럭을 기다리며 인쇄소 입구 앞에 차곡차곡 쌓이겠지. 기수라는 당장이라도 밖으로 나가 그의 책이 완성되는 순간을 직접 목격하고 싶었지만, 인내심 있게 자리를 지켰다. 지금은 사사로운 감정에 휩쓸려서는 안 됐다. 더 중요한 일이 곧 이뤄질 것이고, 그 일은 어쩌면 「부름」을 읽었던 날부터 예견된 미래였다.

기수라는 잠자코 기다렸다. 때가 오기만을. 얼마 지나지 않아 문 너머에서 사람들이 하나둘 고함을 질렀다. 시작됐구나. 기수라는 미소를 머금었다. 작업자들은 하나같이 불과 신고라는 단어를 앵무새처럼 반복했다. 창고 문을 열지 않아도 인쇄소에서 퍼져나가고 있을 뜨거운 불길이 상상됐다. 기수라는 들뜬 얼굴로 2ing1에게 메시지를 보냈다.

— 시작됐어요. 정말이에요.

고대하던 답장은 이번에도 없었다. 기수라는 웃으며 창 너머로 저물어가는 하늘을 보았다. 2ing1이 불러온 불길이 이곳 창고까지 어서 미치기를 바랐다. 창고에는 인쇄에 필요한 화학약품들이 잔뜩 쌓여 있었다. 불길이 붙는 순간 큰 폭발로 이어질 것이다. 이번 사건이 언론에 크게 보도될수록 2ing1에게는 이득이었다. 그를 사랑하는 사람들은 더 늘어날 거고, 그를 몰랐던 사람들도 2ing1을 알게 될 것이다. 시간이 지날수록 비명과 애원이 줄어드는 반면 유독한 증기는 늘어났다. 불길이 충분히 인쇄소에 퍼질 때쯤 기수라는 창고 문 앞으로 다가갔다. 문을 여는 순간 불길은 더 쉽게 창고 안으로 유입될 것이다. 약품에 불이 닿아 더욱 큰 폭발로 이어지면 오늘 할 일은 끝이었다.

기수라는 문고리를 힘차게 돌렸다. 그러나 기대하던 일은 일어나지 않았다. 꿈쩍하지 않는 문을 힘겹게 밀어내자 비좁은 문틈으로 무너진 철제 선반이 보였다. 계획에 없던 일이었다. 사이렌 소리가 요란하게 이어졌다. 얼마 있지 않아 물줄기가 빈약한 지붕을 두드렸다. 몇 분간 진화가 계속되었지만, 다행히 불길은 생각했던 것 이상으로 집요했고 진화하면 할수록 더 먼 곳으로 뻗어갔다.

기수라는 불길을 응원했다. 더 어둡고, 더 깊은 곳으로 나아가라. 안 될 것 없잖아. 여태 계속해온 것처럼 자비를 빌던 사람들을 무너뜨려. 태울 수 있는 것들을 모두 잿더미로 만들어. 하지만 어느새 인쇄소 내부로까지 물줄기가 들이닥쳤다. 수그러들지 않을 것 같던 불길이 주춤했다. 기수라는 조급해졌다. 무언가를 해야 했다. 이대로 불이 허무하게 꺼지기 전에. 무엇이든, 누구든 저 안으로 던져져야 했다. 그러기 위해서는 문을 밀어야 했다. 2ing1을 위해서라면 아무리 무거운 문도 열 수 있었다.

하지만 주먹만큼 열린 문틈으로 뜨거운 열기가 비집고 들어왔을 때, 기수라는 질겁하며 뒤쪽으로 물러섰다. 본능적인 움직임이었다. 조금 전과는 비교할 수 없는 탄내가 창고 안을 메웠다. 다급히 문을 닫았지만, 이미 들어온 유독한 증기로 숨이 쉬어지지 않았다. 낯선 목소리가 들려왔다. 기수라는 창밖을 확인했다. 소방관들이 건물 뒤쪽을 살피고 있었다. 손전등 불빛이 창고 안을 비췄다. 방화복을 입은 남자가 잠긴 창문을 깨고 상체를 내밀었다. 기수라는 쉰 목소리로 물었다.

불은 어떻게 됐죠?

곧 잡힐 거예요. 어서 나가셔야 해요.

그럴 리가 없는데…… 그 불이 그렇게 쉽게 꺼질 불이 아니거든요.

소방관은 기수라를 억지로 끌어냈다. 기수라는 의아했다. 「부름」의 여파가 이렇게 작을 리 없었다. 끌려가면서도 기수라는 인쇄소 정문을 연신 살폈다. 불길은 미약하지만 아직 남아 있었다.

기수라는 소방관을 밀치고 인쇄소 안으로 뛰어 들어갔다. 뒤에서 다급한 외침이 들렸다. 기수라는 가장 먼저 재단기 아래쪽을 살폈다. 그곳에 타지 않은 2ing1의 책이 놓여 있었다. 기수라는 그중 한 권을 품에 안았다. 뒤따라온 소방관들이 그를 억지로 끌어냈다. 기수라는 구급차에 올라타 겉옷에 감춘 책을 살폈다. 책의 갈라진 틈으로 불씨가 점멸했다. 2ing1이 불러온 야성이 드디어 눈을 떴다. 지금부터가 시작이었다.

기수라는 휴대폰을 들었다. 이 순간 2ing1에게 축하를 건넬 사람은 자신뿐이었다.

3

사람이 죽으면 상복을 입어야 한다고 생각한 최초의 인류는 누구였을까?

이모경은 그의 얼굴이 진심으로 궁금했다.

흐르는 침을 문질러 닦은 옷, 누군가를 때려눕히느라 흙바닥을 나뒹군 옷, 피와 내장이 튄 상의나 사랑을 나누기 위해 벗어 던졌던 아랫도리를 입고서는 죽은 사람을 떠나보낼 수는 없을 거라고 믿은 거다. 사람이 죽으면 길든 짧든, 흰색이든 검은색이든, 최대한 빳빳하고 새것인 옷을 입어야 한다고.

하지만 그런 차림은 진정성이 좀 부족하지 않나. 사랑하는 사람의 죽음을 슬퍼하러 가는 길에 입기에는 지나치게 산뜻하지 않은가. 삶에 찌든 옷차림 그대로 경황없이 달려와 목 놓아 우는 게 진짜 예의인 거 같은데. 옷을 갈아입을 정신도 없이, 혹여 갈아입었다 할지라도 위아래 짝이 맞지 않고 미처 세수도 하지 못한 듯 보이는 맨얼굴로 우는 게 진짜 상喪을 치르는 태도 아닌가.

그렇게 생각하면서도 이모경은 상복을 입었다. 다른 사람도 아닌 딸의 상이었으니까. 자식이 죽으면 부모는 악을 지르듯 울 수밖에 없다는데 이모경은 이상하게 울음이 나오지 않았다. 그저 가만히 바닥에 앉아 있었다. 가족과 회사 동료 몇이 오간 뒤로 빈소에는 더 이상 드나드는 사람이 없었다. 텅 빈 방을 지키는 동안 내장이며, 마음이며 하는 것들이 쑥 밑으로 꺼져 이모경을 끌어당겼다. 말이 빨래 더미처럼 쌓였는데 속 시원히 털어낼 한마디가 없었다. 머릿속에 떠도는 단어는 하나였다.

왜?

이모경은 이십 년 전 남편과 이혼한 뒤로 딸이 부족하

다고 느끼지 않도록 매사 최선을 다했다. 아이가 사고를 치고 다녀도, 괴상한 소문에 휩싸여 도망치듯 대학을 그만뒀을 때도 다 이해했다. 몇 년 전 돌연 잠적했을 때도, 어렵게 다시 연락이 닿아 딸의 세 평도 안 되는 자취방을 오갔을 때도 그 아이를 미워한 적이 없었다. 이모경을 괴롭게 한 건 딸의 부재뿐이었다. 삶이 바빠 다른 엄마들만큼 챙겨주지는 못했어도 매달 두 번은 자취방을 치워주고 새 반찬을 넣어주었다. 어딘가 음울하고 괴팍한 딸의 성격도 사랑했다. 무엇보다 아이의 얼굴, 젊은 시절 아름답기로 유명했던 자신을 쏙 빼닮은 그 얼굴을 볼 때면 모질게 굴 수가 없었다. 서른두 살이 되도록 제대로 된 직업 하나 찾지 못하고 아르바이트를 전전하는 아이에게 현실을 보라는 말도 꺼낼 수가 없었다. 그런데 왜? 왜 그 아이는 돌이킬 수 없는 선택을 내린 걸까?

이모경이 알기로 딸은 글 쓰는 걸 좋아했다. 평소에도 온갖 수첩에 이모경으로서는 알 수 없는 글들을 휘갈겨 썼다. 하지만 아이가 머물던 자취방에는 딱 한 권의 수첩만이 남아 있었다. 그것조차 방을 뒤진 끝에 어렵게 찾아냈다. 이모경은 다른 수첩들이 필요했다. 딸이 남긴 조각들을 잇기 위해서라도. 이 이해할 수 없는 죽음의 실마리를 찾기 위해서라도.

그래서 이모경은 계속 기다렸다. 딸에 대해 한마디라도 더 건네줄 수 있는 사람과 만나려고. 오늘 오전 이모경이 연락한 사람은 둘이었다. 한 명은 딸의 수첩에 적힌 친구였고, 다른 한 명은 오래전부터 이모경의 휴대폰에 저장돼 있었으나 먼저 연락할 일은 없을 거라고 믿은 사람이었다. 둘 중 누구라도 좋았다. 누구라도 좋으니 와라. 하지만 복도는 고요했다. 이모경은 유기영의 연락처를 다시 확인했다. 수첩에 적힌 친구는 전화를 받아주었지만, 유기영은 아니었다. 그는 거듭 문자를 보내도 답장한 번 없었다. 가끔은 기다리는 것만이 방법이라는 걸 알면서도 마음이 조마조마했다. 이대로 딸의 모든 게 쓸려갈 것 같았다.

이모경은 몇 번이고 읽었던 수첩을 다시 펼쳤다. 첫 장에 2ing1이란 글자가 크게 적혀 있었다. 그 밑에 휘갈겨써진 문장은 이러했다.

두 개의 불행이 같은 날…….

4

두 개의 불행이 같은 날 일어날 확률은 과연 얼마나 되는 걸까?

호연은 궁금했다. 세상에 아무리 우연이라는 단어로 설명되지 않는 사건이 많다고 해도 각 사건이 지닌 복잡한 내막을 파고들어 가다 보면 어떤 일이든 징조가 보이기 마련이다. 하지만 불행한 사건이 연이어 일어났을 때는 조짐을 찾기가 어렵다. 사건이 일어난 원인에 매달리기보다 두 사건의 결과를 비교하게 되기 때문이다.

배진택과 우희슬 모두 살아가는 동안 나름 가슴 아픈 일을 겪었다. 누군가는 그들이 살아온 삶의 궤적을 쫓아가다가 믿기 어려운 진실과 맞닥뜨리고 눈물을 훔칠 수도 있다. 그러나 배진택이 전신 화상을 입고 중환자실에 누워 온몸에 긴 관을 꽂게 된 일과 우희슬의 요절 중 무엇이 더 불행한 일인지는 명쾌하지 않았다. 한쪽은 이제 손쓸 수 없이 깔끔하게 끝이 난 반면, 다른 한쪽은 여전히 살아날 가능성이 실낱같이 존재했다. 그런 점에 있어서 배진택이 조금 더 불행하다고 생각하는 사람도 있을 것이다. 그는 화상으로 인해 체표면적의 대부분을 잃었고, 신장과 간은 합병증으로 인해 문드러지고 있었다. 단순히 목숨이 붙어 있다는 이유만으로 그가 우희슬보다 더 행복하다고 판단하는 사람도 물론 있겠지만. 삶이란 결국 보는 관점에 따라 몇 번이고 새롭게 해석될 수 있는 것이니까.

휴전의 상징으로서 비무장지대 안쪽에 자리하게 된 유일한 민간인 마을, 녹우리에서 태어난 배진택은 부모를 따라 어린 시절부터 농사를 지었다. 그런 그가 정확히 어느 시점에 인쇄 기술을 배우게 됐는지, 또 주양시의 인쇄소 골목에 자리 잡기까지 어떤 고생을 했는지는 아무도 알지 못했다. 하지만 자정이 넘으면 통행이 금지되는 녹우리에서의 삶이 배진택에게 큰 영향을 미쳤음은 분명했다. 국민학교 시절 그가 교실에서 보던 풍경은 새파란 하늘이 아닌 창문을 막고 있는 벽돌과 그 틈으로 들이치던 실낱같은 빛뿐이었다. 실향민인 부모가 맑은 날일수록 잘 보이는 건너편 땅을 그리워하는 것과 반대로 그는 인공기가 나부끼는 북녘땅을 아무런 감흥 없이 응시했다.

아버지를 도와 땅을 솎아내고 퇴비의 가스를 빼는 동안 배진택의 머릿속에서는 이 고요하고 아름다운 마을 바깥에서 살아보고 싶다는 생각이 꿈틀거렸다. 그렇다고 고향과 아예 연을 끊는 것은 두려웠다. 그는 녹우리가 자리한 주양시의 다른 동네에서 살아가는 자신을 남몰래 상상했다. 마을 바깥에서 중학교와 고등학교를 졸업하면서 배진택은 녹우리 바깥이 어떻게 돌아가는지 조금 더 알게 됐다.

그는 농사일 대신 기술을 배우러 여기저기를 떠돌던 중 주양시에 막 생기기 시작한 인쇄소 한 곳에 취직했다. 농사일을 도우며 틈틈이 읽어온 책들이 그의 방 한구석을 채우고 있었다. 작가가 되는 일은 운과 재능이 따라야 한다고 믿었기에 글을 쓸 생각은 하지 않았다. 다만 쌀을 도정하거나 쇠를 자르고 붙이는 일보다 책을 만지는 편이 더 재밌게 느껴졌다. 밥벌이의 설움을 느끼면서도 막 완성된 책을 두 손으로 쥘 때만큼은 웃음이 나올 만큼 뿌듯했다. 일이 아무리 고될지라도 바깥이, 삼교대 근무로 종종 맞는 점호 없는 밤이 편안했다. 그럴 때마다 올해가 녹우리에 머무는 마지막이라고 다짐하다가도, 고향을 실제로 떠나기까지는 긴 시간이 걸렸다. 동네에서 같이 자란 또래 여자와 아이 둘을 낳을 때까지 고향 땅에 발붙여 살다가 돌연 녹우리 바깥으로 나갈 계획을 세웠다. 지금 버는 돈으로는 아내와 자라나는 아이들을 먹여 살릴 수 없어서였다. 돈과 관련된 이유라면 충분히 고향을 떠날 만했다.

　하지만 막상 마을을 나오려고 하자 아내가 저수지에 빠져 죽었다. 타살 혐의는 없었다. 아내가 자신의 발로 직접 저수지에 들어갔단 사실이 일주일도 지나지 않아 밝혀졌다. 그즈음 딸들은 타지에서 고등학교에 다니며 인생의 새 막을 열고 있었다. 맏딸은 원하는 학과에 진학하기 위해 교육청에서 받을 수 있는 입시 지원 사업을 모조리 찾아냈고, 후에 대학생이 되어서도 충실하게 장학금을 받아왔다. 엄마가 죽고 나서 방황했던 둘째 딸도 첫째의 도움 아래 대학교에 무사히 진학했다. 배진택이 돈을 버는 이유는 오로지 가족을 위해서였지만, 자식들은 그가 녹우리 밖으로 나갈 만한 어떤 짐도 지우지 않았다. 오히려 그가 무리하다가 빚을 질 것을 두려워했다. 학생 신분인 딸들은 비교적 자유로이 고향 안팎을 오갔고, 그 사이 몸만은 누구보다도 먼저 녹우리에서 멀어진 첫째와 달리 둘째는 고향을 떠나려고 하지 않았다.

나는 여기서 사는 게 너무 좋아, 아빠. 정말 나가고 싶으면 아빠만 가. 나는 우리 집을 지키고 싶어.

둘째는 절절히 고백했다. 결국 밖으로 나갈 명분을 잃은 배진택은 가족 때문이라는 변명을 벗어던질 수밖에 없었다. 그는 마침내 자기의 욕망, 고향을 떠나 자유롭게 살아보겠다는 마음을 좇기 시작했다. 녹우리의 온갖 혜택을 버리고 바깥으로 빠져나온 배진택은 대출을 끌어다가 인쇄소를 차렸다. 그는 몇 년 뒤 종이로 무언가를 읽는 대신 컴퓨터와 노트북, 스마트폰을 즐기는 사람들이 늘어났다는 사실을 몸소 겪고 또 한 번 좌절했다. 몰아치는 부도 위기를 견디다가 어느 날 모든 걸 포기하고 팔 차선 도로를 몇 번이고 가로질렀지만, 죽지 않고 살아남았다. 배진택은 먼 훗날 내게 그런 날들도 있었다고, 다 커버린 딸들 앞에서 술잔을 기울이며 쓸쓸하게 고백했다.

그것이 호연이 알고 있는 배진택의 삶이었다. 늦게나마 삶을 바꿔보려고 했지만 그조차 어려웠던 사람. 범상한 불행만을 겪는 게 마땅했던 사람. 그게 호연이 생각하는 아빠였다. 그렇다면 우희슬은 어떤가. 아빠의 과거가 추측과 연민, 자기 고백으로 가득한 것과 달리 우희슬에 대한 기억은 어떤 순간을 떠올려도 마치 어제 일어난 일처럼 뚜렷했다. 시간과 배경이 있었고, 축약이 아니라 묘사가 떠올랐다. 호연은 우희슬을 떠올릴 때면 기억에서도 온도를 느꼈다. 아주 차갑거나 뜨거운 나머지 착란상태에 빠진 사람처럼 자꾸만 과거로 미끄러졌다.

뜨거운 여름 해를 맞던 어느 날이었다. 대학교 여름방학을 맞아 희슬의 할머니 댁으로 단둘이 피서를 갔다. 한여름에도 몸이 얼어붙을 것처럼 차가운 냇물이 흐르는 동네였다. 일주일 내내 계곡에서 수영을 즐기느라 호연과 희슬은 새까맣게 탔다. 서울의 자취방으로 돌아가기 싫어 뭉그적거리던 오후, 호연은 바위에 앉아 희슬의 까만 다리를 지켜보았다. 희슬이 물에 들어가면 갈색으로 탄 종아리가 더욱 어둡게 보였다. 호연은 길쭉한 다리가 물속에서 힘차게 움직이는 걸 보며 어서 희슬이 나오기를 기다렸다. 희슬은 돌고래처럼 깊게 잠수했다가 한참 뒤에야 올라왔다. 그때마다 물에 젖은 매끈한 정수리가 수면을 일렁이며 솟구쳐 호연은 단번에 시선을 뺏겼다.

해가 넘어갈 즘이 돼서야 희슬은 계곡을 빠져나왔다. 엉덩이까지 가리는 긴 흰 티가 물에 젖어 희슬의 살갗이 그대로 들여다보였다. 계곡은 깊은 숲속에 자리해 있어 일주일 동안 매일같이 알몸으로 수영해도 산에 사는 짐 승들 말고는 방문객이 없었다. 희슬이 축축한 몸으로 호연을 끌어안았다. 맞닿은 관자놀이를 따라 물방울이 흘렀다. 상류에서 흘러온 물줄기가 두 사람의 발끝을 지나 바위에 점점이 흩어졌다. 비교적 하얀 무릎 안쪽을 감싸 안으며 희슬이 빨갛게 부은 손가락을 내밀었다.

아무래도 가시에 찔린 것 같아.

희슬의 손에는 오전에 열매를 따느라 생긴 상처가 많았다. 가시가 검지에 깊숙이 박혀 빼려고 할수록 더 안으로 파고든 모양이었다. 호연은 희슬의 손을 가져다가 앞니로 깨물었다. 가시가 박힌 부위를 빨아들이자 입안에서 따끔한 느낌이 났다. 호연은 계곡 쪽으로 침을 뱉었다. 희슬이 검지를 살피며 실망한 표정을 지었다.

아직도 남아 있는 것 같아.

기다려봐. 착각일 수도 있어.

그들은 바위에 누워 몸을 말렸다. 갈아입을 옷은 챙겨오지 않았다. 속옷은 벗어 볕이 잘 드는 바위 가에 가지런히 올려뒀다. 땀으로 축축했던 캐미솔은 이미 열기에 바싹 말라 있었다. 해가 저물어가며 추위가 몰려왔다. 호연은 벗었던 속옷을 주워 입었다. 희슬은 호연의 다리 사이를 아무렇지 않게 보았다. 서슴없는 행동이 친한 정도를 반증하는 것처럼.

그거 알아? 난 가끔 네가 날 낳았으면 좋았겠다는 생각이 들어.

호연은 소름 끼치는 소리 하지 말라고 나무랐지만, 할머니 댁을 경유해 다시 서울의 자취방으로 돌아가는 동안 희슬을 임신하는 일이 그렇게 나쁜 일 같지는 않다고 생각했다. 학교에서 겉도는 아이들이 친구가 되는 건 흔한 일이었으나, 단짝이 되는 경우는 드물었다. 특히 희슬처럼 자유분방한 아이와 가까이 지내는 일은 호연에게 전에 없던 경험이었다. 호연은 평범한 친구 사이에서는 하지 않았을 만한 일을 희슬과는 거리낌 없이 저질렀다. 욕조에 함께 들어가 누구에게도 말하지 못했던 비밀을 나눴고, 때로는 유치한 짓을 공모했다.

호연이 지원했다가 떨어진 명문대에 무작정 찾아가 교수들의 우편함에 잠자고 있는 전시회 초대권을 훔치거나, 희슬에게 조금이라도 호감을 표시한 사람들에게 무리한 요구를 해 돈이든 술이든 사탕이든 있는 대로 뜯어냈다. 나쁜 일을 저지르고 있다는 긴장감 같은 건 없었다. 희슬은 설령 물건을 훔치다가 걸렸어도 아무렇지 않게 반응했을 것이다. 오히려 물건의 주인에게 더 달라고 요구했을 게 틀림없었다.

남아도는 걸 버릴 바에야 내가 훔쳐 쓰는 게 낫지 않아? 줘도 못 먹는 놈들, 기회가 넘치다 못해 발밑에 쌓이는 새끼들. 그 자식들은 내가 뭘 좀 가져가도 아무렇지 않아 할걸? 자기 기분만 괜찮으면 두둑한 지갑을 건드려도 웃을 거야. 그런 놈들한테 더 요구하는 게 못된 짓은 아니잖아. 세상에는 없는 사람을 등쳐먹으려는 놈들도 많으니까. 나는 적어도 그런 저열한 짓은 안 해. 그냥 있는 새끼들만 뜯어먹는 거야. 젠틀하고 심플하게. 그러니 좀 나쁘게 굴어도 봐줄 수 있지 않아?

희슬이 나른한 얼굴로 그렇게 중얼거리면 나쁜 일도 나쁜 일처럼 느껴지지 않았고, 불편했던 감정도 가라앉았다. 그러게, 그럴 수도 있겠다. 호연이 동의하면 희슬은 널브러져 있는 수첩을 펼쳐 무언가를 끄적였다. 희슬에게는 선망하게 만드는 힘이 있었다. 못된 일을 저지를 때조차 침착하고 당당해서, 호연은 희슬의 자취방에서 술을 마실 때면 그 애의 가느다란 팔에 머리를 기대고 싶어졌다.

희슬이 호연이 마시던 컵으로 투명한 술을 들이켰다. 수첩에 적어둔 문장들을 들려주고 싶은지 희슬은 페이지를 팔랑팔랑 소리 나게 넘겼다. 그 수첩에는 일기나 소설, 에세이, 그 무엇도 아닌 희슬의 생각 들이 가득했다. 희슬은 자기가 어디선가 봤거나 상상한 것들을 말하기 좋아했다. 가끔은 두 개가 섞일 때도 있었는데, 호연은 희슬이 직접 본 것을 과장되게 설명할 때가 가장 재밌었다. 이야기는 언제나 이렇게 시작했다. 들어봐.

들어봐. 얼마 전 인터넷에서 주유기를 자기 질에다가 꽂겠다고 난리 피우는 여자를 봤어. 완전히 미친 여자다 싶었지. 까치집이 진 파마머리를 하고 있더라고. 왜 있잖아. 영화에나 나올 것 같은, 마약에 미쳐서 인생을 놔버린 여자. 며칠도 아니고 몇 개월 동안 씻지도 않은 채로 자기를 방치하는 사람 말이야. 그 여자가 차도 오토바이도 없이 대뜸 주유소로 들어오더니 차에서 멋대로 주유기를 빼버리는 거야. 당연히 기름이 사방으로 튀었지. 운전자도 주유소 직원도 여자를 향해서 무섭게 다가왔는데, 여자가 아무렇지 않게 치마를 걷더니 자기 다리 사이에다가 주유기를 꽂아버리려고 하는 거야. 말리는 사람들 틈에서 여자는 주유기를 다시 가져가려고 몸싸움까지 벌이더라고. 왜 그랬냐고 물으니까 여자가 이랬대. 나도 달리고 싶어서요. 진짜 웃긴 건 그 기사 댓글이야. 대부분이 그 여자를 성적으로 비하했는데, 그중 하나가 여자의 행동이 애정결핍 때문에 일어난 일이라고 정신분석을 하기 시작한 거야. 주유기가 공백을 메우려는 시도라느니 뭐니, 말도 안 되는 소리를 지껄이는데 그 댓글에 공감 버튼이 꽤 눌렸더라. 바보들 아냐? 여자가 말했잖아. 자기도 달리고 싶었다고. 여자는 그냥 달리고 싶었던 거야. 그런데 왜 그걸 못 받아들이지? 그 여자는 그냥 달리고 싶었던 거라고.

희슬이 술잔을 발로 밀었다. 호연은 술에 취하지 않았는데도 희슬의 곧게 뻗은 하얀 발가락을 만지고 싶어 조급해졌다. 저걸 지금 당장 만져야겠는데, 어쩌지. 희슬이라면 허락해줄 것도 같은데. 오히려 기뻐할지도. 그래, 지금 듣고 싶었던 건 그런 엉뚱한 한마디였다고 칭찬할 수도 있었다. 하지만 차마 말할 용기가 나지 않아 호연은 희슬의 어깨에 머리를 기대며 머리칼에 남은 물비린내를 들이켰다. 희슬이 고개를 푹 숙였다.

왜곡은 인류의 버릇이야. 정말로 우린 그걸 알아야 해.

수첩이 소리 나게 닫혔다. 호연은 그 순간 잠에서 깨어났다.

한동안 이곳이 어디인지 생각하던 호연은 자기가 중환자실 복도 의자에서 잠들었던 걸 기억해냈다. 좀처럼 꿈의 여운이 가시지 않았다. 파란색 가죽이 보기 싫어 검은 천을 덧댄 작은 수첩. 그 수첩은 지금 어디 있을까. 아마도 희슬의 엄마가 가지고 있을 테지만, 수첩을 읽고 싶다고 말하는 건 장례가 끝난 이후에나 가능할 것이다.

호연은 자리에서 일어나 옆자리에 잠들어 있는 호수를 깨웠다. 먹을 걸 좀 사 오겠다고 하니 호수가 졸린 얼굴로 고개를 끄덕였다. 착란상태에서 벗어난 호수는 병원에 도착하고 나서 계속 잠만 잤다. 아무것도 먹지도 마시지도 않았다. 그런 와중에도 녹우리 사람에게 전화를 걸어 외박이 길어질 것 같다는 이야기만은 착실히 전했다. 공동경비구역 내에 있는 마을이니 외박할 시에는 반드시 미리 이야기해야 한다는 건 잘 알았다. 그저 이런 상황에서조차 원리 원칙을 지켜야 한다는 사실이 마음에 들지 않았다. 호연은 일어나자마자 아빠의 상태를 이장에게 전하는 호수를 못마땅하게 보았다.

연락은 나중에 해도 되지 않아? 급한 상황이잖아.

언니는 몰라. 마을에 안 온 지도 오래됐으면서.

호연은 대꾸할 말을 찾지 못해 지하 편의점으로 향했다. 마을에 마지막으로 들른 건 작년이나 재작년쯤이었다. 다시 얻은 대학생 신분 덕에 사 개월 넘게 마을에 가지 않아도 거주권이 유지됐다. 아름다운 풍광이 그리울 때도 있었지만, 녹우리를 생각하면 답답함이 먼저 떠올랐다. 어릴 적 집에 홀로 있다 보면 세상에 오직 이 마을만 있는 것 같다는 생각이 들곤 했다. 늦은 밤이면 군인들이 집으로 찾아와 점호했고, 논밭에는 군용 차량들이 돌아다녔다. 그것이 평범하지 않다는 걸 초등학교에 다니면서부터 알게 되었다. 이편과 저편의 간극을 경험한 날에는 숨기기 힘든 고독이 저 밑바닥에서부터 부상했다. 항상 녹우리 바깥을 의식하는 자신과 달리 마을 밖 사람들은 이곳을 잘 몰랐고 알아도 금세 잊었다. 마치 원래 없던 곳처럼. 아무도 냉대하지 않았으나 냉대받는 곳. 알아봐달라고 호소하고 싶은 곳. 그곳이 녹우리였다.

그러나 이제는 아무래도 상관없었다. 정전의 상징이라든가, 공동경비구역에 있어 신기하다든가 하는 세간의 평은 더 이상 들리지도 않는다. 호연은 대학을 두 번 다니는 동안 서울에서 영위했던 자취 생활이 마음에 들었다. 그러니 큰일이 있지 않고서야 제 발로 녹우리에 갈 이유는 없었다. 다만 호수가 마음에 걸렸다. 호수는 학교를 졸업한 뒤로 녹우리에서 혼자 살고 있었다. 오래전 주거권을 박탈당했는데도 마음만은 여전히 마을 경계를 오가는 아빠나 떠날지 말지 고민하는 척하지만 몸은 누구보다도 먼저 녹우리와 멀어진 자신과 달리, 호수는 어릴 적부터 녹우리에 몸도 마음도 깊이 뿌리내렸다.

호수는 엄마의 흔적이 남아 있는 녹우리를 떠나고 싶지 않아 했다. 어릴 적부터 친하게 지낸 옆집 사람들을 가족처럼 생각했고, 외로울 때면 그들에게 마음을 의탁했다. 옆집에 사는 경일과는 오랜 연인 사이라 조만간 결혼도 할 예정이었다. 마음 붙일 곳이 있어서였을까? 호수는 절대 녹우리를 포기하지 않았다. 한때 온 가족이 북적거리며 살았던 오래된 주택에서 홀로 잠을 청할지라도 그곳을 자기의 피난처로 여겼다.

호연이 생각하기에 호수에게 중요한 것들은 모두 과거에 있었다. 어린 시절의 추억과 엄마가 죽기 전의 기억들. 호수는 그 두 가지에 매달려 살아갔다. 호수가 중요하게 생각하는 건 물리적 거리와 별개로 가족들이 정서적으로 얼마나 가깝게 연결되어 있는가였다. 요가 강사로 일하느라 이 학원 저 학원을 바삐 옮겨 다니면서도 호수는 가족 사이의 가교 역할을 자처했다. 마을 사람들과의 관계에서도 마찬가지였다. 누가 아프고, 누가 마을 밖으로 나갈 예정이고, 누가 아이를 낳았고 하는 자질구레한 일들을 틈날 때마다 실어 날랐다. 덕분에 호연은 마을 사람들의 소식에 뒤처지지 않을 수 있었다. 한 달에 한 번이라도 얼굴을 보자고 말하는 것 역시 호수였다. 그랬는데, 이제는 모든 게 달라졌다.

호연은 막막했다. 엄마가 돌아가신 뒤로 아빠가 세운 빈약한 기둥과 호수라는 가냘픈 지붕을 피해 녹우리 바깥을 떠돌았다. 아빠와 호수처럼 과거를 그리워하다가 주저앉을까 봐. 그런데 내내 외면해왔던 고향 집이 기둥도, 지붕도 무너져가고 있다고 생각하자 덜컥 후회가 들었다. 아빠는 죽어가고, 호수는 완전히 낙담해 있었다. 어쩌면 그전부터 무너져 있던 호수의 마음을 살기 바쁘다는 핑계로 외면하고 있었는지도 몰랐다.

호연은 인쇄소로 가는 길에 보았던 환영을 떠올렸다. 조수석에서 피어오르던 불꽃과 새카만 입술 사이로 보이던 마그마 같은 타액을. 기억 속 아빠가 말했다. 몹시 다정한 음성으로.

집으로 돌아가. 다 타버리기 전에.

그가 말하던 집은 어디였을까? 아빠가 집이라고 부를 만한 공간은 한 곳뿐이었다. 벚나무가 드리워진 낡은 단

층 주택. 엄마의 음성이 기억의 틈바구니로 빗물처럼 굴러갔다.

사람에게는 누구나 집이 있어야 해. 모든 허물을 벗을 수 있는 집이. 돌아갈 집이 없을 때도 어딘가에 내 집이 있다고 생각하면 머물 곳이 생긴단다. 모든 건 결국 마음의 문제야.

엄마의 손등을 따라 흘러내리던 빗물과 양철 대야를 두드리던 빗소리가 떠올랐다. 이건 언제 적의 기억일까. 초등학생 아니면 중학생?

호연은 어깨에 강한 충격을 느끼고 정신을 차렸다. 편의점 봉투를 든 어린 학생이 호연을 차갑게 노려보며 지나쳤다. 호연은 어깨를 웅크렸다. 불안한 와중에도 허기는 졌고, 감지 못한 머리가 간지러워 견딜 수 없었다. 감각이 불안을 차츰 이겼다.

중환자실과 달리 텔레비전이 있는 곳은 사람들로 북적였다. 환자든 보호자든 고통스러워하는 사람은 없었다. 아프지 않으려고 오는 게 병원이니 당연하다 싶다가도 장작 같던 아빠의 피부를 떠올리자 입안이 썼다. 의사들은 아빠가 급한 고비를 넘겼다고 했으나 의식은 아직 돌아오지 않은 상태였다. 화상전문병원으로 전원을 해야 할지 그 여부가 곧 결정될 예정이었다. 피부 손상에 따른

감염이 심각한 상황이라 전원 중에 문제가 생길 가능성이 컸다. 병상을 찾는 데도 시간이 걸릴 것이다. 환자의 안정을 위해 면회가 아직 불가하다는 점이 유일한 희소식이었다. 호연은 솔직히 말해 안심했다. 새카매진 아빠를 다시 보았다가는 호수처럼 정신을 놓을지도 몰랐다. 벌써 그럴 수는 없었다. 앞으로 처리해야 할 일이 산더미였다. 불탄 인쇄소를 처리하는 데만 해도 시간이 꽤 걸릴 거고, 계약된 결혼식 촬영도 모두 취소해야 했다.

호연은 편의점에서 햄샌드위치와 구운 달걀, 어묵탕과 컵라면을 쓸어 담았다. 스트레스 때문이라는 걸 알면서도 자제가 되지 않았다. 편의점 테이블에 앉아 데운 어묵탕과 컵라면을 국물 하나 남기지 않고 먹어치우자 배 속이 뜨거워졌다. 위가 아플 정도로 음식을 밀어 넣고 나서야 마음이 진정됐다.

편의점에 다시 들어선 호연은 담배 한 갑을 샀다. 비상계단을 타고 올라가자 흡연장이 이어졌다. 담배를 피우려고 했지만, 있는 줄 알았던 라이터가 보이지 않았다. 호연은 편의점으로 가 분홍색 라이터를 샀다. 담배를 피우고 중환자실로 돌아갈 생각이었는데 흡연장 옆으로 장례식장과 이어지는 통로가 보였다. 호연은 휴대폰을 들었다. 미처 확인하지 못했던 혹은 일부러 무시했던 연락들이 쌓여 있었다. 그중 희슬의 엄마가 남긴 부재중 전화는 여덟 통이었다.

기억하기로 희슬과 희슬의 엄마는 평범한 사이였다. 멀지는 않았지만 그렇다고 가깝지도 않았다. 희슬과 알고 지내던 때에도 희슬의 엄마를 따로 소개받은 적은 없었다. 그런데 왜 이토록 집요하게 딸의 예전 친구에게 연락하는 걸까? 아빠에게 일어난 사고와 별개로 호연은 희슬의 엄마를 만나는 게 조금 꺼림칙했다. 희슬과 저지르고 다녔던 치기 어린 행동들을 모두 알고 있을 것 같았다. 모르긴 몰라도 그 수첩에는 온갖 내용들이 다 적혀 있을 것이다. 그래도 같은 병원에 머물게 된 지금이 아니면 빈소에 들를 기회가 없을지도 몰랐다. 문제는 옷이었다. 땀에 찌든 낡은 티셔츠와 청바지 차림으로 장례식장에 갈 수는 없었다. 망설이는 사이 희슬의 엄마에게서 메시지가 왔다.

—오늘도 못 오니?

호연은 주위를 둘러보았다. 혹시 근처에 있는 건 아닐까? 뭐라고 답장해야 하나 망설이는데 호수에게서 전화가 왔다.

언니, 형사들이 찾아왔어.

호수는 겁에 질려 있었다. 당장 와달라는 속마음이 목

소리에서 읽혔다. 호연은 망설이다가 계단으로 향했다.

—집에 사정이 있어서요. 내일은 꼭 들를게요.

답장은 오지 않았다. 호연은 황급히 중환자실 앞으로 돌아갔다. 호수는 낯선 남자 두 명과 함께였다. 아버지의 위독한 상태에 유감을 표하던 형사들은 현장에서 화재의 원인이 된 물건을 찾았다는 말로 서두를 열었다.

창고에 쌓여 있던 자일렌 용기 일부가 정문 근처에서 비워진 채로 발견됐습니다.

화학약품 때문에 불이 났다는 건가요?

원인은 더 분석해봐야겠지만, 화재가 시작된 지점은 정문 근처로 보입니다. 혹시 기수라 씨를 아시나요?

호연은 비워진 자일렌 통과 기수라 사이에 어떤 연관이 있는지 궁금했다. 아빠가 고용 중인 직원들은 몇 명 되지 않았기에 그들의 이름과 얼굴을 얼추 알고 있었다. 그중 기수라는 호수와 친하기도 했고 회사의 유일한 여직원이었기에 모를 수가 없었다.

그 사람은 왜요?

창고에서 기수라 씨가 숨어 있다가 발견됐어요. 주머니에서 자일렌 용기 뚜껑이 여러 개 나왔습니다.

형사는 현장에서 유일하게 아무 데도 다치지 않은 사람, 뜯어진 자일렌 용기가 가득 쌓인 곳에 숨어 있던 사람이 바로 기수라라고 했다. 호수가 놀란 표정을 지었다.

최근 이모 상태가 안 좋아서 아빠가 일을 잠깐 쉬라고 했었어요. 창고에 들어갈 수가 없었을 텐데…….

형사들이 호수의 말을 기록했다. 그들은 기수라가 창고로 숨어든 CCTV 영상을 간신히 확보했다고 했다. 화재로 인해 CCTV 저장 장치가 망가져 쓸 만한 영상은 거의 남지 않았다고도. 현재 기수라는 방화치사 용의자로 유치장에 들어가 있는 모양이었다. 형사들은 이 사건이 단순한 사고가 아닌 의도적인 방화라고 확신하고 있었다. 문제는 잡힌 뒤로 기수라가 묵비권을 행사하고 있다는 거였다. 가끔 입을 열어도 알 수 없는 헛소리만 늘어놓았다. 배진택 씨와 기수라 씨 사이에 다른 사적인 관계나 돈 문제가 없었냐는 질문에 호연은 없었다고 잘라 말했다.

아빠랑 그 사람은 그냥 사장과 직원 사이였어요.

혹시 기수라 씨가 새터민 출신인 건 아셨나요?

몰랐지만, 그게 중요한가요?

뜻밖의 질문이었다. 호연은 기수라와 몇 번 대화해보았지만, 그의 억양에서 이상한 점을 느낀 적은 없었다. 경찰이 수첩에 가위표를 여러 번 그었다.

여러 가능성을 열어두고 수사하느라 여쭙는 겁니다.

아버지는 아셨을 수도 있을까요?

그건 저도 몰라요. 두 사람이 친한 관계가 아니었다는 것만 알아요. 만약 그 사람 출신을 알았다고 해도 아버지가 차별하거나 일부러 가깝게 지내지는 않았을 거예요.

옆에서 침묵하던 호수가 무언가 생각난 듯이 SNS 계정을 살폈다. 게시글을 확인하던 호수의 안색이 급격히 어두워졌다.

혹시 이게 단서가 될 수도 있을까요? 수라 이모 계정인데.

호수가 불안한 음성으로 물었다. 휴대폰에는 기수라의 비공개 계정이 떠 있었다. 대부분 책과 관련된 내용이었는데 그중에는 녹우 인쇄소 내부를 찍은 사진도 있었다. 호연은 호수의 휴대폰을 빼앗듯 가져갔다.

최근에 올라온 거야?

호수가 고개를 끄덕였다. 기수라가 올린 마지막 게시글은 인쇄소 바닥으로 보이는 사진이었다. 출력 직후의 교정지 더미를 찍은 것 같았다. 사진 밑으로 짧은 문장이 적혀 있었다.

드디어 #2ing1의 #『부름』 인쇄 시작. 책이 불길을 더 잘 불러오게 도와야겠다.

게시글에 좋아요 버튼을 누른 사람은 몇 없었다. 댓글은 딱 한 개가 달려 있었다. 2ing1이 남긴 댓글이었다.

변호사는 제게 아무런 대응도 하지 말라고 했지만, 이건 정말 참을 수가 없네요. 어떻게 제 소설이 인쇄되는 곳까지 알아낸 거죠? 전 당신 같은 팬 필요 없다고 말했습니다. 망상에 시달리는 것 같은데 병원부터 가보세요. 전 당신이 어디 사는 누구인지도 모르고 앞으로도 관심 없어요. 이 사건을 반드시 공론화할 겁니다. 두고 보세요.

이 계정, 혹시 확인하셨어요?

호연은 형사들에게 휴대폰을 내밀었다. 형사 한 명이 호수가 알려준 계정명을 수첩에 적었다. 소유주를 파악해보겠다는 말을 끝으로 그들은 자리를 떴다. 호연의 시선은 여전히 휴대폰에 고정돼 있었다. 호수가 형사들을 배웅하는 동안 호연은 2ing1의 댓글을 다시 살폈다. 2ing1의 계정으로 들어가자 핀으로 고정된 검은색 이미지가 상단에 보였다.

게시글에서 그는 최근 지긋지긋한 스토킹에 시달리고 있다고 호소했다. 여러 차례 말했던 것처럼 이제 곧 법적인 절차를 밟을 예정이지만, 그렇다고 해서 트라우마가 치료되지는 않을 거라고, 당분간 글을 쓸 수 있을지 고민이 된다고도 했다. 스토킹이 얼마나 무서운 일인지 통감했다는 말에 많은 사람들이 위로의 댓글을 달아주었다. 2ing1은 댓글 하나하나에 답을 달아 감사를 표했다. 그는 다른 작가들의 댓글에는 기수라의 계정명을 밝히며 이 스토커를 주의하라는 말도 잊지 않았다. 2ing1 계정 프로필에는 유기영이라는 이름이 적혀 있었다. 호연에게는 낯선 이름이었다. 하지만 그의 계정명만은 익숙했다. 익숙하다는 말로 부족할 정도로 낯익었다.

호연은 2ing1을 잘 알았다. 그것은 분명 희슬의 생각 중 하나였다. 희슬이 수첩에 자주 휘갈기곤 하던. 희슬의 목소리가 귓가에 들렸다.

세상에는 두 개면서 하나인 게 너무 많아. 그렇지?

2ing1. 서로를 너무 사랑한 나머지 둘인 것을 견디지 못하고 하나가 되는 존재가 있는가 하면, 한쪽이 다른 한쪽을 게걸스럽게 삼켜 하나가 돼버리기도 한다고 희슬은 말했다. 또 후자의 경우가 훨씬 더 많다고, 어떤 이들은 다른 한쪽을 삼켜버리는 행위가 사랑이라고 믿는다고도 덧붙였다.

그런데 궁금해, 호연아. 한 번도 만난 적 없는 두 사람이 한날한시에 완전히 똑같은 생각을 할 수도 있을까? 그런 우연이 일어날 수도 있다면 내가 원하는 2ing1의 상대는 바로 그 사람이야. 그 누군가가 내 마음속 이야기를 대신 전해주면 좋겠어.

희슬의 음성이 멀어졌다. 체구가 작은 간호사가 배진택 환자의 보호자를 찾았다. 그는 이제 아빠를 면회할 수 있다고 했다. 호연은 간호사의 말에도 움직이지 않았다. 휴대폰이 울렸다. 희슬의 엄마가 보낸 메시지였다.

―내일 아침이면 발인이야. 그 전까지는 꼭 와주렴.

호수는 간호사를 따라 중환자실로 향했다.

나 먼저 다녀올게. 어차피 한 명씩 가야 하잖아.

호수는 붙잡을 새도 없이 자동문을 넘어섰다. 희슬의 엄마에게서 또다시 문자가 도착했다.

―알고 있니? 이 애에게 친구는 너뿐이야.

미뤄왔던 불행이 한꺼번에 들이닥쳤다. 숨통을 막을 듯이. 호연은 잠깐 친구와 통화하고 오겠다는 메시지를 호수에게 보내고 지하로 향했다. 잠시나마 장례식장에 들러 희슬의 마지막을 확인할 생각이었다.

5

헝가리 출신 제멜바이스는 손 소독을 권한 최초의 의사였다. 산과를 전공한 그는 산욕열로 죽어가는 산모를 줄이기 위해 항상 청결한 가운을 입고 깨끗이 손을 씻으라고 주장했지만 미아즈마, 즉 더러운 공기를 통해 병이 전염된다고 믿던 당시의 의사들은 제멜바이스의 의견을 받아들이지 않았다. 그는 조롱거리가 되었고 신경쇠약에 시달렸다. 정신병원에 갇힌 제멜바이스는 병원 직원들에게 폭행당한 끝에 패혈증에 걸려 이른 나이에 세상을 떠났다.

누군가는 그가 죽기 전에 어느 정도로 억울했는지, 신을 저주하지는 않았는지 궁금해할 것이다. 상상은 무한히 확장된다. 제멜바이스는 죽기 직전에 머저리 중의 머저리들, 공기를 통해 부정한 것이 퍼져나간다는 학설을 진심으로 믿은 인간들을 주먹으로 때려눕히고 싶었을 것이다. 또 그는 자기를 구타한 사람들보다 믿지 않던 사람들을 더 미워했을 것이고, 자신을 조롱한 이들이 부패한 시체를 만진 그 지저분한 손으로 그들 자신을 죽음으로 몰아가기를 바랐을 것이다. 그리고 후세대만큼은 안개 사이로 불결한 무언가가 숨 쉬고 있다고 믿지 않기를 간

절히 바랐을 거다.

하지만 오늘날 미아즈마가 정말 사라졌다고 말할 수 있을까? 더러운 악취를 타고 무언가가 퍼져나가고 있다는 상상이 정말 끝났는가?

호수는 이번에 중환자실을 처음 방문했다. 사는 동안 이곳에 오게 되리라고는 생각하지 못했다. 머리에는 조리실에서 쓸 법한 부직포 모자를 썼고, 소독제를 잔뜩 바른 손에는 일회용 장갑을 꼈다. 그런데도 실수가 있었을까 봐 두려웠다. 머리카락 한 올이 비어져 나왔거나 손에 안 좋은 세균이 남아 있다면 큰일이었다. 중환자실에 들어가려는 젊은 의사와 우연히 마주치지만 않았어도 이토록 걱정하지는 않았을 것이다.

의사가 손을 씻는 방법을 훔쳐보느라 안내문을 제대로 읽지 못한 게 화근이었다. 호수는 의사가 손을 소독하던 방법 그대로, 안내문이 아닌 기억에 의지해 손을 씻었다. 손톱 밑을 손바닥에 문질렀고, 마디마디가 붉어질 정도로 손가락 사이를 비볐다. 아이오도폼으로 소독한 손이 일회용 장갑 안에서 붉게 말라갔다. 중환자실은 생각했던 것보다 더 넓고 병상 사이의 거리가 멀었다. 멀지 않은 곳에 아빠가 보였다. 중환자실에 누워 있는 사람 중 가장 끔찍한 몰골로.

호수는 다시 중환자실 밖으로 나가 안내문에 따라 한 번 더 손을 소독했다. 후회할 일을 조금이라도 만들 수 없었다. 처음 삼촌들에게서 연락이 왔을 때 전화를 받았다면, 명상에 젖기 전에 현실을 돌아봤다면 모두를 구해냈을 것이다. 요가원과 녹우 인쇄소는 버스로 이십 분, 택시를 탔다면 십 분 거리였다. 언니도 때마침 인쇄소와 가까운 곳에서 일하고 있었다. 그건 우연이 아니었다. 기회였다. 마음을 어지럽히는 일을 막을 수 있는 기회. 돌이킬 수 없는 불행을 악운 정도로 낮출 수 있는 유일한 순간이 있었다. 언니에게도 자신에게도 기회가 찾아왔지만, 둘 중 누구도 그것을 써먹지 못했다. 이제부터는 달라져야 했다. 세상이 알려주는 표지를 놓치는 건 바보들이나 하는 짓이었다.

호수는 아빠의 곁에 섰다. 얇은 거즈 위로 진물이 올라왔다. 누군가가 염색을 한 것처럼 어떤 곳은 노랬고, 어떤 곳은 오래 바라보지 못할 정도로 검붉었다. 호수는 아빠의 발가락을 쥐었다. 그나마 피부라고 부를 만한 게 남아 있는 곳은 발뿐이었다. 아빠가 음, 하고 신음을 흘렸다. 호수는 발가락에서 손을 뗐다. 아빠는 신음을 멈추지 않았다. 마치 만트라를 듣는 것 같았다.

아빠?

호수는 아빠의 얼굴 가까이로 다가갔다. 붕대에 싸인 얼굴을 가만히 보고 있으려니 슬픔으로 호흡이 가빠졌다. 아빠는 여전히 신음을 흘리고 있었다. 호수는 호흡을 조절하며 자기 허벅지를 쓸어내렸다. 주머니에 든 딱딱하고 네모난 물체가 만져졌다. 언니가 잠자면서 흘린 라이터였다. 호수는 그것을 손으로 만지작거렸다. 언니에게도 마음이 힘들 때 담배나 술 말고 의지할 대상이 있었다면 좋았을 거다. 하다못해 무언가를 믿기라도 했다면, 상념을 날려버릴 수단이라도 있었다면. 그게 종교든 운동이든 애인이든 끝까지 붙들 무언가가 있기를 바랐다. 걸핏하면 명상에 잠기려는 자신처럼.

손끝에서 라이터 부딪치는 소리가 탁, 탁 일정하게 들렸다. 붕대에 싸인 아빠의 머리를 보고 있으려니 시야가 흐려졌다. 아빠가 입술을 달싹였다. 환영일까? 종종 깊은 생각에 잠길 때면 상상 속 풍경이 마치 현실처럼 느껴졌다. 아, 아빠가 다시 이전처럼 회복할 수 있다면 얼마나 좋을까. 다시 내 이름을 불러준다면 무엇이든 할 수 있을 텐데. 그 순간 익숙한 목소리가 들렸다.

호수야.

평상시의 아빠와 달리 부드럽고 따뜻한 음성이었다.

호수는 라이터를 꾹 움켜쥐었다. 숨을 죽인 사이 아빠가 몇 번이나 호수야, 하고 다시 이름을 불렀다. 호수가 간호사를 호출하려고 손을 들었을 때 반대편 병상에서 시끄러운 기계음이 울렸다. 흩어져 있던 의료진들이 반대편 환자에게로 몰려들었다. 마취에서 막 깨어난 건지 나이 든 여자가 어눌한 말투로 중얼거렸다.

여기서 내보내줘. 집에 가야 해.

아무도 이쪽을 신경 쓰지 않았다. 호수는 머리카락 한 올 닿지 않게 조심하며 아빠의 얼굴 가까이로 몸을 숙였다.

아빠, 다시 말해봐. 나 부른 거 맞지?

아빠가 입술을 움직이지 않은 채로 다시 호수를 불렀다. 호수야, 우리 딸. 호수는 놀라 물러섰다. 눈물이 날 것 같았다. 이상한 일이었다. 의사는 아빠의 성대가 온전치 않다고 했다. 그런데 어떻게 이처럼 뚜렷하게 말할 수 있을까? 호수는 실신할 것 같은 감각을 누르며 아빠의 발을 붙들었다.

아빠, 아빠 정신이 들어?

호수야, 기억해.

발을 잡은 손이 점차 뜨거워졌다. 유일하게 남아 있던 살가죽이 붉게 변하더니 쩍, 소리를 내며 갈라졌다. 실금 같은 틈새로 새빨간 불길이 새어 나왔다. 호수는 불을 피해 주저앉았다. 발에서 시작된 불이 불그스레한 종아리를 타고 전신으로 퍼졌다. 그러나 침상으로는 옮겨붙지 않았다. 불꽃은 오직 아빠의 육체에서만 머물렀다. 아빠가 몸을 꿈틀거리더니 상체를 일으켰다. 그는 삼매에 이른 사람처럼 온화하게 웃었다.

우리는 결국 말하고 싶은 걸 믿어.

아빠의 몸에 연결된 연명 장치들이 경고음을 냈다. 간호사가 깜짝 놀라 소리를 질렀다. 의료진들이 우왕좌왕했다. 호수는 덜덜 떨며 아빠를 올려다봤다. 아빠의 얼굴을 덮고 있던 붕대가 풀리더니 바닥으로 떨어졌다. 그는 불에 타고 있는데도 조금도 뜨거워하지 않았다. 불길이 아빠의 얼굴 위를 삽시간에 뒤덮었다.

누군가가 호수를 잡아당겼다. 간호사가 호수의 꽉 쥔 주먹을 힘주어 펴자 라이터가 떨어졌다. 호수는 멍하니 라이터를 보았다. 언제 라이터를 꺼냈는지 기억나지 않았다. 의료진들이 시트를 두껍게 말아 불 위에 뒤덮었다. 신고 전화가 사방에서 오갔다. 뒤늦게 화재경보음이 울렸다. 아니, 이미 울리고 있었던 걸까? 미친 거냐고, 당신 진짜 미친 거 아니냐고 한 여자가 울분에 차 소리쳤다. 정신을 차린 호수는 라이터를 주워 흔들었다.

이 라이터는 제 물건이 아니에요. 안에 기름도 없어요.

봐요. 보세요.

호수가 시험 삼아 라이터에 불을 붙이려고 하자 면회인으로 보이는 중년 여자가 비명을 지르며 물러섰다. 부싯돌이 부딪히며 공허한 소리가 났다. 간호사들이 호수에게 달려들어 라이터를 빼앗았다. 호수의 사지가 여러 사람의 손에 결박됐다. 연기가 환풍기로 빨려 들어갔다. 호수는 바닥에 누워 그 광경을 지켜보았다. 아무런 저항도 하지 않았지만, 간호사들은 호수의 몸을 부러뜨릴 듯 옥쥤다.

내가 그런 게 아니에요. 정말이에요. 그것보다 아빠 좀 봐주세요. 저한테 말을 걸었어요.

호수의 중얼거림은 사람들의 발소리에 묻혔다. 아빠의 몸을 뒤덮었던 불길은 어느새 사라졌다. 화재가 난 흔적도 미미했다. 말을 건 게 언제냐는 듯, 아빠는 병상에 무력하게 누워 있었다. 의료진들 사이로 살인과 범죄라는 단어가 오갔다. 호수는 조금 전 아빠가 했던 말을 떠올렸다.

사람들은 말하고 싶은 걸 믿는다.

그 누구도 자기 생각에서 벗어날 수 없다.

호수는 궁금했다. 말하고, 보고 싶은 걸 믿게 된 다음에는 무엇을 해야 하는지. 그게 진실이라고 눈을 가리고 싶어진다면. 그 생각에 계속 갇혀 있고 싶다면. 호수는 눈을 감았다. 불이 꺼졌는데도 그을음의 냄새가 느껴졌다. 그것은 상상의 냄새, 앞으로 자신의 뒤를 계속 따라붙을 백일몽의 향이었다.

6

빈소에 들어섰을 때 처음 맡은 건 음식 냄새였다. 사람들이 오가긴 했는지 테이블에는 빈 그릇이 너저분하게 널려 있었다. 머릿고기와 동그랑땡, 나물과 육개장의 냄새가 뒤섞였다. 호연은 비위가 상해 침을 삼켰다. 조금 전 편의점에서 급하게 밀어 넣었던 음식이 속을 틀어막고 있었다. 우두커니 앉아 있던 중년 여자가 호연에게로 다가왔다. 그가 호연의 손을 덥석 쥐었다.

드디어 왔구나. 네가 호연이지?

마른 몸에서 나오는 것치고 손아귀 힘이 셌다. 호연은 그가 희슬의 엄마임을 단번에 알아봤다. 희슬과 눈매가 똑같았을 뿐 아니라 목소리도 비슷했다. 죽지 않고 나이 들었다면 희슬도 자기 엄마와 비슷하게 늙었을 것이다. 호연은 늦어서 죄송하다고 했다. 아빠에게 큰 사고가 났는데 마침 이 병원으로 이송돼 뒤늦게나마 찾아왔다고.

경황이 없어 부의금도 챙겨오지 못했고, 보시다시피 옷도 갈아입을 수가 없었다고.

희슬의 엄마는 귀담아듣지 않았다. 호연은 희슬의 영정 사진 앞에서 두 번 절했다. 국화 송이를 영정 사진 앞에 내려놓으면서도 실감이 나지 않았다. 희슬이 갑자기 어디선가 걸어와 멍청하게 이런 질 나쁜 장난을 정말 믿었냐면서 웃을 것 같았다. 호연은 상주와 맞절하기도 전에 식탁으로 끌려갔다. 일회용 접시에는 식은 음식들이 가득했다. 희슬의 엄마가 음식을 권하다가 말고 질문들을 쏟아냈다. 딸과 마지막으로 만난 건 언제인지, 연락했다면 무슨 말을 했는지 남김없이 들을 기세였다. 호연은 이제 기억나지도 않는 대학 시절을 억지로 떠올렸다.

죄송한데, 희슬이랑은 십 년 전에 본 게 마지막이에요.

희슬의 엄마는 눈에 띄게 실망했다. 희슬이 중간에 학교를 그만두고 나서도 관계가 이어지긴 했지만, 대학을 졸업하고부터는 번호가 바뀌었는지 메시지를 보내도 답장이 오지 않았다.

정말 한 번도 연락을 안 했어?

네, 어머니가 생각하시는 것처럼 그렇게 가깝지 않았어요.

그냥 엄마라고 불러도 돼. 너희 엄마가 일찍 돌아가셨

다며.

호연은 기분이 묘했다. 희슬이 자신에 대해 그렇게 자세히 이야기했을 리 없었다. 친구의 개인사를 털어놓지 말아야 한다는 도덕적 판단 때문이 아니었다. 배호연이 우희슬의 인생에서 그렇게까지 중요하지 않았기 때문이다. 희슬의 엄마가 호연의 접시에 동그랑땡을 얹었다.

그렇게 놀랄 거 없어. 내가 수첩에서 다 읽었거든. 너 희슬이랑 엄청 친했더라. 희슬이는 네가 유일한 친구였대. 같이 할머니 집도 놀러 갔었잖아. 가까운 사이도 아닌데 어떻게 거기까지 가? 걔가 왜 학교를 그만뒀는지 알지? 그 못된 것들 때문에 잘 다니던 대학도 졸업 못 하고. 맞지? 너는 기억하지?

호연은 사이다를 한 모금 마셨다. 희슬 엄마의 두 눈이 형형했다. 가까이서 보니 실로 기묘한 인상이었다. 머리는 새치로 뒤덮였고 얼굴에도 기미와 주름이 가득했지만, 눈만은 마치 십 대 소녀처럼 빛났다.

호연은 희슬이 자퇴했던 당시를 떠올렸다. 누구나 돌아볼 만큼 얼굴이 예쁜 데다가 다가가기 어려울 정도로 성격이 괴팍했기에 희슬은 입학했을 때부터 갖은 소문에 시달렸다.

쟤 개잖아. 성격 이상한 애. 그냥 내키면 다 썹 뜨는 애.

그래서 다들 벼르고 있는 애. 너도 걔랑 밥 먹고 싶다며. 미친 새끼야, 왜? 너도 우희슬이랑 하고 싶었냐?

그런 말을 당사자가 듣는 앞에서 떠들어대는 무리와 기행을 벌이는 희슬 중에서 누가 더 악질인지는 비교할 필요도 없었다. 사람들은 희슬이 어떤 기분인지, 무엇을 좋아하는지는 궁금해하지 않았다. 사람들이 궁금해한 건 희슬이 진짜 내키면 아무와 자는지, 성형한 티가 조금 나는데 과거 사진을 아는 놈은 없는지, 집은 좀 사는지, 저년이 박힐 때 내는 소리가 그렇게 야하다는데 누구 녹음한 새끼는 없는지를 진심으로 궁금해했다.

호연이 기억하기로 희슬은 갖은 소문에 시달리면서도 한 번도 상처받은 티를 내지 않았다. 하지만 여름방학이면 항상 할머니가 있는 시골로 가고 싶어 했고, 깊은 계곡 바닥에 죽은 듯이 가라앉아 한참 동안 올라오지 않았다. 희슬은 겨우 스물두 살이었다. 함부로 남의 물건을 가져갔대도, 밥과 술을 사주겠다는 사람한테 돈이나 놓고 꺼지라고 소리쳤대도 그게 희슬이 희롱받아도 되는 이유가 돼서는 안 됐다.

희슬은 남을 불편하게 하는 일에 천부적이었지만, 그 행동 전부에 악의가 섞여 있진 않았다. 자기가 이상한 짓을 저지르는 만큼 타인의 욕망에 관대했다. 그래서 자기

욕을 하면 하는 대로 내버려뒀다. 가끔 화가 나면 교수가 있든 없든 고함을 지르며 닥치라고 경고하기도 했지만, 대부분은 신경 쓰지 않았다. 그게 희슬이 살아가는 방식이었다. 희슬이 갑자기 마음이 바뀌어 살갑게 말을 걸면 좋아했던 주제에, 사람들은 희슬을 멋대로 씹고 끝내 걸레짝으로 만들었다. 그들이 수많은 영화와 드라마, 소설에서 보고 자란 얼굴 예쁜 쌍년이 눈앞에 있으니 이리저리 탐구하고 훔쳐보고 한 번이라도 닿아보고 싶어서 안달할 수밖에. 호연은 오래전부터 자신과 그들을 구별 지어 생각해왔지만, 시간이 흐른 지금에는 정말 자신이 그들과 달랐는지 알 수 없었다. 우희슬과 씹을 뜨고 싶었던 사람, 희슬이 정말 아무와 잔다면 그중에 여자는 포함될 수 없는지 궁금했던 사람이 바로 자신이었으니까. 희슬은 분명 그런 미움을 알고 있었다. 알면서도 항상 선을 넘는 제안을 했다. 같은 잔에 술을 돌려 마시고, 다음 생에는 자기를 임신해달라고 부탁했다. 자신을 배 속에 품는 게 자기와 섹스하는 것보다 더 만족스러울 걸 아는 사람처럼.

　　그렇게 내키는 대로 살던 어느 날, 희슬은 대학교 사학년을 앞두고 자퇴했다. 희슬이 보이지 않자 사람들은 희슬에 대해 아무 말도 하지 않았다. 가끔 희슬에 대한 이야기가 나오면 갑자기 모두 안쓰러운 표정을 지으며 말했다.

사람들이 참 못됐다. 그거 사실 다 소문 아니냐. 알고 보니까 걔랑 잔 애가 한 명도 없다더라. 왜 애를 자퇴까지 하게 만들었냐.

학교 밖에서 희슬과 만난 호연은 그간 보고 들은 이야기들을 전해주었다. 희슬은 그냥 웃었다. 호연은 동기들의 이중적인 모습에 분노했으면서도 그들을 더 욕하지 못했다. 그들을 용서하기로 한 것이 희슬의 욕망이었으므로……. 아니다, 예전에는 그렇게 생각했을지 몰라도 지금은 그 웃음의 진짜 의미를 알았다. 희슬은 초연한 게 아니었다. 생각만큼 대범하지도 미치지도 않았다. 예쁜 쌍년도 신비한 소녀도 아니었다. 희슬은 그들을 이해해서 웃은 게 아니라 어떻게 반응해야 할지 몰라서 웃었던 것이다. 희슬은 조금 독특하고 천재적인, 그리고 그만큼 평범하기 짝이 없는 스물두 살의 대학생이었다. 화려한 포장지에 감싸였다는 이유로 비극적인 인생을 살 필요는 없었던. 그러나 추측이 맞다고 한들 그게 지금 중요한가. 희슬은 이제 죽었고, 희슬의 엄마는 딸의 조각을 찾기 위해 눈에 불을 켜고 있다. 한 조각을 얻을 수만 있다면 체면도 이성도 모두 불사를 각오가 엿보였다.

술잔이 채워졌다. 희슬의 엄마가 또다시 음식을 건넸다. 호연은 일회용 접시를 저쪽으로 밀었다.

더 못 먹겠어요.

희슬의 엄마는 표정을 굳혔다가 어깨를 늘어뜨렸다.

너 아니? 내가 왜 너한테 연락했는지?

호연은 이어질 이야기를 듣기가 망설여져 뜸을 들였다. 희슬의 엄마는 호연이 대답할 때까지 입을 열지 않았다. 결국 백기를 든 건 호연이었다.

아니요. 모르겠어요.

희슬이 시체, 산에서 발견됐어. 우곡산 저 깊숙한 데서. 자기 손으로 직접 몸에 불을 질렀대. 그래서 너한테 연락한 거야. 걔 방을 이 잡듯이 뒤져서 뭐라도 건지고 싶었는데 수첩 말고는 아무것도 없더라? 휴대폰에 저장된 번호도 두 개뿐이야. 나랑 걔 남친 번호. 그러다가 수첩에 있는 네 번호를 발견한 거야. 원래 수첩이 진짜 많았는데 다 내버렸는지 이거 하나, 이 수첩 하나만 겨우 찾았어.

희슬의 엄마는 횡설수설 말을 이었다. 그 애를 어떻게 화장하냐고. 불 때문에 죽은 애를. 호연의 머릿속에 시체와 산, 불이라는 단어가 뒤섞였다. 몸이 심장박동에 맞춰 진동했다.

걔가 자기 몸에 불을 질렀다고요?

그래, 자일렌인가 뭔가 하는 걸 뒤집어쓰고 불에 타 죽었어. 걔 휴대폰도 겨우 건졌어.

호연은 자일렌이라는 단어를 듣는 순간 아빠를 떠올렸다. 자일렌은 그렇게 쉽게 접할 수 있는 약품이 아니었다. 이십 대 초반에 인쇄소를 드나들지 않았다면 호연도 자일렌에 대해 알지 못했을 것이다. 평범한 사람은 들어본 적도 없을 물건을 희슬이 어떻게 구했을까? 희슬의 얼굴이 아빠의 검게 탄 피부 위로 겹쳤다. 희슬도 아빠처럼 전신이 타버렸다면 가혹한 일이었다. 그러다가 호연은 자기가 처한 운명을 깨달았다. 앞으로 불을 볼 때마다 아빠와 희슬을 동시에 떠올리게 될 것이다. 그 어떤 불을 보아도 그곳에서 희슬의 얼굴과 아빠의 상처 난 구두가 부상할 게 분명했다.

그 수첩, 잠깐 봐도 될까요?

희슬의 엄마가 순순히 수첩을 내주었다. 수첩의 표지는 거의 새것이었다. 호연이 기억하는 수첩과는 색부터 달랐다. 수첩에는 희슬의 생각이 깔끔한 글씨체로 정리돼 있었다. 이미 있던 내용을 최대한 걸러내고 추출해 가장 중요한 정보만 남긴 것으로 보였다. 왜 희슬의 방에서 수첩이 하나만 발견된 걸까? 호연이 메모를 살피는 사이 희슬의 엄마가 말을 쏟아냈다.

나는 걔가 왜 죽을 생각을 했는지 꼭 알아낼 거야. 밝혀지지 않은 이유가 있을 거라고 믿어. 더 많은 이유가. 너는 그 애가 어떤 애인지 알잖아. 비밀이 많은 애니까. 걔는 어릴 때부터 그랬어. 살살 웃을 때 뒤에서 무슨 생각을 하는지, 무슨 짓을 하고 다니는지 알 수 없었어. 그러니 네가 날 좀 도와줘. 희슬이는 죽기 전까지 널 친구라고 생각했어. 이 연고도 없는 땅에 걔가 왜 왔겠어? 네 고향이니까 온 거야. 나는 그렇게 생각해. 여기서 죽어버릴 줄은 몰랐지만, 그건 누구라도 몰랐겠지. 그랬을 거야.

호연은 단지 주양시의 집값이 싸서 왔을 거라고 말하고 싶었다. 역에서 조금만 벗어나면 텃밭과 아웃렛이 늘어서 있고, 언제나 상점이 사람보다 많은 도시. 근방에서 가장 물가가 저렴해 내몰릴 대로 내몰린 인간들이 오는 곳이 주양시였다. 사람들은 주양시를 북한과 가장 가까운 곳, 군부대가 많은 곳, 강을 면한 대형 카페들이 즐비한 곳 정도로 어렴풋하게만 기억할 뿐이었다.

희슬의 엄마는 이제 물컵에다가 소주를 붓고 있었다. 정상적으로 대화할 수 있는 상태가 아니었다. 호연은 수첩을 다시 펼쳤다. 희슬의 생각 사이로 호연에 대한 내용이 파편처럼 흩어져 있었다. 어디서 태어났고, 가족 관계는 어떻고, 어떤 성격이었는지. 희슬의 글씨체는 시간이

흘렸어도 그대로였다. 성급하게 휘갈긴 글씨들은 희슬이
느낀 것을 다정하게 때로는 신랄하게 드러냈다. 그중에
는 이런 문장도 있었다.

누가 인쇄업자를 기억하는가? 누가?
그들도 기억될 권리가 있다.

희슬이 인쇄업자에 대해 언급한 부분 바로 뒷장에는
조금 더 의미심장한 문장이 적혀 있었다.

나는 소설이 아니라 사건이 되고 싶다.
딱 하나, 이루고 싶은 목표가 있다면 작품이 그리
는 세계가 되는 것. 내가 나로서 작품을 넘어서는 것
이다.

호연은 그 페이지의 모서리를 접어두었다. 수첩에는
호연뿐 아니라 한때 인연을 맺었으나 멀어지고 만 사람
들에 대한 내용이 가득했다. 한참 페이지를 넘기던 중 수
첩의 한 부분이 눈에 들어왔다. 그 글은 다른 페이지와
달리 쓴 날짜가 적혀 있었다. 한 자 한 자 또박또박 쓰려
고 노력한 게 필체에서 느껴졌다.

그만둔다.

부족하지 않지만 그렇다고 충분하지도 않은 삶.

지겹다.

문장의 마지막에는 사흘 전 날짜가 쓰여 있었다. 호연은 한 번도 유서를 읽어본 적이 없지만, 그건 유서라고 보기에는 어딘가 어설펐다. 그렇다고 다른 사람이 쓴 것 같지도 않았다. 휘갈기듯 쓴 다른 페이지와 다른 점은 정자로 쓰느라 손에 힘을 주었는지 종이가 푹 파여 있다는 것 정도였다.

혹시 여기 읽어보셨어요?

읽어봤지. 그거는 걔 입버릇이야. 놀랄 것도 없어.

희슬의 엄마는 진심으로 그렇게 믿는 것 같았다. 십 년 전의 희슬은 특이하긴 해도 죽고 싶어 하는 아이는 아니었다. 그런 말은 장난으로도 내뱉지 않았다. 누구보다 삶을 따분하게 여기는 듯하면서도 격렬하게 사랑하는 사람이 희슬이었다. 그러나 십 년 후의 희슬이 이전과 같다고 보장할 수 없었다. 누구나 나이를 먹으면 성격이 달라지기 마련이니까. 희슬이 완성하고 싶다던 세계가 자기 희생을 통해서만 이뤄질 수 있었다고 해도, 몸에 불을 붙였다는 사실은 여전히 이해되지 않았다. 희슬은 손가락에 가시가 박히는 것조차 아파하던 사람이었다. 그런 희슬이 어떻게 수많은 방법을 두고 불타 죽을 생각을 했는지, 차라리 당사자에게 따져 묻고 싶었다.

호연이 희슬의 남자친구에 대해 더 물으려는데 먼 곳에서 화재경보음이 울렸다. 빈소를 지키던 사람들이 뛰쳐나와 복도를 둘러보았다. 희슬의 엄마도 당황한 얼굴로 복도를 확인했다. 호연은 호수에게 전화를 걸었다. 휴대폰은 꺼져 있었다. 아직 면회 중이라고 하기에는 시간이 꽤 지났다. 호연은 희슬의 엄마에게 어서 대피하라고 한 뒤 일 층 로비로 향했다. 뒤에서 기다리라는 외침이 들렸다. 호연은 그 부름을 무시했다. 손에는 미처 돌려주지 못한 희슬의 수첩이 들려 있었다.

환자와 보호자 들이 로비에 구름 떼처럼 몰렸다. 누군가가 침착하게 움직여야 한다고 소리쳤다. 호연은 어디로 가야 하나 망설였다. 어쩌면 호수와 아빠는 이미 대피했을지도 몰랐다. 하지만 두 사람이 아직 중환자실에 남아 있다면 그들을 구할 사람은 자신뿐이었다. 그때 목발을 짚은 소년이 호연의 곁을 스쳐 지났다.

엄마, 들었어? 누가 중환자실에 불을 질렀대.

소년의 말을 들은 사람들이 웅성거렸다. 떠밀리듯 정문으로 가던 호연은 행렬을 거슬러 올라갔다. 중환자실 복도는 매캐한 연기가 가득했다. 정복을 입은 경찰과 소방관 들이 여럿 와 있었다. 의료진들이 경찰 주위로 둥글게 모여 화난 표정으로 무언가를 진술하고 있었다. 그 가운데 수갑에 묶여 멍하니 선 호수가 보였다. 호연은 조금 전 희슬의 엄마가 했던 말을 떠올렸다.

밝혀지지 않은 이유가 있을 거라고 믿어. 더 많은 이유가.

호연은 호수를 향해 뛰어갔다. 호수는 머리를 푹 숙이고 있었다. 호수의 질끈 묶은 머리를 본 순간 호연은 기억해냈다. 아픈 가족이 있을 때 다른 사람의 장례식장에 가면 안 된다고 이야기해준 게 누구였는지. 긴 머리를 언제나 잘끈 묶고 있던 사람, 바로 엄마였다.

7

불.

이야기는 불을 추동한다.

많은 이야기가 불을 지르기 위해 내달린다. 불이 나면 모든 게 끝이다. 불을 내면서 시작하는 이야기도 있지만, 불은 보통 이야기를 종결시킨다. 불은 쉽다. 불이 닿는 곳은 모두 재로 변한다. 악당도, 허접한 플롯도 불이 닿으면 저항 없이 타버린다. 이야기를 따라가던 사람들은 불을 보는 순간 알아차린다.

곧 이야기가 끝나겠군. 그런데 뭘 태우는 거지? 뭐가 타고 있기에 이렇게 검은 연기가 나는 걸까? 폭음과 연기, 넘실거리는 불꽃을 보다 보면 타들어가는 곳에 뭔가 굉장한 것이 있다고 생각하게 된다. 특별하고 신비로운 것. 이를테면 불이 보여주는 광폭한 힘, 정화, 프로메테우스의 선구안 등이.

그러나 불은 단순하다. 태울 무언가가 없다면 꺼진다. 불을 키우는 건 불이 아니다. 불은 숨결, 볏짚, 증오, 사랑을 디디고 일어난다.

사람들은 삶에 당연히 이야기가 숨겨져 있을 거라고 믿고 또 진실을 믿고 싶지 않아서 이야기를 만들어낸다. 그런 점에서 불은 이야기와 닮았다. 불은 어두운 상태를 만족하지 않기에 빛을 키워낸다. 그리고 무언가가 자기 안으로 던져져야지만, 몸집을 불릴 수 있다. 던져진 무언가를 완전히 태울 때까지 이야기도 불도 타오르기를 멈추지 않는다.

희슬의 메모

✳

뉴스에 따르면 선동대학병원 중환자실에서 일어난 화재 사건은 의료진들의 노력으로 금세 진화됐다. 용의자로 지목된 이십 대 여성은 사건 당시 가지고 있던 라이터 때문에 경찰 조사를 받긴 했으나 증거불충분으로 풀려났다. 문제의 라이터에는 기름이 거의 없었을뿐더러 불을 붙이는 장면이 CCTV에서도 목격되지 않았다. 그러면 어떻게 불이 났는가? 그에 대해서는 의견이 분분했다.

영상에는 불이 난 순간이 포착되지 않았다. 용의자로 지목된 여성은 피해자인 남성의 곁을 서성이다 그의 얼굴 위로 귀를 가져다 댔다. 여성은 갑자기 놀란 사람처럼 비틀비틀 뒷걸음질 치더니 감격한 몸짓으로 남성의 발등을 양손으로 감쌌다. 잠시 뒤 불길이 일었다. 여성은 깜짝 놀라 주저앉았다. 근처에 있던 의료진들이 황급히 불을 끄는 사이 한 간호사가 여성의 손에 들린 라이터를 발견했다. 그가 여성을 제압하는 장면까지가 뉴스에 공유된 내용이었다.

해당 사건이 각종 인터넷 커뮤니티에 퍼지자 사람들의 반응은 여러 갈래로 나뉘었다. 귀신이 한 짓이라는 의견, 역시 여자가 범인이라는 의견, 마지막으로 건조한 실내에서 정전기가 일어나 불이 번졌다는 의견까지. 사건 당일 실내 습도가 낮았다는 간호사들의 진술과 소방서의 현장 감식 결과를 종합해 경찰은 결국 가장 불가능해 보이던 마지막 의견에 손을 들어주었다.

CCTV 영상을 줄기차게 분석한 인터넷 수사단은 여성이 몸으로 자기 손을 가리고 있어 정확히 무슨 일을 벌였는지 제대로 담기지 않았으니 재수사를 해야 한다고 주장했다. 라이터에 기름이 거의 남아 있지 않았던 것이지 아예 없었던 건 아니었다. 다른 곳도 아니고 중환자실이었다. 불이 잘못 퍼졌다가는 사경을 헤매던 누군가의 가족, 친구, 지인이 목숨을 잃을 수도 있었다. 남자의 발에 불이 붙기까지 오랜 시간이 걸리지 않았다고 해도 작정하고 불을 내려고 했다면 충분히 방화가 가능했다. 이 같은 주장을 하는 기사 댓글에는 공감 버튼이 꽤 눌렸지만, 누구도 진지하게 재수사를 해야 한다고 여기는 사람은 없었다.

해당 병원에서도 일이 커지길 원하지 않았다. 피해자인 남성은 다행히 발등에 약간의 화상을 입는 정도로만 다쳤다. 남성과 여성이 부녀라는 점이 밝혀지며 여성이 피해자에게 일부러 불을 질렀다는 의견은 더욱 힘을 잃었다. 당시 상황을 목격했던 간호사는 한 인터넷 커뮤니티에 불길 자체는 그리 크지 않았으며 의료인들의 빠른 대처로 조기 진화되었으니 그렇게까지 공분하지는 않아도 될 일이라고 했다. 결국 사건은 병원 관계자들의 합심을 높이 사는 방향으로 마무리되었다.

　중환자실에 화재가 일어난 날로부터 몇 주 뒤, 호연은 인쇄소 화재와 관련된 마지막 경찰 조사를 마치고 홀가분하게 차에 올라탔다. 아빠의 전원 절차를 밟자마자 인쇄소 골목에 차를 찾으러 갔지만, 오랜 시간 화재 현장에 남겨져 있던 차는 잿가루와 먼지로 형체를 알아보기 힘들었다. 당장이라도 세차를 하고 싶었으나 화상병원으로 이만 돌아가야 했다. 곧 있으면 간병인이 퇴근할 시간이었다.

　시위가 당겨지는 것조차 모르게 하루가 시작됐다가 정신을 차려보면 날이 저물어 있었다. 그것이 근래 호연의 일상이었다. 인쇄소 화재 사건이 일어난 날로부터 오늘까지 제대로 잔 날은 손에 꼽았다. 호연은 차가 멈춰 설 때마다 습관적으로 기사를 검색했다. 주양시의 한 인쇄소가 불탄 사건과 자칫했으면 대형 사고로 번졌을 뻔한 선동대학병원 중환자실 화재 사건을. 어떤 기자는 이틀 사이에 일어난 두 사건의 피해자가 동일 인물임을 강조하기도 했다. 댓글에는 불쌍하다는 동정 여론 외에 눈에 띄는 게 없었다. 호수에 대한 이야기가 아직도 남아 있을까 염려했는데 다행이었다. 중환자실 화재 사건 후로 호수는 몇 주 동안 경찰서를 들락거리다가 마침내 녹우리로 돌아갔다. 긴 시간 자리를 비우게 됐지만, 사안이 사안이니만큼 마을에서도 이해하고 넘어간 모양이었다.

호수가 경찰서에서 조서를 쓰는 사이 호연은 홀로 아빠의 전원을 도왔다. 아빠는 여전히 의식을 찾지 못했지만, 사고 첫날보다 호흡과 맥박이 안정적으로 돌아왔다. 담당의는 숨이 붙어 있는 게 기적이라고 했다. 그의 말에 따르면 광범위 화상 환자가 살아남을 확률은 오십 퍼센트에도 미치지 못했다. 수액 치료와 가피절개술, 피부이식이 진행됐다고 해도 급한 고비를 넘긴 정도였다. 수술을 마친 아빠는 차마 눈 뜨고는 보지 못할 모습이었다. 호연은 억지로 그의 모습을 눈에 담으며 아빠의 새 외형에 익숙해지기 위해 노력했다. 앞으로 또 몇 차례의 추가 수술이 기다리고 있을지 아무도 알 수 없었다. 호연은 최대한 아빠의 의식이 느리게 돌아오길 바랐다. 담당의가 말했듯이 아빠가 지금 눈을 뜨면 끔찍한 고통에 시달리느라 제정신을 유지하지 못할 거였다.

호연은 차를 주차하고 중화상 집중 치료실로 향했다.

로비를 지나쳐 엘리베이터로 가는 동안 화상 환자들을 숱하게 마주쳤다. 구축이 온 피부 때문에 손을 굽히고 있는 아이부터 눈이 제대로 보이지 않을 정도로 붕대를 두른 환자까지. 호연은 적어도 아빠가 의식이 돌아올 때까지는 일을 줄이겠다고 마음먹었다. 호수가 녹우리에 혼자 있는 게 걱정됐지만, 같이 다니기에 호수의 상태 역시 좋지 않았다.

호연이 보기에 호수는 다시 심신미약 상태에 빠져 있었다. 중환자실 화재 이후로는 완전히 입을 닫고 한마디도 하지 않았다. 경일에게 호수를 보살펴달라고 부탁하긴 했지만 마음이 놓이질 않았다. 아빠의 상태만 조금 나아지면 호수를 데리고 가까운 정신과에 들를 생각이었다. 아직 해결할 시도조차 하지 못한 건 기수라와 관련된 문제였다. 오늘만 해도 담당 형사에게 몇 번이나 엄한 처벌을 강조해두었지만, 기수라의 정신이상이 판결에 어떤 영향을 미칠지는 미지수였다.

엘리베이터에서 막 내리는데 메시지가 도착했다.

─너희 아버지 인쇄소가 불탔다는 사실을 이제야 알았어. 간호하느라 살이 빠졌네. 수첩은 나중에 돌려주렴. 연락 기다릴게.

호연은 주위를 둘러보았다. 검사실로, 병동으로, 화장

실로 향하는 사람들 사이에서 희슬의 엄마는 보이지 않았다. 호연은 걸음을 빨리했다. 우연히 기사를 봤다고 해도 어떻게 그 사건을 자신과 연결 지은 건지 꺼림칙했다. 답장을 고민하는 사이 근처에서 시사 프로그램 진행자의 목소리가 들렸다. 한 보호자가 휴대폰으로 영상을 보고 있었다. 진행자는 녹우 인쇄소의 화재 사고 소식을 전하는 중이었다. 그는 해당 사건의 용의자인 사십 대 후반 여성 A씨에 관해서 보도하며 별개로 A씨의 스토킹 사실을 언급했다. 그에게 지속적인 연락을 받은 작가 K씨의 단독 인터뷰를 확보했다고도. 호연이 걸음을 멈췄다. 휴대폰 스피커를 타고 음성 변조된 목소리가 흘러나왔다.

제가 이곳에 나온 건 또 발생할지도 모를 피해를 방지하기 위해서입니다.

K씨는 그간 A씨에게 당해온 지속적인 온라인 스토킹이 얼마나 두려웠는지 고백했다. 계정을 차단해도 A씨는 새 계정을 만들어 계속 연락해왔고, 자신은 일을 키우고 싶지 않아 경찰에 신고하지 않았다고. 하지만 K씨는 이번 인쇄소 화재 사건을 계기로 생각이 뒤바뀌었다고 했다. 이런 비극이 다시는 일어나지 않게 적극적으로 나설 계획이라고도. 그는 자기가 겪은 피해 상황을 흠잡을 구석 없이 완벽하게 증언하는 한편, 화재 사건의 초점이 자

신에게로 몰리지 않게 단어를 신중히 택했다. 진행자가 A씨로 인해 첫 작품의 출간이 미뤄진 심정을 묻는 말에는 대답을 아꼈다. 대신 인터뷰에 응한 것은 또 다른 피해자가 나오지 않기 위함이라고 다시 한번 강조했다.

호연은 휴대폰으로 시사 프로그램명을 검색해 영상을 직접 확인했다. 이니셜을 쓴 게 무색하게 유기영이 무슨 죄냐는 댓글이 수두룩했다. 익숙한 이름이었다. 호연은 언젠가 보았던 2ing1 계정으로 들어갔다. 일주일 전과 달리 팔로워 수가 급격히 늘어 있었다. 그가 남긴 게시글에는 수많은 위로의 댓글들이 달렸다. 가장 최근 글에는 기수라가 사건 직후 보낸 메시지가 캡처돼 올라와 있었다.

─책의 야성이 드디어 깨어났어요. 축하드려요. 앞으로도 계속 좋은 글 써주세요!

그 메시지는 호연도 처음 보는 것이었다. 불을 낸 사람이 썼다기엔 말투가 발랄했다. 호연은 검색창에 인쇄소 화재와 소설가 K씨를 함께 검색했다. 초반에 화재 사건에 초점을 맞추던 기자들은 유기영이 매체에 나선 순간을 기점으로 유망한 소설가를 스토킹하다가 그의 책에 불까지 지른 방화범 A씨에 대한 자극적인 이야기를 써 나르고 있었다. 그 기사들에서 사경을 헤매고 있는 인쇄소 대표와 관련한 내용은 찾아보기 어려웠다. 호연은 실

시간 댓글을 계속 확인했다. 미친 사람에게 표적이 된 젊고 유능한 작가 K, 그리고 그를 너무나 사랑한 나머지 책에 있는 내용을 현실화하려 한 방화범 A. 오래된 미스터리소설에서 볼 법한 구도였다. 사람들은 흥미를 느꼈는지 유기영에 관한 이야기를 각종 커뮤니티로 퍼 날랐다.

인쇄소 사장이 거의 죽어가고 있다는 이야기, 인쇄소 사장과 방화범 A가 사실은 가족 같은 사이였다는 이야기도 떠돌았다. 그렇게 친한 사이라면 방화범 A가 벌일 범행을 왜 몰랐냐, 보험금을 노리고 짜고 치려다가 도리어 당한 것 아니냐는 출처를 알 수 없는 의견들도 나왔다. 그러다가 무고한 사람들을 다치게 한, 이 악랄한 방화 살해범을 왜 그냥 두는지 분노했다. 아빠의 전신 화상 소식이 처음 퍼졌을 때와는 다른 반응이었다. 물론 그때도 강력히 처벌해야 한다는 의견이 다수였지만, 지금처럼 감정이 담긴 댓글은 드물었다. 유기영의 팬들이 유입돼서일까? 댓글에는 안타까운 사건에 대한 피로도 권태도 느껴지지 않았다. 화를 내던 사람들이 마지막에 가 궁금해하는 건 결국 한 가지였다.

유기영이 대체 무엇을 썼기에 사람을 미치게 했는가?

그는 어떤 소설가인가?

유기영의 데뷔작과 그가 여태 발표한 단편들의 제목이

여러 커뮤니티에서 차례로 언급됐다. 유기영이 직접 자기 계정에 밝힌 대로 방화범 A는 그의 소설 중 「부름」을 가장 좋아했다. 사람들은 「부름」을 읽을 수 있는 곳을 찾아 헤맸다. 그 소설을 한 번이라도 읽은 사람들은 어렴풋한 기억을 되짚으며 이러이러한 내용이라고 요약해주기도 했다. 누군가는 「부름」이 실린 계간지를 촬영해 올렸다. 호연은 무언가 잘못되고 있다고 생각했다. 이대로라면 화재 사건의 피해자는 아빠가 아니라 유기영이 될 것이다.

호연은 간병인이 떠난 뒤 계속 아빠의 침상 옆에 머물면서도 머릿속으로는 이 흐름에 대항할 방법을 찾았다. 떠오른 해결책은 하나였다. 호연은 바로 nokwooprint라는 계정을 생성해 첫 게시글을 썼다. 아빠의 상태를 비교적 상세하게 정리해둔 기사를 이미지로 첨부했다. 호연은 자기가 이번 인쇄소 화재 사건 피해자의 딸이라고 밝힌 뒤 아버지에 대한 과한 추측은 삼가해달라고 부탁했다. 2ing1의 계정을 팔로우하자마자 유기영이 호연의 게시글을 퍼 갔다. 유기영은 곧 새로운 게시글을 올렸다.

거듭 말씀드리지만 지나친 추측은 멈춰주세요. 피해자들에게 이차 가해를 하는 것이나 다름없습니다.

저는 다음 작품을 쓰는 중이니 너무 걱정하지 마시고요. 단행본 출간과 관련한 소식이 생기면 다시 찾아오겠습니다.

게시글이 올라온 지 얼마 되지 않았는데 응원의 댓글이 여러 개 달렸다. 그러나 호연은 그가 쓴 글보다 함께 올라온 사진에 주목했다. 그의 작업실로 보이는 방 안은 언뜻 보기에는 평범했다. 큰 모니터와 노트북 그리고 검은 천을 덧댄 오래된 수첩 한 개.

호연은 그 수첩을 잘 알고 있었다. 해진 천 사이로 보이는 파란 가죽과 휘갈겨진 글씨들. 그 수첩은 분명 희슬의 것이었다.

8

한때 유기영에게 결함은 축복이었다. 결함은 부족을 뜻했고, 부족은 필연적으로 노력을 불러왔다. 애쓰지 않아도 모든 걸 얻을 수 있는 삶은 재앙이었다. 그는 친형인 유태영을 보며 천재의 삶이 불행하다는 사실을 일찍이 깨달았다. 유기영이 기억하는 한 유태영은 어디서든 일등이었다. 음악, 수학, 영어, 과학, 글짓기 등 다양한 분야에서 두각을 드러냈을 뿐 아니라 전국 규모의 대회에서도 큰 상을 탔다. 유태영의 이름은 언제나 학교 현수막에 걸려 있었다.

초등학교 학부모들 사이에서 유태영은 금세 이슈로 떠올랐다. 선생들은 유태영을 영특한 아이, 그래서 무슨 생각을 하는지 알 수 없는 아이로 분류했다. 실제로도 유태영은 말이 없었고 감정을 잘 드러내지 않았다. 담임 선생들은 초등학생 같지 않은 유태영을 좋아하거나 어려워했지만, 그 아이가 제대로 된 교육을 받아야 한다는 데에는 의견이 일치했다.

유기영이 열 살, 유태영이 열한 살이 되었을 때 평범한 회사원이었던 그들의 부모는 한 아동 상담센터에 발을 들였다. 아이들의 두뇌 발달을 테스트해주기로 유명한 곳이었다. 주변의 거듭된 설득을 이기지 못해 서울까지 왔으나 내심 맏아들의 가능성이 궁금하기도 했다. 몇 가지 테스트와 상담이 진행되는 동안 발달 전문가들은 연신 유태영의 뛰어난 두뇌를 칭찬했다. 특정 분야에 치중되지 않고 전 분야에서 이 정도로 결과를 내는 아이는 드물었다. 원장은 특히 시기를 강조했다. 다양한 지식을 스펀지처럼 흡수할 수 있는 지금, 적절한 교육을 받지 않으면 유태영의 재능은 의도치 않은 방향으로 가거나 빛을 잃을 수도 있다고. 마치 신기루처럼.

신기루라면…… 재능이 사라질 수도 있다는 건가요?

내내 원장의 말을 경청하던 엄마가 물었다. 원장은 자기가 한 말을 정정하는 대신 상담을 이어갔다.

아니요. 재능이 사라지지는 않죠. 그런데 제대로 갈고 닦지 않으면 있어도 없는 것처럼 보인다는 거예요. 걸어갈 길을 만들어주지 않으면 아무리 좋은 신발이 있어도 소용없잖아요.

원장은 잠재력을 강조했다. 새싹이 부드러운 땅에서 잎을 틔우기 좋듯 토양이 고르고 햇살이 적절하게 내리쬐는 지금, 흙 밑에서 잠자고 있을 유태영의 무한한 가능성을 불러오자고. 웩슬러 지능검사에서 보이는 수치는 중요하지 않았다. 유태영은 지적 능력뿐 아니라 창의성과 과제 집착력도 탁월했다. 훗날 아이가 특별히 관심을 보이는 분야가 생기면 그 분야를 조기에 개발하기 위해서라도 알맞은 교육이 필요했다. 원장은 아이가 스스로 능력을 키울 수 있는 사설 교육기관을 추천하기도 했다.

갈 곳이 없어 부모의 곁에 머물던 유기영은 원장의 말에 집중했다. 그는 원장이 쓰는 단어들이 마음에 들었다. 새싹, 부드러운, 틔우다, 토양과 잠재력. 유기영은 그가 말한 단어들을 하나의 꾸러미에 담았다. 학교에서 배운 대로 비유적이었고, 어떤 단어는 눈앞에 보이는 사물들과 아름답게 호응했다. 원장의 언어에 스며든 유기영과 달리 부모의 반응은 떨떠름했다. 그들은 원장이 쓴 비유법 때문에 마음이 심란했다. 근방의 똑똑한 학생들은 모두 맏아들의 이름을 알았다. 심지어 어느 선생은 집까지 찾아와 아이를 칭찬했다. 그런데 그 특별한 재능이 사라진다고? 원장은 한 번도 능력이 사라진다고 말하지 않았지만, 부모가 느끼기에 신기루라는 비유는 유태영의 재능을 언제든 전락할 수 있는 가변적이고 무가치한 것이라고 평가 절하하는 것 같았다.

그들은 원장의 말을 듣고 유태영의 사설 영재원 입학을 진지하게 고민했다. 맏아들의 가능성을 진심으로 뒷받침해주기 위해서. 문제는 비용이었다. 그들은 아이를 영재원에 보낼 여유가 없었다. 방과 후 학교에서 진행하는 영재 학급 정도가 그들이 감당할 수 있는 범위였다. 아이가 자라는 동안 과연 얼마만큼의 돈이 필요할까? 상담이 끝날 때까지 홀로 퍼즐 놀이를 하며 기다리던 유태영은 부모의 복잡한 표정을 읽고 자리에서 일어섰다.

이제 집에 가자.

유태영은 더 어릴 때부터 부모의 주머니 사정을 잘 알

았다. 원장이 서울의 몇몇 교육기관을 추천해주었지만 가족의 모든 인적, 물적 자원은 그들이 나고 자란 지방의 소도시에 자리해 있었다. 유태영의 부모는 배포가 크지 않았다. 맏아들의 신기루 같은 가능성만을 믿고 상경하기에는 크나큰 결심이 필요했다.

그날 그들은 상담센터 근처에서 왕돈가스를 시켜 나눠 먹었다. 가라앉은 분위기를 띄우려는 건지 아빠는 유태영의 영특함을 옆 테이블 사람에게 들릴 정도로 칭찬했다. 유기영은 묽은 수프를 숟가락으로 휘저으며 머릿속으로는 여전히 새싹과 토양을 떠올렸다. 엄마가 유기영의 숟가락에 돈가스를 얹으며 물었다.

기영아, 왜 이렇게 풀이 죽었어?

돈가스가 수프에 젖어 윤기를 잃었다.

엄마, 나도 아까 만났던 선생님이랑 상담하고 싶어.

형에게 어떤 능력이 숨겨져 있다면 자신에게도 아직 밖으로 나오지 못한 힘이 있을 것 같았다. 유기영은 다시 센터로 돌아가자고 엄마를 설득했다. 엄마는 당황했다. 테스트를 받기 위해서는 추가적인 예약이 필요했고 검사비도 싸지 않았다. 다음에 다시 오자는 아빠의 말을 막아선 건 유태영이었다.

우리 그럴 돈 없잖아. 됐어.

유기영은 그 순간을 선명하게 기억했다. 오랜 시간이 지난 뒤에도 유태영의 의도를 추측하면서. 어차피 테스트해봤자 결과는 뻔하니 돈 버리지 말라는 거였을까? 아니면 둘째 아들의 재능까지 발견돼 부모의 걱정이 더해질까 염려한 걸까? 어쨌든 그날 유기영은 큰 충격을 받았다. 형과 한동안 대화를 나누지 않을 정도였지만, 유태영은 동생의 변화에 관심을 기울이지 않았다. 형제는 점점 어울리는 시간이 줄었고 노는 친구들도 달라졌다. 유태영은 나이가 들수록 자기만의 생각에 골몰하며 사람들과의 교류를 피했고, 반면 유기영은 친구들 사이에서 주로 리더 역할을 하며 관계를 조율하는 일에 매사 자신감이 넘쳤다.

　형제는 각각 도에서 운영하는 과학고와 예고에 진학했다. 유태영은 친척들에게 지방이 아니라 서울, 서울이 아니라 해외로 나가야 하는, 장차 큰물에서 놀 사람이란 평을 들었다. 유기영에게는 상대적으로 관심이 덜했다. 뛰어난 형 때문에 압박감에 시달리고 있지는 않을지 동정할 뿐이었다. 유기영이 보기에 형은 가끔 천재 소리를 듣는 수많은 영재 중 하나일 뿐이었지만, 주변의 시선은 달랐다. 부모 역시 유태영을 적극적으로 지원하지 못했던 과거를 만회하려는 듯 주말에는 홀 서빙을, 저녁에는 대리운전을 자처했다. 유태영이 각종 대회에서 상금을 받아둔 것도 예상외로 큰 도움이 되었다. 입시에 필요한 정보를 찾는 건 유태영의 몫이었다. 물리학 쪽으로 진로를 정한 유태영은 고등학교를 조기 졸업한 후 장학금을 받고 마침내 미국의 한 명문대에 입학했다. 훌륭한 대학에 다니는 것. 그건 지원다운 지원을 받지 못했던 평범한 집안의 자식이 낼 수 있는 가장 큰 성과였다.

유태영이 한국을 떠나 기숙사에 짐을 막 풀고 있을 즘 유기영은 입시 스트레스에 시달렸다. 장래 희망 칸에 항상 적어왔듯이 그는 시인이 되고 싶었다. 어릴 적부터 사람들이 쓰는 단어에 유독 민감했기에 그는 시인이 자기에게 주어진 유일한 직업처럼 느껴졌다. 그러나 어떻게 시를 공부해야 하는지 알 수 없었다. 글을 써서 받은 상은 여태 장려상뿐이었다. 부모는 당황했다. 맏아들은 한 번도 일등 아닌 상을 받아온 적이 없었다. 과외 선생을 붙여달라거나, 능력이 없는 것 같다면서 책상 아래에 몸을 숨기고 운 적도 없었다. 고등학교 이 학년 무렵, 전국 단위의 글짓기 대회에서 유기영은 처음으로 우수상을 받았다. 부모의 반응은 시큰둥했으나 유기영만이 처음으로 부름에 응답이 왔다고 생각했다. 유기영은 그 상 덕분에 가점을 얻어 유명 예술대학의 문예창작학과에 입학할 수 있었다. 동생의 대학 입학 소식을 들은 유태영은 미국에서 축하 편지를 보냈다. 내용은 간결했다.

　　나는 네가 좋은 작가가 될 거라고 믿어. 하지만 작품을 쓰려고는 하지 마.

유기영은 편지를 읽고 다시 읽었다. 충고는 눈에 들어오지 않았다. 단 한 번도 고꾸라져본 적 없는 유태영이 자신을 인정했다. 유기영은 진심으로 기뻤다. 편지 뒤편에는 손바닥만 한 렌티큘러 카드가 스카치테이프로 고정돼 있었다. 카드에 프린트된 건 금성이었다. 얇고 단단한 플라스틱을 기울이면 거미줄 모양의 아라크노이드가 떠올랐다. 유기영은 그것이 유태영에게서 받은 유일하게 쓸모 있는 선물이라고 생각했다. 초등학생 때 이후로 글짓기는커녕 그림에도 관심을 보이지 않더니 왜 이런 카드를 보낸 걸까? 유기영은 들뜬 마음과 다르게 카드를 서랍에 처박았다. 그가 생각하기에 자신이 형을 이길 수 있는 부분은 미감美感뿐이었다. 아름다운 것을 알아보는 재능, 그것이 유기영의 유일한 무기였고 유태영은 절대 가져서는 안 되는 거였다.
　유태영에게서 돌연 소식이 끊긴 것은 그즈음이었다.

처음에는 바빠서 연락이 안 되나 했는데 아니었다. 부모도 친구들도 몇 개월간 그의 소식을 듣지 못했다. 유기영은 학기 중에도 아르바이트를 하느라 형을 신경 쓸 새가 없었다. 결국 부모가 친척을 통해 유태영이 다니는 대학교에 메일을 보냈다. 얼마 지나지 않아 그들은 맏아들이 몇 주 전 자퇴했다는 소식을 들었다. 누구도 예상하지 못했던 일이었다. 전화까지 해 거듭 확인해보았으나 사실이었다. 유태영은 정말로 대학을 자퇴했고, 그 사실을 누구에게도 알리지 않았다. 부모는 일까지 쉬고 미국행 비행기표를 예매했다. 집에 홀로 있던 유기영은 이틀 뒤 이른 새벽, 아빠의 전화를 받았다.

기영아, 이것들을 네가 좀 읽어봐야겠어.

아빠는 유태영이 룸메이트들과 머물렀던 방에서 무수한 쪽지가 나왔다고 했다. 유태영이 남긴 쪽지는 대부분 영어로 적혀 있었다. 그중에 한국어로 적힌 메모는 딱 하나였다.

이야기로는 부족하다. 세계가 되어야 한다.

한국으로 돌아온 부모는 한동안 경찰서를 들락거렸다. 하지만 유태영이 자진해 대학을 그만두고, 룸메이트들에게 먼 곳으로 떠난다고 말한 사실이 걸림돌이 되었다. 정황상 유태영은 실종자가 아니라 늦은 나이에 가출한 청년이었다. 출입국 관리소에서는 유태영이 뉴질랜드로 갔다는 사실을 전했다. 부모는 유태영을 찾기 위해 방송국 문을 두드렸고, 뉴질랜드 한인들이 이용하는 인터넷 카페를 하루도 거르지 않고 드나들었다. 제보 연락은 꾸준히 왔지만, 정확한 확인을 위해 매번 뉴질랜드로 갈 수는 없는 일이었다. 어느 순간 유기영은 메모들을 번역하는 일에 극도로 골몰했다. 오역은 허용되지 않았기에 짧은 문장을 해석하는 데도 시간이 걸렸다. 내용은 대부분 연결되지 않았고, 문장이 완성되지 않은 경우도 많았다.

뱀의 혀처럼 갈라진 인두의 끝으로
망치를 든 남자는
주근깨가 녹는다.
유리를 통과한 얼음 눈과
붉은 모세혈관 점을 따라간다.
팔이 잘린 자리에 비치는 뼈 모양.
롤러 비둘기와 너무 짧은 치마를 입은 여자아이가

유기영은 파편 같은 메모들을 재배치했다.

롤러 비둘기와 너무 짧은 치마를 입은 여자아이가
붉은 모세혈관 점을 따라간다.
망치를 든 남자는
뱀의 혀처럼 갈라진 인두의 끝으로
유리를 통과한 얼음 눈과
팔이 잘린 자리에 비치는 뼈 모양.
주근깨가 녹는다.

   메모는 맥락도 정확한 내용도 알기 어려웠다. 떠나기
전에 수수께끼라도 전하고 싶었던 걸까? 깊은 의미가 담
긴 듯 보이나 실은 빈껍데기만 남은 문장들이었다. 유기
영은 묘한 승리감을 느꼈다. 단어와 단어 혹은 문장들이
서로 충돌하며 내는 파장. 유기영은 그것을 만들어낼 수
있었으나 유태영은 아니었다. 유기영은 형에게서 받았던
렌티큘러 카드를 떠올렸다. 그에게도 뭔가 아름다운 것,
쓸모로 환원할 수 없는 대상을 추구하는 능력이 있었을
지도 모른다. 조금만 더 공을 들였다면, 더 읽고 더 썼다
면 훨씬 괜찮은 무언가를 만들어냈을지도 모르지.
   유기영은 메모를 흩뜨렸다. 형이 자신이 쓴 시를 보았
다면 뭐라고 했을까? 아니면 이미 보았을 수도 있다. 아
빠나 엄마가 시를 보내면서 이렇게 속삭였을지 모른다.

태영아, 네가 이 애를 평가해줘. 넌 특별하고, 영특하고, 한 번도 주저앉은 적이 없지. 이 애가 과연 시인이 될 수 있을까? 자기 밥벌이는 하고 살 수 있을까? 넌 어릴 때부터 우리에게 말했지. 엄마, 아빠 전 아이비리그에 갈 거예요……. 그리고 정말로 그곳에 갔어. 말하는 대로 이뤄질지니. 영리한 우리 아들, 어서 말해주렴. 이 애는 시인이니?

이듬해 유기영은 학비를 마련한다는 핑계로 대학을 휴학했다. 부모는 그를 말리지 않았다. 옷 가게와 공장, 편의점과 음식점을 떠돌아다니는 동안 형의 편지가 그를 따라붙었다.

　나는 네가 좋은 작가가 될 거라고 믿어. 하지만 작품을 쓰려고는 하지 마.

어느 순간 유기영은 알았다. 그것은 확언이 아니라 조소였다. 작가가 되는 건 쉬운 일이지만, 좋은 글을 쓰는 건 어려울 거라는. 유기영은 일하는 동안 시간이 남으면 무엇이든 내키는 대로 적었다. 냅킨과 영수증, 기름때로 얼룩진 티셔츠 위에도. 하지만 어떤 시어도 그의 곁에 머물지 않았다. 유기영에게는 거미줄 같은 언어가 필요했다. 마음이 떠돌지 못하도록 붙드는 단어들이. 하지만 그의 토양은 이미 굳어버려 어떤 싹도 틔울 수 없었다. 그리고 그해 여름, 희슬을 만났다. 여러 개의 수첩을 가지고 다니는, 종잡을 수 없는 말을 지껄이는 여자를.

너, 자기 암시라는 거 알아?

희슬은 그날 붉은 기름이 묻은 접시를 문지르고 있었다. 닦아내도 좀처럼 지워지지 않는 기름때가 개수대에서 웅덩이를 이뤘다. 유기영은 옆에서 깨끗해진 그릇들을 정리했다. 늦은 시간이었고, 사장이 자리를 비워 부엌에는 두 사람밖에 없었다.

자기 암시가 뭔데요?

무언가가 일어날 거라고 믿으면 정말 그 일이 일어나는 현상.

암시가 진짜 효과가 있대요?

나도 몰라. 난 이루고 싶은 일이 거의 없거든.

사람이 어떻게 그래요. 뭐든 꿈이 있는 거지.

희슬이 설거지를 멈췄다. 유기영은 희슬의 뺨을, 비밀이 많아 보이는 입술을 응시했다. 한 번도 부딪혀본 적 없던 세계와 격돌하기 직전이었다. 하지만 유기영은 자기 안으로 침입해 들어오는 검은 눈동자를 마주하기 전까지 그 변화를 눈치채지 못했다. 희슬이 말했다.

꿈을 갖게 되면 진짜 일어나길 바라게 돼. 기도하게 되지. 아닌 척하지만 다들 사지가 붙들린 사람처럼 떨고 있어. 운명을 누군가에게 위탁하고서, 자기가 노력한 일도 하늘의 뜻에 맡겨버리는 거야. 난 그런 사람들을 보면 욕이 튀어나와. 나약함이 옮을 것 같아서.

희슬이 붉은 기름을 고무장갑으로 짓이겼다. 기름은 사라지지 않고 장갑에 흔적을 남겼다. 유기영은 희슬이 장갑 벗는 것을 도왔다. 희슬은 갑작스러운 손길을 경계하면서도 피하지 않았다.

그러면 괴로울 때는 어떻게 해요? 아무리 노력해도 눈앞의 상황이 나아질 것 같지 않을 때요. 기도하고 싶어지지 않아요?

그럴 때는 멈추지 않고 걸어. 원하는 일이 벌어질 때까지 계속.

희슬과 그토록 오래 대화한 건 처음이었다. 다른 아르바이트생들이 칭찬하던 희슬의 외모가 처음으로 눈에 들어왔다. 희슬이 아름다워서라기보다는 어딘가 형과 닮은 이목구비 때문이었다. 친숙하면서도 낯선 그 얼굴을 향해 감춰둔 감정을 말하고 싶어졌다. 유기영은 시계를 봤다. 가게를 마감할 시간이었다.

누나랑 더 이야기하고 싶은데, 괜찮아요?

나랑 무슨 이야기가 하고 싶은데?

그냥 다요. 사는 이야기면 다 좋아요.

그렇게 말하고는 서둘러 한마디를 덧붙였다.

왜냐면 전 항상 멈춰 서서 기적이 일어나게 해달라고 기도하는 사람이거든요.

그날 밤 두 사람은 새벽이 올 때까지 공원 벤치에 앉아 이야기를 나눴다. 술을 마시지도 담배를 피우지도 않았다. 마치 스무고개를 하듯 상대방이 지루함을 어떻게 견디는지, 분노는 어떤 방식으로 해결하는지를 맞혔다. 희슬의 분노 해결 방식은 복숭아였다. 이따금 삶에 자괴감이 찾아올 때면 우울한 기분이 떠나기만을 바라며 잘 익은 복숭아를 씹어 먹었다.

과즙이 손가락을 타고 흐르면 난폭한 기분이 들어. 잘되지 않는 일들을 모조리 입에 넣어 씹고 싶어지지. 혀도 입안도 엉망이 되도록 깨물고, 흐르는 피를 마시면 기분이 훨씬 나아져. 피, 살점, 난 이런 것들이 중요하다고 믿어. 피가, 떨어지는 살점이 사람을 움직이게 하는 힘이라고. 꿈이나 미래에 대한 환상 같은 게 아니라, 기도가 아니라 지금 눈앞에 벌어지고 있는 일들을 직시하는 것이야말로 미래의 불안을 씻어낼 열쇠라고. 내일을 낙관하거나 두려워하는 당신들과 달리 나는 세계를 향해서 걸어가고 있다고 믿게 되거든.

희슬의 말이 꿈결처럼 지나쳤다. 유기영으로서는 이해할 수 없는 적의와 불신이 얇은 입술을 타고 빠져나오다가 두 사람 사이에 사지를 늘어뜨렸다. 이야기를 마친 희슬은 더 이상 젊은 여자처럼 보이지 않았다. 곧 사라져버릴 노인처럼 위태로웠다. 그래서 희슬에게 마음이 갔다. 희슬이 말한 세계란 무엇인지, 먼 곳을 보는 저 시선이 또 어디로 향할지 궁금했다. 유기영은 말했다.

저는 다 모르겠고…… 그냥 사람들이 같이 망했으면 좋겠어요. 망하는 걸로도 부족해요. 다 그냥…….

잊혔으면 좋겠어?

잊혀요?

그래, 망하고 잊히는 거. 망한 데다가 잊히기까지 하면 최악이잖아.

그래요. 망하고 잊혔으면 좋겠어요.

희슬이 웃었다. 두 사람은 그날을 계기로 급격히 친해졌다. 유기영은 자신의 갑작스러운 고백이 희슬의 내면 어딘가를 건드렸음을 깨달았고, 형의 빈 자리에는 희슬이 슬그머니 자리 잡았다. 때로 희슬에게서 범접할 수 없는 오라가 풍길 때면 경쟁심과 호감을 동시에 느꼈다. 유기영은 틈이 날 때마다 희슬에게 자기 이야기를 했다.

이렇게 말하면 미움받는구나. 저렇게 말하면 얕보이는 구나. 아르바이트하는 동안에도 눈치만 느는 제가 너무 병신 같아요. 왜 나는 의연해지지 못하지? 왜 그냥 무시하지 못할까? 항상 너저분하게 감정을 질질 흘리고 다니다가 표정이나 굳히고. 형은 안 그랬거든요. 평소에 무슨 생각하는지도 모르겠고, 아무튼 뭔가 있어 보였어요.

넌 형처럼 되고 싶었어?

아뇨, 그럴 리가요.

정확히는 되고 싶어도 될 수가 없었다. 하지만 지나치게 솔직하게 말했다가 별 볼 일 없는 놈이라고 생각할 것 같았다. 희슬이 속내를 꿰뚫어보듯 미소 지었다.

그렇다면 다행이네. 너희 형은 아무것도 노력할 게 없어서 망가졌잖아. 그리고 잊혔지. 최악이야. 그런 사람이 돼서는 안 돼.

그럼요?

우선 망하지 말아야지. 잊히지 않는 건 그다음이야. 무슨 말인지 알겠어?

……네.

유기영은 희슬이 무슨 말을 하는지 잘 몰랐다. 어쩌면 처음 만났던 순간, 희슬과 통했다고 생각한 순간마저도 희슬의 말을 백 퍼센트 이해하지 못했다. 그저 희슬도 자신과 함께 있고 싶어 하는 것 같아 기뻤다. 희슬의 자취방에 초대받아 늦게까지 논 날에는 엔도르핀이 도는 나머지 술이라도 마신 것처럼 어지러웠다. 희슬의 방에는 좋은 냄새가 났고, 곳곳에 이상한 수첩이 놓여 있었다. 희슬은 그 수첩을 보도록 허락하지 않았다. 그저 이야기했다. 삶에 대해. 구질구질한 찰나에 대해.

우리 엄마는 식어가는 다리미를 자기 배에 대는 사람이야. 남은 열이 아까워서. 가끔 그 사람이 대학병원에서 일했다는 게 믿기지 않아. 병으로 된 소화제를 한 상자 사면 가장자리를 헤집어서 구멍을 만들어놔. 그 안으로 손가락을 넣어서 소화제를 꺼내 먹는 거지. 병을 꺼낼 때마다 박스의 날카로운 부분에 손등이 긁히는데도 절대 상자를 열지 않아. 그 상처를 기억해. 까슬까슬하게 만져지던 손등 위 딱지를, 너무 뜨거운 다리미를 대느라 배에 남은 화상 자국을. 나한테도 비슷한 자리에 화상 흉터가 있어. 엄마한테서 옮은 거지. 아직도 나는 잔열이 남은 다리미를 보면 무의식중에 뜨거운 쇠판을 배에다가 대고 있어. 그런 게 삶이라고 생각해. 원하지 않아도 하게 되는 일들 말이야. 편한 대로 몸과 마음이 흘러가고 인생도 그 흐름을 따라 움직이지. 하지만 이제는 알아. 원하는 대로만 행동하면 안 돼. 흘러가면 안 돼. 더 이상 방황할 수 없어. 결단을 내려야 해. 위험한 쪽으로, 옳은 쪽으로 나아가야 해.

유기영은 그날 희슬의 자취방에서 하룻밤을 보낼 예정이었다. 그는 뜨거운 물을 맞으며 오랜 시간 서 있었다. 위험한 쪽으로, 옳은 쪽으로 나아가야 한다니. 희슬이 생각하는 위험하고 옳은 쪽은 어디일까? 화장실에서 나오자 방은 에어컨 바람 덕에 시원했다. 희슬의 몸은 차갑게 식어 있었다. 유기영은 희슬과 함께 자면서도 긴장하지 않았다. 그는 희슬을 한 번도 육체적으로 원하지 않았고, 그건 희슬도 마찬가지였다. 그들은 상하 관계가 있는 남매와 다를 바 없었다. 둘 다 아름다운 것을 좋아했고, 때때로 글을 썼으며 제멋대로인 인간들이 망가지기를 소원했다. 친구라고 표현하기에는 위계가 있는, 그러나 연인은 아닌 사이. 이 기묘한 관계가 십 년이나 이어질 거라고 유기영도 알지 못했다.

대학을 어렵게 졸업한 유기영은 물류 회사에 취직했고 시를 포기했다. 대신 소설을 준비했다. 그는 형에게서 느꼈던 경외감을 발판 삼아 과거의 문장들을 끄집어내 마침내 한 편의 글로 엮었다. 시를 준비할 때만큼 즐겁지는 않았다. 건조하고 정확한 소설. 유기영은 그런 평가를 받으며 소설을 썼다. 몇 개월이 지나지 않아 문예지에서 청

탁이 들어왔다. 희슬은 유기영의 소설을 전혀 읽지 않았고, 늘 뭔가를 준비하느라 바빠 보였다. 뭘 하고 있냐고 물어도 미소만 지을 뿐이었다.

「부름」이 전에 없는 호평을 받은 직후 희슬은 갑자기 주양시로 터를 옮겼다. 희슬의 엄마와 안면을 트게 된 것은 그때였다. 희슬은 편의상 유기영을 남자친구라고 소개했다. 그만큼 유기영과의 관계를 설명하기 쉬운 단어는 없었다. 이사한 뒤에도 그들은 함께였다. 변화가 있다면 희슬의 태도였다. 희슬은 어느 날 단 한 번도 보여준 적 없던 수첩들을 유기영에게 내밀었다.

네가 이것들을 보관해줬으면 좋겠어.

왜요?

지금의 날 가장 잘 아는 사람이 너니까.

여섯 권의 수첩이 오른편에, 일곱 권의 수첩이 왼편에 놓였다. 희슬은 오른편의 수첩들이 자기 인생의 전반부, 왼편이 후반부라고 했다. 희슬의 손이 왼편의 수첩 위로 얹어졌다.

여기에는 네 이야기가 많아.

희슬은 일곱 권의 수첩에 유기영의 낙관과 좌절 그리고 자신의 버릇없음과 비관이 우글거린다고 했다. 그들이 많은 각도로 서로 부딪힌 결과물이 바로 이 수첩들이었다.

다른 여섯 권도 제가 봐도 돼요?

물론이지. 대신 네가 날 좀 도와줘야 해. 네 첫 책이 나오기 전에 하고 싶은 일이 있거든.

그게 뭔데요?

희슬은 비밀스레 웃었다. 설거지하며 처음 이야기를 나눴던 그날처럼.

자세한 건 나중에 알려줄게. 내가 오래전부터 소원했던 걸 이룰 때가 온 것 같아.

희슬의 차가운 손이 유기영의 뺨을 스쳤다. 유기영은 그 순간 뭔가를 예감했다. 유태영의 편지를 받았을 때와 비슷한 느낌이었다. 우러러보던 상대가 갑작스레 관대해졌을 때, 기쁨이 몰려와서 아무것도 보이지 않을 때 결정적인 변화가 일어났다. 희슬이 유기영의 손을 붙잡았다. 천상의 존재가 불시에 곁으로 와 뺨을 어루만져주듯 몹시 부드러운 손길로.

그거 아니? 지능이 낮은 동물에겐 현재 시제만이 있다는 거.

유기영은 맞잡은 희슬의 손이 오늘따라 뜨겁다고 생각했다. 마치 타오르는 것처럼. 희슬의 입가에서 미소가 사라졌다.

그래서 난 항상 현재만을 봐.

방 안은 무더웠다. 열기는 희슬을 중심으로 뿜어져 나오고 있었다. 유기영에게 있어 우희슬은 끓는 물이었다. 피부가 녹아내리는 것도 모르고 자꾸만 가까이 다가가게 되는 열수. 동시에 병균들을 한 번에 없애주는 가장 깨끗한 물. 그래서 손이 탈 것처럼 뜨거운데도 희슬의 손을 놓을 수가 없었다. 희슬이 쇼핑백에 수첩을 담아 건넸다. 명랑한 음성이 울려 퍼졌다.

있잖아. 너, 자일렌이라고 알아?

유기영이 생각하기에 그날은 전환점이었다. 이전과 이후가 완벽하게 달라져 결코 전으로는 돌아갈 수 없는. 그는 날이 새도록 희슬이 건넨 수첩을 읽고 또 읽었다. 그리고 깨달았다. 앞으로 무엇을 해야 하는지, 어떤 미래를 그려야 하는지를. 그에게는 오직 미래 시제만이 있었다. 그리고 아직 도달하지 못한 미래를 위해 어떤 짓도 할 준비가 되어 있었다.

9

유태영은 테카포 호수를 바라보았다. 선한 목자들이 내려다보는 곳, 돌가루가 섞여 탁한 우윳빛 표면을. 날벌레가 그의 뺨을 때리고 발밑으로는 개미들이 모여들었다. 까만 개미들은 자기 몸보다 두 배는 큰 벌레를 옮기고 있었다. 그는 개미굴 입구를 발로 메울까 하다가 고개를 돌렸다.

뉴질랜드의 남섬으로 자리를 옮긴 지 일주일째, 시간 감각이 점점 흐려졌다. 그는 밤이 될 때까지 꼼짝없이 호수 앞에 서 있을 작정이었다. 이곳에 온 건 한 거지 덕분이었다. 푸른 눈의 거지, 억센 흰 수염을 맵시 있게 땋은 거지가 그를 호수로 인도했다. 거지는 그가 사 준 음식을 먹으며 인생의 비밀을 넌지시 알려주었다.

내 말 잘 들어. 네가 다 식은 햄버거를 적선하듯 나눠줘서 하는 말은 아냐. 넌 지금 헛짓거리를 하는 거야. 난 너 같은 글 쓰는 나부랭이들을 많이 만나왔어. 네가 무슨 생각으로 이곳에 왔는지 뻔해. 세계의 진실을 찾고 있는 거겠지. 뭘 써야 하는지, 뭘 쓰고 싶은지, 쓰는 것으로 충분한지 되묻다가 결국 이탈한 거잖아. 네가 경험해본 땅에는 발굴할 진실이 없을 거라고 생각한 거지. 하지만 세상의 비밀은 바다 건너에 있지 않아. 넌 그냥 젊음을 낭비하면서 돌아다니다가 울면서 엄마 젖이나 빨러 갈 거야. 네 물컹한 자지나 붙잡고 잠들 거라고. 그나마 여기서 뭔가 얻을 수 있는 데는 테카포 호수뿐이야. 그곳은 세상의 비밀들을 누설하고 있어. 추잡하고 평범한 온 세계의 진실들을. 그곳에서 가만히 하루를 보내면 다 알게 된다고. 날아드는 벌레들을 삼키면서 그 비쩍 마른 엉덩이를 축축한 바닥에 붙이지 말고, 두 발로 버티고 서 있어보란 말이야. 마늘 냄새 나는 네 아가리를 쩍 벌리고, 꾸역꾸역 진실을 삼키다 보면 알게 돼. 뭔가가 진작 일어났구나. 이미 우리는 좆됐구나. 이 풍경, 이 날벌레들, 은하수와 둥근 지구. 그런 것들이 주르륵 흘러내려 네 아가리에서 똥구멍까지 처박히고 나면 집으로 돌아가고 싶은 생각이 들 거다. 지금처럼 덜떨어진 시어를 남발하는 게 아니라. 알버트 항구에는 가보지도 못했겠지. 맹그로브의 그 짠맛 나는 잎사귀를 삼켜보지도 않고서 무슨 진실을 퍼 올리겠다고? 아무것도 모르면서 젠체하지 마. 내가 오클랜드에 있었을 적에 그래, A말고 O로 시작하는 오클랜드에 있었을 때 나는 팝FOB들과 친구였어. 이제 막 보트에서 내린 머저리들. 걔들은 적어도 포부가 있었지. 진실이고 뭐고 상관없으니까 여기서 돈 좀 벌게 해줘! 넌 그 정도로 간절해본 적이 없으니 모를 거야. 그놈들이 얼마나 대단한지. 걔들은 지금 돈을 모아서 남극에서 크루즈 투어나 즐기며 살고 있다고. 그런데 널 봐. 음식 쓰레기를 수거하며 번 돈으로 글자나 끄적이고 있잖아. 그냥 꺼져 버려. 네가 준 햄버거는 더럽게 맛없었어. 빌어먹을 새끼.

그는 테카포 호수를 보며 거지가 알려준 알버트 항구를 상상했다. 바닷물이 모두 빠져나간 바닥엔 맹그로브 나무들이 가득할 것이다. 그곳에서 밀물이 올 때까지 나무 근처를 서성이다 보면 무언가를 발견하게 될까?

은하수가 그의 머리 위로 떠올랐다. 거지가 말했던 세계의 비밀은 어디에서도 쏟아지지 않았다. 그는 다음 행선지를 정했다. 그가 갈 곳은 알버트 항구 그리고 세상의 끝이었다.

2부

1

오래전에 호수는 다양한 문화권에서 그려지는 괴물과 악마 들에게 한 가지 공통점이 있다고 했다. 그들의 눈이었다. 사람들은 지나치게 노랗거나 푸른 눈을 보는 것만으로도 저주받는다고 믿었다. 이를 막기 위해서는 고개를 돌려야 했고, 나아가 눈을 찔러야 했다. 그래야 악한 눈에 사로잡힐 일이 없을 테니까. 호수가 중얼거렸다.

그런데 난 가끔 악한 눈이 먼저 있는 게 아니라 악한 눈이 있다고 믿을 때 괴물이 찾아오는 것 같아. 그럴듯한 이야기에 홀려서 악마를 만들어내는 거지. 진짜 문제는 저 뒤에 있는데 눈앞에 만들어진 괴물에게 홀려버리는 거야.

호수가 인센스를 뒤집어 홀더 바닥에 뭉그러뜨렸다.

아직 꺼지지 않은 불씨가 잿더미 위에서 명멸했다. 호수의 말이 맞았다. 믿지 않으면 존재하지도 않는다. 얽힌 이야기가 얼마나 그럴듯해 보이는지에 따라 미신의 파급력이 달라지는 것만 봐도 무엇을 믿고 믿지 말아야 하는지는 분명했다.

잘 알고 있으면 심상이니 명상이니 하는 건 집어치우고 너부터 챙겨.

호수의 맑은 눈동자에 호연의 모습이 비쳤다. 이상할 만큼 줄어든 자신이 커다란 눈에 갇혀 꼼짝하지 못했다.

원한다고 멈출 수 있는 게 아니야. 언니도 알잖아.

호수는 어떤 불행은 그냥 삶의 배경이 된다고 했다. 인생 저변에 깔려서 눈에 띄지 않지만, 무의식중에 그 배경과 비슷한 이야기나 사건을 찾게 된다고. 언젠가 고립된 마을에 사는 여자애가 나오는 영화를 보면 가슴이 저린다고 했던 호수의 말이 떠올랐다. 엄마를 잃은 수많은 딸들, 이야기와 시와 희곡 속의 고아 소녀들이 마치 자신같이 느껴질 때가 분명 호연에게도 있었다.

명상이나 요가가 없었다면 나는 그 이야기들 속으로 침잠했을 거야. 현실에서 더 멀어지면서.

호연은 인센스 냄새를 피해 고개를 돌렸다. 호연이 보기에 요가와 명상 역시 호수를 현실에서 유리시키고 있었다. 그러나 이만하면 됐다. 매달릴 수만 있었다면 호수는 그 무엇이든 붙잡았을 것이다. 운이 나빴다면 도박이나 술에 목을 맸을 수도 있다. 그러니 이만하면 됐다고, 그날의 호연은 생각했다.

방 안은 먼지 냄새로 가득했다. 열 평짜리 원룸은 미처 정리하지 못한 짐으로 너저분했다. 호연은 널브러진 옷가지들을 세탁기에 넣고 나갈 채비를 했다. 아빠가 화상 전문병원에 입원한 지도 여러 날이 지났다. 그사이 어지러웠던 일상이 조금씩 원래대로 돌아가고 있었다. 오늘 아침, 이른 새벽에 일어난 호연은 간병인에게 아빠를 맡기고 오랜만에 자취방으로 돌아왔다. 혼자 있을 수 있다는 사실이 감사할 만큼 방 안은 온전한 고요로 가득했다. 희슬의 수첩이나 유기영과의 일을 잠시 잊을 만큼.

설득을 이기지 못하고 몇 주간 정신과를 오가던 호수는 다행히 상태가 호전돼, 이따금 아빠를 보러 병원에 들렀다. 그러나 호연은 결코 단둘만 남겨두지 않았다. 강사 일에 복귀할 만큼 회복한 호수는 다시 아빠를 간호하고 싶어 했지만, 호연은 경찰서를 오간 일로 아직 마음이 안 좋을 거라는 핑계를 들어 거절했다. 경일이 호수를 잘 달래주기만을 바랄 뿐이었다. 덕분에 호연은 하루 대부분을 병원에서 보냈다. 유기영이나 희슬에 관한 일은 자연히 뒷전이 됐다. 병원에 있지 않을 때도 보상과 관련한 일을 처리하느라 동분서주했다. 짬이 나지 않을 때를 대비해 쓴 간병인은 친절하지는 않지만, 손이 빠르고 조용했다. 그를 고용하는 데 많은 돈이 들었다. 그래도 아빠가 모아둔 돈이 제법 있어 금전적인 문제에서 한시름 놓을 수 있었다. 그 사실만이 유일한 구원이었다.

호연은 방 안의 정적을 즐겼다. 병원에 있느라 정체됐던 시간이 이 안에서는 빠르게 흘렀다. 인쇄소 화재 사건 이후로 한 번도 느껴본 적 없던 행복이었다. 일상이, 축가와 폭죽, 환한 미소가 가득한 행사장이 그리웠다. 만약 한 시간 전에 아빠가 의식을 찾았다는 이야기를 듣지 않았다면 언제까지고 방 안에만 머물렀을 것이다. 하지만 이제는 다시 정체 구간으로 돌아가야만 했다. 호연은 다급히 그러나 미련이 남은 몸짓으로 갈아입을 옷들을 챙겼다. 아빠가 생의 의지가 강한 것 같다고 칭찬했던 담당의는 끝내 눈을 뜬 아빠를 보고 감탄했을지 궁금했다. 아빠가 의식을 되찾았을 때 곁에 없어서 다행이었다. 그가 고통스러워하는 모습을 보기 전에 모르핀이 주입됐을 것이다. 다친 짐승처럼 침대에 늘어진 그를 마주할 자신이 없었다. 지금 아빠는 뭘 하고 있을까. 늙은 간병인이나 어린 간호사들을 딸이라고 착각하고 있지는 않을까.

호수에게 메시지를 보내 아빠의 소식을 전했다. 차를 몰고 병원으로 가는 동안 전화가 걸려왔다. 전화를 받자마자 호수는 격앙된 목소리로 물었다.

진짜야? 아빠가 일어났어?

그래, 진짜야. 일어났어.

호수는 기쁜 나머지 흐느꼈다. 곁에서 경일이 호수를 달래주는 소리가 들렸다. 호수는 연신 기적이라고 중얼거렸다. 한껏 가벼워진 호수의 말투 덕인지 호연의 굳어 있던 몸도 느슨해졌다. 앞으로도 처리할 일이 많았지만, 지금은 호수의 기쁨에 전염되고 싶었다. 한차례 눈물을 흘린 호수가 민망한지 웃음을 흘렸다.

이런 말할 타이밍은 아닌 것 같지만, 나 언니가 SNS에 올렸던 글 이제야 봤어.

그토록 감정이 드러나는 글을 언니가 올리다니, 호수는 예상하지 못했다고 했다. 그래서 더 좋았다고도. 호수는 경일과 함께 병원으로 가겠다는 말을 끝으로 전화를 끊었다. 창밖으로 화상전문병원의 로고가 보였다. 호연은 차를 주차하고 엘리베이터에 올랐다. 입원실로 향하는 동안 SNS에 올렸던 글을 확인했다. 호수가 말한 것처럼 글에는 감정이 짙게 드러나 있었다. 분노와 혐오가

선명해 읽는 동안 피로해질 지경이었다. 삭제할까 하다 2ing1을 의식해서라도 지우지 않았다. 몇 주 사이 2ing1의 계정에 올라온 새 글은 없었다. 그가 마지막으로 올린 사진에는 여전히 희슬의 수첩이 찍혀 있었다.

호연은 장례식장에서 들고 와버린 희슬의 또 다른 수첩을 떠올렸다. 아빠의 사고를 들먹이던 메시지 이후, 오늘까지도 희슬의 엄마에게서는 별다른 연락이 없었다. 그러나 조용할수록 유기영과 희슬 엄마의 존재감은 강해졌다. 조만간 희슬의 엄마에게 수첩을 돌려주며 유기영을 아냐고 물을 계획이었다. 희슬의 남자친구가 정말 유기영이라면 수첩을 가지고 있던 것도 말이 됐다. 유기영의 SNS 글들을 모두 살폈지만, 마지막으로 본 사진 외에 특이점은 없었다. 시간이 흐른 지금 다시 읽어봐도 유기영의 글은 재미있었다. 적당히 흥미 있는 내용과 안타까움을 뒤섞어 사람들의 관심을 끌었다. 스토커와 불탄 책, 사고로 죽어가는 인쇄소 사장을 가십의 밑거름으로 대놓고 사용하지 않으면서도 피해자들을 두둔함으로써 읽을거리를 만들었다. 호연은 불타버리고 만 그의 첫 책이 한 권이라도 남아 있다면 웃돈을 줘서라도 살 계획이었다. 알아보고 싶은 건 한 가지였다. 유기영이 희슬의 생각을 베낀 부분은 없는지, 그 사실을 눈으로 확인하고 싶었다.

아빠가 입원한 병실은 이 인실이었다. 옆 병상에 아직 환자가 없어 내부는 조용했다. 호연은 아빠에게 가까워질수록 시선을 바닥으로 내렸다. 정상 피부 조직이 부족해 인공 진피가 이식된 곳들이 눈에 띄었다. 몇 번을 보았는데도 팔뚝에 소름이 돋았다. 호연은 의연한 척 병상 옆에 섰다. 간병인은 아빠가 진정제를 맞고 잠든 지 몇 시간이 지났으니 곧 일어날 거라고 했다. 그와 의사소통을 나누는 방법은 간단했다. 눈을 한 번 깜빡였을 때는 예, 두 번 깜빡였을 때는 아니오. 간병인이 외투를 들어 올렸다.

곧 괜찮아지실 거예요. 부름을 받으신 분이잖아요.

네?

복되게 사셨다고요. 이 상태에서도 눈을 떴으니까요.

간병인은 곧 의사가 회진할 시간임을 알리고는 무표정한 얼굴로 자리를 떴다. 호연은 불쾌한 표정을 감추지 못했다. 종교적인 말을 하지 않아 좋았던 건데, 사람을 바꿔야 할지도 모르겠다는 생각이 들었다.

빈 의자에 앉은 호연은 아빠, 하고 작게 소리 내 불렀다. 한참 뒤 쪼그라든 오른쪽 눈꺼풀이 움직였다. 젖은 거즈가 덧대진 왼쪽 눈은 눈꺼풀이 거의 남아 있지 않아 눈알이 외부에 노출된 상태였다. 호연은 아빠의 오른쪽 눈에 최대한 시선을 고정했다.

아빠, 내 말 들려?

그가 눈을 한 번 깜빡였다. 간단한 동작인데도 힘겨워 보였다. 이곳이 어디인지 가늠하려는 듯 눈알이 사방으로 움직였다. 호연은 아빠가 일어났을 때를 대비해 생각해두었던 말들을 꺼냈다. 모든 것이 다 잘 처리되고 있다. 아빠는 아무것도 걱정할 것 없다. 몸을 회복하는 게 먼저다. 그게 호연이 전할 수 있는 최선의 말이었다.

아빠는 이제 낫기만 하면 돼. 알겠지?

아빠가 호연을 응시했다. 의식이 돌아온 것 같긴 했지만, 말을 이해하고 있는지 확신이 가지 않았다. 호연은 아빠가 잠들지 않게 이런저런 이야기를 꺼냈다. 마음이 약해진 탓인지 말투가 마치 아이를 대하는 것처럼 다정해졌다. 몇 년 전에 같이 가족 여행을 갔던 일, 고등학생 때 놀이공원에서 도시락을 잃어버렸던 일 같은 사소한 순간들이 대부분이었다. 걱정할 만한 주제를 피하다 보니 이야기의 시점이 점점 과거로 돌아갔다.

아빠, 은행나무 기억해? 우리 자주 가던 공원 옆에 있던 거.

깜빡.

호수가 전에 그랬는데, 그 주위가 개발되고 있대. 지금은 어떤 모습일지 모르겠네.

엄마는 은행이 흐드러지게 열리던 나무와 그 옆의 조그만 공원을 좋아했다. 사람들이 잘 오지 않아 호수와 마음껏 술래잡기하고, 엄마가 싸준 김밥을 먹었었다. 호수의 목소리가 불쑥 떠올랐다. 나무가 분명 거기 있는데도 모두 없는 것처럼 군다고 했었나. 작년 초에 나무 이야기를 꺼내면서 호수는 화를 냈다. 보호수로 지정돼야 할 나무가 공사 때문에 뽑힌단 사실을 좀처럼 받아들이지 못했다. 그렇게까지 화낼 문제는 아니라고 생각했지만, 가족의 추억이 깃든 은행나무가 사라진다면 호연으로서도 좀 슬플 것 같았다.

나무가 계속 남아 있으면 좋겠다. 나중에 아빠 나으면 다 같이 거기 가자. 어때?

깜빡깜빡.

왜? 아빠는 가기 싫어?

깜빡.

그래도 우리 추억이 있는 데잖아.

깜빡깜빡깜빡깜빡깜빡.

아빠?

호연은 자리에서 일어섰다. 경련이라도 일어난 듯 아빠의 눈꺼풀이 쉬지 않고 떨렸다. 호연이 너스콜을 찾았다. 눈꺼풀에서 시작된 경련이 아빠의 온몸으로 퍼져갔다. 호연은 복도를 향해 소리치며 호출 버튼을 연달아 눌렀다. 그 순간 아빠의 베개 아래서 무언가 떨어졌다. 바닥에 떨어진 것은 책이었다. 불에 그을린 표지가 보였다. 책에는 익숙한 제목이 적혀 있었다. 부름. 호연은 창백한 얼굴로 멈춰 섰다. 왜 이 책이 아빠 베개 밑에 있던 걸까?

아빠가 발작을 멈췄다. 그가 눈을 굴려 호연과 시선을 마주했다. 호연은 뒤로 물러섰다. 아빠가 목구멍에 삽관된 호스를 한 손으로 잡았다. 호흡 장치가 점차 빠져나왔다. 투명한 관 위로 끈적이는 붉은 조직이 딸려 나왔다. 아빠의 바이털사인이 요동쳤다. 아빠가 입을 벙긋거렸다. '책'과 '야성'이라는 입 모양이 눈에 띄었다.

······뭐?

책의 야성이 불길을 데려왔어.

식식거리는 밭은 숨소리가 목에 난 구멍으로 새어 나왔다. 입원실 문이 열리며 간호사들이 들어왔다. 호연은 그대로 주저앉았다. 녹색 화면 위로 요동치던 그래프가 점차 평탄한 선을 그렸다. 아빠가 호흡 장치를 한 손에 쥔 채 눈을 감았다. 그의 왼쪽 눈을 가리고 있던 거즈가 바닥으로 떨어졌다. 눈꺼풀 없는 커다란 눈이 천장을 응시했다. 흰자가 도드라져 동공이 지나치게 작아 보였다. 호연은 아빠에게서 시선을 돌릴 수 없었다. 병실로 뛰어 들어온 의사가 아빠의 상태를 확인했다. 바이털사인은 이제 직선을 그리고 있었다.

휴대폰이 울렸다. 전화를 건 사람은 호수였다. 호수는 이제 막 병원으로 가는 길이라고 했다. 음료라도 마시겠냐는 질문에 입술이 느릿하게 벌어졌다.

호수야.

왜? 뭐 마시고 싶은 거 있어?

아빠가 죽었어.

의사가 날짜와 시간을 말하더니 사망 선고를 내렸다. 휴대폰이 손에서 미끄러졌다. 호수의 목소리가 휴대폰 스피커를 통해 불분명하게 이어졌다. 간호사들이 다가와 호연을 일으켜 세웠다. 다리에 힘이 풀린 호연은 무너져 내리듯 다시 주저앉았다. 휴대폰 화면에 알림창이 떴다. 2ing1이 호연의 계정을 태그 했다는 내용이었다. 호연은 떨리는 손으로 알림창을 클릭했다. 똑같은 책이 잔뜩 쌓여 있는 사진이 화면을 메웠다.

『부름』이 오늘부로 재출간됩니다. 기다려주셔서 감사합니다. #nokwooprint를기리며 #부름

간호사들이 호연을 위로했다. 발끝에 『부름』이 닿았다.
호연이 손을 뻗어 책을 집어 올렸다. 베개 밑의 온기를
담은 듯 책은 아직 따뜻했다. 어디선가 당장 불길을 길어
올릴 것처럼.

2

희슬의 자취방에서 밤을 보낸 마지막 날이었다. 호연은
희슬의 딱딱한 침대에 앉아 있었다. 희슬이 자퇴하게 되
면 앞으로 누구와 어울려야 할지 고민하느라 눈앞의 희
슬에게 집중하지 못했다. 희슬을 대체할 만한 사람은 없
을 테니 결국 희슬의 빈 자리가 매 순간 느껴질 것이다.
서로 칭찬을 늘어놓거나 시기하고, 머리를 빗겨주다가도
단점을 찾아내는 지겨운 관계로 돌아가겠지. 희슬처럼
일방적으로 숭배할 수 있는 친구를 만나기란 어려웠다.
호연의 복잡한 마음을 아는지 모르는지 희슬이 허벅지를
베고 누운 채로 시선을 마주쳤다.

있잖아. 넌 바깥에 이미 불이 났다고 생각한 적 없어?

불?

다들 뭔가에 홀려 넋이 빠져서 코앞에서 불이 난 것도

모른다는 생각 말이야.

잘 모르겠다고 하니 희슬은 다시 생각에 잠겼다. 희슬은 천장의 한 지점을 보았다. 도배사가 실수한 건지 전등 옆에 푸른 잉크가 튀어 있었다. 희슬은 그 점을 천장의 눈 같다고 말하며 쳐다보곤 했다. 오늘처럼 자기 생각을 읊조릴 때면 눈도 깜빡이지 않고, 잉크가 튄 부분을 응시했다.

사람들은 뻔한 이야기를 보고도 새삼 깨달은 척을 해. 그런데 실은 그 사람들도 알고 있거든. 현실에서는 이야기 속 사건보다 훨씬 끔찍한 일이 이미 몇 번이나 일어났다는 걸. 코앞에서 넘실거리는 불길은 무심히 넘기다가 유명한 작가나 감독이 내놓은 작품을 보고서 새삼 감탄하다니, 웃기지 않아?

어쩌면 그럴 수도 있겠다고, 호연은 소심하게 동의했다. 이럴 때 희슬에게 반박하는 말을 꺼냈다가는 호되게 당할 수도 있었다. 그렇지 않다고, 사람들은 어떻게든 나은 방향으로 가기 위해 노력한다고 말하면 그럼 세상은 왜 여전히 이 모양 이 꼴이냐고 되물을 것이다. 그때는 호연도 나름대로 받아칠 말이 있었다. 코앞의 불길이 꼼짝도 하지 못할 만큼 세서 그렇다고. 뜨거운 열기가 숨통을 죄어서라고. 누군가가 불길을 제어하더라도 반드시 다시 불씨를 놓는 인간이 있어서라고. 반복된 불길에 익숙해진 사람들은 피부가 쪼그라드는 것도 잊고, 스크린 속 상들을 멍하니 눈으로 좇을 수밖에 없었을 것이다. 맞으면 맞을수록 아픔을 마주하기 어려워지는 법이니까. 넋을 빼놓지 않으면 지긋지긋한 불길을 견딜 수 없을 테니까. 그러나 희슬은 더 추궁하는 법 없이 먼 곳을 보았다.

이야기가 삶을 바꿀 수 있다는 건 환상이야. 강간하고, 때리고, 총질해대는 세상은 바뀌지 않아. 매력적인 연쇄살인마에게 팬페이지가 생기고, 누군가는 전쟁을 일으켜 돈을 벌어들이지. 이제 이야기에 열광할 시간은 없어. 더 이상의 기록은 무의미해. 우리 발밑이 불타고 있잖아.

희슬은 회화와 음악, 소설과 시, 에세이와 사설, 만화와 영화, 토크쇼와 예능이 사라지길 바랐다. 어떤 사람은 벌레처럼 잊히는 사이 누군가는 죽음마저 신화가 된다니, 믿을 수 없었다. 이편에서 누군가가 예술을 즐기는 사이에 저편에서는 폭동이 일어났다. 희슬은 경멸했다. 우상을 만들어내지 않고서는 살 수 없는, 이야기에 취하지 않고서는 현실을 버티지 못하는 사람들을. 그리고 저 너머의 불을 보게 만드는 게 아니라 오히려 잊게 만드는 모든 현혹을.

나는 이정표가 될 거야. 이야기가 아니라 그 세계가 될 거야. 어디서 불이 났는지, 우리가 어떤 상황에 부닥쳐 있는지 나를 통해서 보게 만들 거야. 눈을 감아도 느껴지도록. 닫힌 귀가 뜨이도록.

희슬은 평소보다 더 우울해 보였다. 호연은 희슬의 기분을 낫게 해주기 위해 노력했다. 웃으며 대화하지는 못해도 분위기가 더 심각해지지 않았으면 했다. 희슬이 아이처럼 몸을 웅크렸다.

만약 내 계획이 실패하거나 마음이 바뀌게 되면 너만은 알아야 해. 넌 비교적 겉만 보지는 않으니까. 표지를 뜯어내고, 그 안에 숨겨진 글을 읽으려고 노력하는 사람이니까.

희슬이 처음으로 호연을 칭찬한 순간이었다. 호연은 희슬의 흐트러진 머리를 손수 묶어주었다. 희슬의 집에 오기 전에 산 번개 장식이 달린 머리끈이 새카만 머리칼과 잘 어울렸다. 반항아, 빌런, 불행한 천재. 그 모든 단어가 희슬을 가리켰다. 누르스름한 벽지가 드높은 담장처럼 희슬과 세상을 분리시켰다. 호연이 말했다.

네가 예전에 그랬잖아. 두 개의 길이 있으면 누군가는 살 길로, 누군가는 죽을 길로 간다고. 그 말처럼 누군가는 불이 난 곳으로, 누군가는 불을 피할 만한 곳으로 가는 거겠지. 나는 네가 불을 피해 간다고 해도 끝까지 지켜보고 속마음을 읽어낼 거야.

희슬이 몸을 일으켜 호연의 허벅지 위에 앉았다. 느슨하게 묶였던 머리끈이 침대 아래로 떨어졌다. 희슬이 호연의 목을 감싼 채로 시선을 마주했다.

두 길 중에 넌 어디로 갈 건데?

호연은 대답하지 못했다. 희슬의 숨결이 입술 위에 닿았다. 메마르고 차가운 입술. 그것이 희슬의 온도였다.

악몽. 그 단어를 떠올린 순간 호연은 식은땀을 흘리며 깨어났다. 몸이 마비라도 된 듯 한동안 꼼짝하지 못했다. 희슬의 방 풍경이 사라진 자리에는 열 평짜리 지저분한 원룸이 놓였다. 커튼 틈으로 햇살이 들이치며 익숙한 세간살이가 보였다. 책상과 의자, 텔레비전과 수납장 그리고 협탁 위 아빠의 사진이. 병원에서 막 연락을 받고 집을 나섰을 때와 그리 달라지지 않은 풍경인데도 삭막하게만 느껴졌다. 호연은 거칠어진 얼굴을 손으로 쓸었다. 갑작스레 아빠가 세상을 떠난 탓에 발인을 끝내고 나서도 매일 밤 잠을 자지 못했다. 습관처럼 휴대폰을 봤지만, 친구나 아빠의 지인에게서 온 연락은 없었다. 호수의 메시지만이 남아 있었다.

—언니, 오늘은 얼굴 좀 봐.

아빠의 죽음을 이겨내지 못할 거란 예상과 달리 호수는 발인을 끝내자마자 일상으로 복귀했다. 남겨진 건 오히려 호연이었다. 호수는 아빠의 장례식에 녹우리 사람들을 빠짐없이 불렀고, 빈소의 크기와 관의 종류, 수의의 재질, 장례식장에서 대접할 음식의 단가 역시 꼼꼼히 확인했다. 마을 사람들의 단체 조문을 받아준 것도 호수였다. 호연은 문상하러 온 사람들을 기계적으로 맞았다. 머리에 꽂은 하얀 리본핀이 흘러내릴 때면 어느새 호수가 다가와 정리해주었다. 또다시 주저앉으면 안 된다는 강박 때문이었을까? 호연은 무리하고 있는 호수가 걱정되면서도 때때로 동생의 과도한 활력이 부담스러웠다.

호수는 오늘도 방에만 박혀 있는 언니를 밖으로 끄집어내기 위해 노력하고 있었다. 메시지에는 호수가 요새 일하는 요가원의 상호가 적혀 있었다.

—이 앞에서 만나. 오늘은 꼭 봐야 해.

그제는 호연의 집 앞 카페 이름을, 어제는 주양시의 한 공원 주소를 받았다. 호연은 요 며칠 호수의 연락을 모두 무시했다. 어제저녁, 호수가 집으로 찾아와 문을 두드리기까지 했지만 열어주지 않았다. 대신 꼼짝하지 않고 침대에 누워 있었다.

희슬이 언젠가 말했던 것처럼 우울은 사람을 불능으로

만들었다. 호연은 당분간 아무것도 하지 않을 작정이었다. 눈물이 나도 내버려두었다. 휴지를 뽑을 힘도 없어서 축축한 베갯잇이 마를 때까지 기다렸다. 계획대로라면 마음이 내킬 때까지 죽은 듯이 누워 있어야 했다. 그러나 움직이고 싶지 않다고 생각할수록 점점 몸에 생기가 돌았다. 동시에 아빠의 마지막 순간이 눈앞에서 어른거렸다. 유언이라고 부를 수 없는, 기묘한 문장도.

호연은 상체를 일으켰다. 오늘도 연락이 안 되면 호수는 억지로 문을 열고 들어올 것이다. 장례식이 진행되는 동안 호수와 어떤 대화를 나눴는지, 또 누구를 만나 무슨 말을 했는지 잘 기억나지 않았다. 아빠가 죽은 이후에 있었던 일들은 대체로 흐릿했다. 입원실 바닥에 앉아 있다가 정신을 차려보니 어느새 복도 의자에 있었다. 품에 『부름』을 끌어안은 채로. 경찰에게 당시 상황을 진술했으나 호연이 할 수 있는 말은 많지 않았다. 아빠가 갑자기 호흡 장치를 떼어냈어요. 그게 전부였다.

며칠 동안 제대로 먹지 않아서 현기증이 일었다. 호연은 방을 서성이며 습관처럼 2ing1의 계정을 확인했다. 게시글이 여럿 올라와 있었다. 대부분 『부름』과 관련된 글로, 가장 최근에는 책이 발간된 지 얼마 지나지 않아 중쇄에 들어갔다는 소식을 전하고 있었다. 유기영의 소설이 세상에 나온 지 이 주째, 그의 작품에는 찬사가 쏟아지는 중이었다. 쇠를 긁는 듯한 아빠의 숨소리가 다시 한 번 떠올랐다. 책의 야성이 불길을 데려왔다는 기이한 병긋거림 역시.

아빠는 왜 마지막에 그런 말을 한 걸까. 어째서 유기영의 소설집이 베개 밑에 있었는지 알고 싶었지만, 간병인과는 그날 이후 연락이 되지 않았다. 그 책을 놓아둔 사람이 간병인이라고 해도 이상했다. 인쇄소 화재의 흔적이 또렷이 남은 책을 어디서 가져왔단 말인가? 아빠의 죽음과 유기영의 소설집 출간 사이에 뜻밖의 연관이 있을지도 모른다는 추측을 버릴 수 없었다. 호연은 쓰레기가 가득 쌓인 책상 앞에 섰다. 휴지와 구겨진 메모지를 거둬내자 유기영의 소설집이 드러났다. 읽어보려고 여러 번 시도했으나 책을 펼치려고 할 때마다 녹아내린 아빠의 얼굴이 표지 위로 겹쳤다. 그때마다 생리적인 구역질이 밀려왔다.

하지만 오늘은 달랐다. 발밑이 불타고 있는 게 보이지 않냐는 희슬의 채근이 자꾸만 등을 떠밀었다. 의미를 부여하고 싶지는 않았지만, 희슬이 꿈에 나온 건 어쩌면 오늘은 달라야 한다는 신호가 아닐까. 용기를 내 책을 들춰보려는데 화재 사건 담당 형사에게서 연락이 왔다. 전화가 연결되자마자 형사는 아빠의 사망 소식에 뒤늦은 유감을 표했다.

마음을 추스르시는 중에 죄송하지만, 피혐의자와 대질 신문이 잡혀서요. 확인이 필요한 부분이 있으니 참석 부탁합니다.

그는 기수라와 호연, 호수의 진술 사이에 엇갈리는 부분이 있다고 했다. 호연은 날짜를 확인했다. 신문은 앞으로 사흘 뒤, 기수라가 머무는 구치소에서 이뤄질 예정이었다. 호연은 참석 의사를 밝히고 전화를 끊었다. 유기영의 소설집이 다시 시야에 들어왔다. 호연은 책을 펼치는 대신 호수에게 메시지를 보냈다.

―곧 갈 테니까 이따 봐.

호연은 나갈 채비를 했다. 진술이 어디서부터 어떻게 다르다는 건지 호수와 이야기를 나눠봐야 했다. 옷을 갈아입는 동안에도 희슬이 여전히 등을 밀치는 것 같았다.

시간이 없어. 알아내. 뭐든 파헤쳐봐.

약속 장소로 가는 동안 비가 내렸다. 버스를 기다리고 있으려니 엄마의 장례식 날이 떠올랐다. 그날도 비가 많이 내려 조문객들의 어깨가 흠뻑 젖었었다. 호수와 자신의 역할은 지금과 정확히 반대였다. 고등학교 신입생이던 호수는 모든 수업을 빼먹고 빈소 가족실에 틀어박혀 있었다. 호연만이 문상객들을 맞이하고 슬퍼하는 아빠를 달랬다. 두 사람이 무너지자 그들을 챙기는 건 온전히 호연의 몫이었다. 한 사람 몫의 슬픔을 다른 두 사람이 나눠 가져갔는지 호연은 의연하게 엄마의 부재를 견뎠다. 발인을 마친 날, 호수는 집 앞 평상에 앉아 늦은 시간까지 집에 들어가지 않았다. 호연은 그 옆에서 내리는 비를 지켜보았다. 장마가 가시지 않았다. 엄마의 얼굴 위로 떨어지던 어느 날의 투명한 빗방울이 떠올랐다.

엄마는 녹우리에서의 삶이 너무 익숙했던 사람, 마을 곳곳에 숨겨진 폭력의 흔적을 매번 온몸으로 흡수하던 사람이었다. 큰 병이 없어도 천성적으로 건강이 약해 얼굴에는 핏기가 없었고, 걸핏하면 우울감에 빠져 방문을 걸어 잠그고 나오지 않았다. 클수록 엄마의 애정을 갈구하던 호수와 달리 호연은 엄마에게서 점점 멀어졌다. 엄마의 마음은 나무에 걸려 있거나 연못 아래에 머무를 뿐, 지상에 있지 않았다. 가족들이 잠시라도 눈을 돌리면 먼곳을 보느라 불러도 대답이 없었다. 그래, 이따금 몽상에 빠지곤 하는 호수처럼.

호연은 요가원 앞 카페로 들어갔다. 호수의 일터는 허름한 빌딩 이 층에 자리해 있었다. 얼마 지나지 않아 요가복을 입은 여자들이 빌딩 밖으로 빠져나왔다. 그 사이에 호수도 있었다. 레몬색 상의에 비 자국이 보였다. 호수는 카페에 도착하자마자 음료와 디저트를 잔뜩 주문했다. 호연은 호수가 이야기를 꺼내기 전에 먼저 휴대폰을 내밀었다.

경찰서에서 연락이 왔어. 기수라랑 대질신문하자고. 우리 진술이랑 다른 부분이 있대.

호수의 얼굴에서 웃음기가 사라졌다. 호수가 마른 입술을 축였다.

언니가 날 만나고 싶어서 온 줄 알았어.

당연히 너도 보고 싶어서 왔지. 형사가 마침 전화를 해서 겸사겸사 물으려고 찾아온 거야.

호연은 풀 죽은 호수의 얼굴을 애써 모른 척하며 기수라에 대해 뭔가 더 아는 것이 없냐고 캐물었다. 따뜻한 차와 커피, 머랭을 얹은 케이크가 차례로 서빙됐다. 호수는 어깨를 늘어뜨리고 있다가 한참 뒤 사실,이라고 서두를 열었다.

아빠랑 수라 이모 사이에 뭔가가 있긴 했어.

뭐가 있었다는 거야?

나도 잘은 모르는데 좀 가까웠던 것 같아. 연인까지는 아닌데, 아무튼 꽤 친했어. 언니가 생각한 것보다 더.

호수는 아빠가 사는 빌라 앞에서 수라 이모를 본 적이 있다고 했다. 아빠 집에서 나오는 걸 본 건 아니어서 이모가 그 빌라 다른 곳에 볼일이 있었을 수도 있다. 하지만 호수는 어쩐지 마음에 걸려 그날 아빠를 보러 가지 못했다. 딱 한 번의 목격이었지만 호수는 아빠와 수라 이모 사이에 모종의 관계가 있다고 믿었고, 확실한 증거를 찾아내기 전까지 이를 함구하기로 마음먹었다.

괜한 말로 언니 마음까지 들쑤시기 싫었어. 내 착각일 수도 있으니까.

기수라가 아니라 닮은 사람일 수도 있잖아.

그랬을 수도 있지. 어쨌든 아빠랑 이모는 단지 사장이랑 직원 관계는 아니었어. 둘 사이에 돈거래도 몇 번 오갔던 것 같고.

누가 그런 말을 했는데?

수라 이모가.

그건 그 사람 주장이지. 증거가 있는 것도 아닌데, 제정신이 아닌 사람 말을 믿는 거야?

호수는 입을 다물었다. 호연은 아빠와 기수라의 관계를 아는 다른 사람이 있는지 추궁했다. 호수가 고개를 저었다.

이모는 나랑만 이야기했어. 다른 사람은 몰라.

입단속 잘해. 쓸데없는 말 해서 문제 일으키지 말고.

호수는 애꿎은 포크만 만지작거리며 눈치를 살폈다. 아빠는 기이한 일을 연이어 겪고 비참하게 죽었다. 미친 여자에게 희생당한 인쇄 노동자. 두 딸의 아버지. 군사분계선 안 마을에서 태어나 탈출을 꿈꿨던 남자. 그 사람의 죽음에 치정이 얽혀서는 안 됐다. 그들은 시킨 음료를 마저 마시고 카페를 벗어났다. 케이크는 한 입도 먹지 않았다. 호연은 호수를 데려다주기 위해 버스 정류장을 찾아 나섰다. 너무 늦기 전에 호수를 마을로 돌려보내야 했다. 가는 동안 호수가 요즘 상태나 기분이 어떠냐고 물었으나, 호연은 침묵으로 일관했다. 도로에 고인 물웅덩이를 보다 말고 호수가 다시 입을 열었다.

언니, 그날 기억나? 엄마 보내고 평상에 앉아 있던 날.

오늘 아침 호연 역시 그 순간을 떠올렸기에 순순히 고개를 끄덕였다.

그래. 나도 오늘 그때가 잠깐 생각났어.

굳어 있던 호수의 얼굴이 조금 풀렸다.

가끔은 엄마가 죽은 게 내 탓처럼 느껴질 때가 있었어. 혹시 언니도 아빠 때문에 죄책감을 느끼는 거라면 자기를 탓할 필요가 없다고 말해주고 싶었어.

호수는 엄마의 발인 날 저녁에 들었던 아빠의 신음을

아직 기억한다고 했다. 아빠는 자면서도 애원하듯이 울었다. 호연도 그 희미한 울음소리를 기억하고 있었다. 그 밤 호수는 평상에 앉아 생각했다. 차라리 아빠가 자식을 낳았다면 좋았을 거라고. 그 단단한 몸으로 언니와 자신을 낳았다면, 오늘 같은 슬픔은 찾아오지 않았을지도 모른다고. 잉태는 엄마같이 연약한 사람이 견뎌낼 수 있는 일이 아니었다. 특별히 불행한 일이 없는데도 불행했던 사람이 두 번이나 아이를 뱄다니. 이 상흔 가득한 마을에서 유령처럼 배회하느라 인생을 소진했다니. 상상할 수 없을 만큼 버거웠을 것이다. 저 앞으로 버스 정류장이 보였다.

수라 이모 보러 가는 건 언니만 가. 나는 언니가 뭐라고 하든 믿고 기다릴게.

호수는 대신 모든 일이 정리되면 은행나무를 보러 가자고 했다. 동네 사람들이 민원을 넣은 덕에 은행나무가 공사 현장에서도 끝끝내 살아남은 모양이었다.

약속해줘. 나랑 시간 보내겠다고.

호연이 고개를 끄덕였다. 호수를 녹우리로 실어다 줄 버스가 도착했다. 호연은 멀어지는 버스를 배웅했다. 도로 끝에 군인들이 서 있는 녹우리의 검문소가 보이는 것 같았다. 신기루 같은 검문소 풍경 뒤로 오래된 가옥이 떠올랐다. 귓가로 빗소리가 들렸다. 평상에서 대화를 나누었던 날, 호수는 새벽이 돼서야 자리에서 일어섰다. 호연이 성인이 되면 서울에서 같이 살자고 권한 직후였다. 호수는 담장 너머로 보이는 캄캄한 하늘을 응시했다.

언니, 나는 이 마을을 떠나기 싫어. 난 여기서 존재하는 게 아니라 증식할 거야. 그냥 살다가 죽는 게 아니라 여기서 나를 계속 더하면서 이곳에서의 삶을 지킬 거야.

호수는 자기 복제를, 전염이 아닌 증식을 원했다. 전염이 타인에게 퍼지는 거라면 증식은 한 사람의 내부에서 시작해 다시 그의 안에서 끝난다. 증식의 끝이 무용의 집합체라고 할지라도 상관없었다. 더 나은 내가 되는 게 아니라 홀로 조용히 우글거릴 것. 그게 호수가 할 수 있는 이 마을에 대한 저항이었다. 그러나 호연은 그 바람이 정말 실현될 수 있을지 궁금했다. 검문과 삼엄한 경계, 사라지지 않는 전쟁의 상흔을 자기 확신과 우글거림으로 버틸 수 있을지.

중학교 진학을 앞둔 어느 날, 호연은 예비소집일에 맞춰 녹우리 바깥으로 나갔다. 주양시의 번화가에 자리한 중학교는 활기로 가득했다. 어느 동네, 어떤 아파트에서 사는지 묻는 아이들 사이에서 호연은 내심 기가 죽어 있었다. 녹우리가 어떤 곳인지 묻는 아이들에게 대답해줄 때마다 목소리가 줄어들었다. 삼삼오오 놀러 가는 아이들을 뒤로하고 호연은 서둘러 마을로 돌아왔다. 아직 정오도 되지 않은 이른 시간이었다. 적막이 피부에 닿았고 해방감이 찾아왔다.

호연은 대문에 들어서자마자 엄마를 찾았다. 호수는 아직 초등학교에서 돌아오지 않은 시간이었다. 호연은 빨래를 걷는 엄마 곁에 서서 신발 끝으로 바닥의 흙을 팠다. 엄마가 오늘 하루는 어땠냐고 물었다.

몰라.

호연은 자기도 모르게 고개를 푹 숙였다.

무슨 일 있었어?

우리 마을 이름을 듣고 어떤 애가 그러더라. 거기가 어디냐고.

그래서?

설명해줬더니 그런 데가 있냐고 놀랐어. 개가 사는 동네랑 그렇게 멀지도 않은데.

엄마는 등을 보인 채 빨래를 걷었다. 위로도 공감도 없었다. 호연의 목소리가 낮아졌다.

여기는 다 옛날 것밖에 없어. 밖에서 보면 시간이 멈췄다고 생각할 거야.

호연은 평상에 앉아 두 다리를 앞으로 쭉 뻗었다. 누가 새 운동화를 밟는 게 싫어서 종일 까치발을 들고 서 있느라 종아리가 시큰거렸다. 집으로 한번 놀러 오고 싶다고 말하는 아이에게 어째서 마을 안으로 들어올 수 없는지 설명하느라 진을 뺐다. 엄마가 걷은 빨래를 평상에 던져 놓았다.

여기가 아니라 바깥 시간이 멈춘 거지.

마당은 고요했다. 엄마는 빨래를 개지 않고 옷 더미 근처에 몸을 누였다. 호연도 그 옆에 누웠다. 나뭇가지가 흔들리며 윙윙거렸고 바람이 달음박질쳤다. 엄마는 침묵으로 말하고 있었다. 우리가 여전히 여기 있는데 아무도 이 마을을 신경 쓰지 않는다. 세월에 삭아 없어져버린 철책들과 총 든 군인들을 무시하고 있다. 사람들은 점호와 검문이 일상인 이 마을에는 흥미를 두지 않지만 전쟁 영화와 소설, 타국의 죽어가는 아이들에게 열광한다. 새파란 하늘이 어둠 속으로 사라졌다.

호연은 눈을 감았다.

우리는 잊히고 있다. 사라지고 있다.

3

뢴트겐이 엑스선을 이용해 찍은 최초의 대상은 아내인 안나 베르타 루드비히였다. 음극선을 연구하던 중 발견된 미지의 엑스선은 마분지에 감싸인 크룩스관을 뚫고 나와 감광지에 형광색 흔적을 남겼다. 이 빛은 부드러운 물건만 투과할 수 있었고, 상대적으로 밀도가 높은 물건은 뚫지 못했다. 뢴트겐은 감광물질을 이용해 투과한 물체를 인화할 수 있는 최초의 장치를 고안해냈다. 첫 실험 대상은 아내였다. 엑스선은 안나의 무른 살과 근육을 뚫고 들어갔으나 단단한 뼈 앞에서 주저앉았다. 덕분에 인화지에는 뼈 그림자가 새겨졌다. 마치 유령의 손 같은 길쭉한 뼈가 필름 위로 현상됐을 때, 안나는 자신의 죽음을 보았노라고 외쳤다.

이모경은 교재에 프린트된 긴 손가락뼈를 지금도 생생히 기억했다. 피아노를 잘 칠 것 같은 손, 길고 매끄러워 붙잡고 있으면 거미의 다리처럼 손등을 옭아맬 것 같은 손이었다. 안나가 손가락을 편 모습은 어딘가 부자연스러웠다. 보이지 않는 미지의 광선이 손 위로 내리쬤을 때, 안나는 무슨 생각을 하고 있었을까? 그는 남편을 위해 자원해 나섰나? 아니면 떠밀리듯 괴상한 장치 안으로 손을 넣었나? 어쨌든 안나의 손은 인화지에 남았고, 후세에 위대한 발명의 증거물로 전해졌다. 하나의 이야기가 아닌 에피소드가 되는 것. 그것이 유령의 사명이라면 안나 역시 수많은 유령 서사의 일부로 남았다. 뢴트겐의 실험체이자 엑스선을 위해 자기 손을 내어준 가련한 여자. 그게 안나를 설명할 수 있는 수식어의 전부였으니까.

이모경은 학과를 졸업하자마자 지방의 한 대학병원에서 방사선사로 일했다. 일은 고된 편이었으나 보람 있었다. 환자들은 어디가 아픈지 모를 때면 피폭을 걱정하면서도 거대한 기계 아래 자기 몸을 내맡겼다. 이모경은 납으로 만들어진 거대한 차폐문 뒤에 숨어 엄격한 목소리로 지시했다.

숨을 크게 들이쉬세요. 그대로 멈추세요. 움직이지 마세요.

마이크를 통해 명령할 때마다 환자들은 바짝 얼어붙었다. 찰나의 움직임을 담아내는 건 쉬운 일이 아니었다. 환자들은 숨을 쉬지 말라고 하면 긴장한 나머지 가슴을 꺼뜨렸고, 자기도 모르게 몸을 흔들었다. 어느 날은 한 노인이 몸을 너무 떤 나머지 그의 앙상한 무릎을 찍는 데 삼십 분이 넘게 걸린 적이 있었다. 노인은 멋쩍은 얼굴로 사죄했다.

움직이지 않으려고 하니까 오히려 움직이게 되네.

이모경은 그 말을 잊을 수 없었다. 뭔가를 하지 않으려고 할 때마다 일을 저지르다니. 이상한 일이었다. 이후로도 몸을 흔드는 환자를 볼 때면 노인의 말이 떠올랐다.

다행히 연차가 쌓일수록 환자를 다루는 요령이 생겼다. 해법은 긴장을 푸는 데 있었다. 가벼운 농담 혹은 검사와 아예 관련 없는 이야기를 주고받았다. 그때마다 환자들의 곤추섰던 어깨에 힘이 빠졌다. 농담도 이야기도 먹히지 않을 때는 두려움을 심어줬다.

많이 찍을수록 환자분에게 안 좋다는 거 아시죠? 이번이 마지막이에요. 숨 크게 들이쉬고 멈추세요.

적은 수치라고 할지라도 사람들은 방사능과 마주하길 두려워했다. 그것이 몸에 일으킬 변화는 무시할 만한 것이 아니었다. 어떻게 해도 떨림을 멈추지 못하는 환자들도 결국 필사적으로 몸을 제어했다. 보이지 않는 광선이 병변을 세상 밖으로 드러낸 순간, 이모경은 차폐문을 열고 환하게 미소 지었다.

고생하셨습니다.

방사능을 다루는 건 이모경의 천직이었다. 환자들이 숨을 멈추면 이모경도 숨을 멈췄다. 만약 희슬을 배지 않았다면 혹은 전남편의 청혼을 거절했다면, 차폐문 안에서의 삶은 계속됐을 것이다. 한 병원에서 십 년 넘게 근속했을 때 이모경은 우희슬을 뱄다. 급하게 결혼하게 된 상대는 소개팅으로 만난 남자였다. 그와 하룻밤을 보냈다가 덜컥 아이가 생겼지만 후회하지 않았다. 배 속에서 움틀거리는 아이가 어떻게 생겼을지 궁금했기 때문이다.

희슬은 무럭무럭 자랐다. 엄마가 한때 방사선사로 일했다는 이야기를 듣고 흥미로워할 나이가 될 만큼. 이모경은 다정하고 귀엽고, 때로는 섬뜩할 정도로 자신의 속내를 빤히 들여다보는 딸에게 설명할 수 없는 깊은 애정을 느꼈다. 남편은 희슬이 초등학생이 됐을 무렵 다른 여자를 만나기 시작했다. 이혼 과정은 깔끔했다. 아이에게 관심이 없던 사람이었기에 양육권을 가지고 오는 건 문제 되지 않았다. 이모경은 생계를 위해 다시 병원으로 복귀했다. 아빠를 찾던 희슬은 점차 세상에서 그를 지워갔다. 희슬은 나이가 들어도 어떤 부분에서는 제멋대로였고, 어떤 부분에서는 깜짝 놀랄 만큼 성숙했다. 천박한 미소는 아빠를 빼쐈지만 슬퍼하는 모습은 모경 자신을 닮았다. 그런데 한 가지, 이모경에게도 남편에게도 없는 걸 희슬이 가지고 있었다. 바로 미추美醜를 구분하는 능력이었다.

엑스레이 사진을 가지고 전시하는 사람이 있대. 엄마

는 알고 있었어?

그는 닉 베세이라는 영국 작가였다. 이모경은 희슬을 통해 그 작가를 처음 알게 됐다. 닉의 유명한 작품 중 하나인 'BUS'에 대해서도. 닉 베세이는 죽은 지 여덟 시간이 된 시신으로 버스에 탄 승객들의 모습을 구현해냈다. 살아 있는 사람에게는 결코 사용할 수 없을 정도로 강한 방사선에 긴 시간 노출시켜야 했기에 시체를 이용할 수밖에 없었다. 한 명 한 명 따로 찍은 사진들을 합쳐 한 장의 거대한 엑스레이 작품으로 만든 게 'BUS'였다.

희슬은 뉴욕의 길거리에 걸렸던 이 작품이 시민들의 항의를 이기지 못하고 내쫓기듯 사라졌다고 했다. 해골들이 버스를 탄 모습은 마치 저승행 버스처럼 여겨졌다. 으스스한 죽음의 환기. 그것이 닉 베세이가 저지른 짓이었다. 사람들은 공포심을 지우기 위해 그의 작품을 눈에 안 보이는 곳으로 치워버렸다. 희슬은 닉 베세이에 관한 사실을 빠짐없이 들려주었다. 이모경에게는 새로운 세계였다. 분절돼 있거나, 하나로 이어진 이백여섯 개의 뼈 더미가 작품이 될 수 있다니.

희슬이 방사선과에 관심을 가지기 시작한 건 아마도 그때부터였다. 이모경이 일을 마치고 돌아오면 희슬은 교복을 입은 채로 엑스레이 사진을 꺼내 보고 있었다. 사진에는 이모경의 발이 찍혀 있었다. 희슬을 뱄을 때 부쩍 뼈가 약해져 한동안 정형외과를 들락거렸다. 한번 안 좋아진 발목은 오랜 시간이 지나도 낫지 않았다. 희슬은 퇴근한 엄마의 퉁퉁 부은 발목 옆에 엑스레이 사진을 내려놓았다. 발가락 하나부터 발목의 모양까지, 사진 속 발과 눈앞의 발을 비교하기 위해 연신 눈을 굴리기도 했다. 뢴트겐처럼 혹은 닉 베세이처럼.

난간 그림자가 거실 위로 떨어졌다. 이모경은 부엌 식탁에 앉아 홈이 파인 마룻바닥을 내려다보았다. 어린 희슬이 누워서 놀던 자리에는 아직 손때가 남아 있었다. 눈으로 그 자리를 훑을 때마다 상상 속 희슬이 조금씩 자라났다. 어쩌면 희슬을 처음 본 날부터 알고 있었는지도 모른다. 이 아이는 남들과 다른 운명을 타고났다고. 에피소드가 아니라 하나의 이야기가 될 만한 아이라고. 적어도 뢴트겐이 끼워준 안나의 결혼반지보다 더 중요하게 여겨질 존재가 될 것이고, 자신은 평생 이 아이의 모든 것을 알게 될 거라고 믿었다. 무른 피부와 장기 너머, 해독되지 않은 뼛조각일랑 하나도 없을 거라고 생각했는데 희슬에게서 놓친 조각은 대체 뭐였을까? 이모경은 숨을 가다듬었다. 할 수만 있다면 피폭해야 했다. 꼼짝도 하지 못하게 묶어놓은 다음 호흡과 움직임을 통제하고, 모든 조직이 흘러내릴 정도로 헤집고, 폭력적으로 사랑해주었어야 했다. 후회가 남지 않게. 설령 그 때문에 희슬이 돌이킬 수 없는 상처를 입는다고 할지라도.

이모경은 휴대폰을 들었다. 책상에 놓인 노트북에는 녹우 인쇄소 화재 그리고 우곡산 분신자살 사건과 관련한 각종 기사가 보였다. 벽에 붙은 메모지에는 배호연과 유기영의 최근 이동 경로가 빼곡하게 정리돼 있었다. 이모경은 모든 메모를 한 글자 한 글자 정성을 다해 썼다. 세상에 너무 늦은 일 같은 건 없었다. 특히 지금처럼 희슬과 관련한 단서가 눈앞에 있다면 포기해서는 안 됐다.

―수첩을 찾고 싶어, 호연아. 곧 만나.

바람이 창문을 흔들었다. 희슬과 함께 지냈던 이 집에 남은 것이라곤 여전히 아픈 오른발과 오래된 사진첩 들뿐이었다. 이모경은 진심으로 기대했다. 희슬이 남기고 간 두 조각, 유기영과 배호연을 통해 딸의 단단한 알맹이를 이번만은 꼭 투과할 수 있기를. 이모경은 짐을 꾸렸다. 일이 마무리될 때까지 희슬의 자취방에서 머물 생각이었다. 필요한 물건을 싸 주양시로 떠나기까지 채 하루가 걸리지 않았다.

4

기수라와의 대질신문은 오전에 이뤄졌다. 구치소로 향하는 동안 호연은 휴대폰을 꺼두었다. 쓸데없는 연락에 정신을 빼앗기고 싶지 않았다. 가장 먼저 무슨 말을 해야 할까? 너 때문에 아빠가 죽었다고 화를 낼까? 아니면 거짓말하지 말고 진실을 이야기하라고 설득할까?

고민하는 사이 여러 겹의 철문이 열리고 닫혔다. 호연은 형사의 인도에 따라 비좁은 접견실 안으로 들어갔다. 예상했던 투명한 가림막이나 쇠창살은 보이지 않았다. 양손에 수갑을 찬 기수라가 바로 맞은편에 앉았다. 돌발행동을 막기 위해 덩치 큰 교도관이 기수라의 뒤에 섰다. 기수라는 약이라도 먹었는지 두 눈이 흐렸다. 호연이 기수라를 본 건 몇 년 만이었다. 아빠를 만날 때도 인쇄소로는 찾아가지 않았기에 기수라를 볼 일이 없었다. 못 본 사이 기수라는 주름이 많이 늘어 알고 있던 것보다 훨씬 늙어 보였다.

형사가 먼저 서두를 열었다. 그는 오늘 대질신문의 목표는 서로 다른 주장을 일치시키는 데 있다고 했다.

기수라 씨는 지금 배진택 씨와 자신이 연인 관계였고, 몸이 아프고 나서도 배진택 씨가 인쇄소 비품들을 관리하게 시켰다고 주장하고 있어요. 자일렌 뚜껑도 그 과정에서 나온 거라고 말했고요.

아빠랑 이 사람이 연인 관계였다고요?

호연은 그 말을 처음 들은 사람처럼 굴었다. 지나치게 방어적이지 않으면서 적당한 혐오감을 드러내자 형사가 수첩에 무언가를 적기 시작했다.

모르셨던 사실인가요?

전혀요. 아빠랑 이 사람은 그냥 고용인과 피고용인 관계였어요.

배진택 씨가 사업 자금이 필요해서 기수라 씨에게 총 이천오백만 원을 현금으로 빌렸다고 하던데요.

그런 말은 한 번도 들어본 적 없어요. 그리고 아빠가 돈이 필요했으면 저희한테 연락했지, 왜 이 사람에게 했겠어요? 이체 기록이라도 가지고 오면 모르겠는데, 다 저쪽 주장일 뿐이잖아요.

마치 준비한 것처럼 말이 흘러나왔다. 기수라는 여전히 땅바닥만 보고 있었다. 호연은 속으로 중얼거렸다. 그래, 그렇게 입 다물고 있어. 아무것도 모르는 백치처럼. 호연은 형사와 시선을 마주했다.

인쇄소는 이제 뼈대밖에 안 남았어요. 그것도 많은 돈을 들여서 철거해야 하고요. 평생 아빠가 이뤄낸 인쇄소도, 아빠도 이제 아무것도 없어요. 가해자가 눈앞에 있는데 우리 아빠가 왜 이런 취급까지 당해야 해요?

호연이 듣기에도 비참한 음성이었다. 목소리가 떨리자 눈가에는 눈물까지 고였다. 형사는 호연을 진정시켰다. 그는 사실을 확인하는 과정이니 지나치게 마음 쓸 것 없다고 했다. 기수라는 검찰로 사건이 인계되는 대로 형을 확정받을 것이고, 그다음에는 상황에 따라 교도소 혹은 치료 감호를 위해 법무병원에 입원하게 될 것이다. 호연은 고개를 끄덕였다. 치료 감호라는 말이 마음에 들지는 않았지만 어쩔 수 없었다. 기수라는 누가 보기에도 제정신처럼 보이지 않았으니까. 진정제를 맞은 동물처럼 사지는 흐느적거렸고, 반쯤 감긴 눈은 빛을 잃었다. 호연은 기수라가 어디에 머물든 상관없지만, 사회에 다시 나와서는 안 된다고 강조했다.

불이 또 날 수도 있는 거잖아요. 다른 사람이 저희 아빠처럼 무고하게 죽을 수도 있는데…….

철판을 긁는 것 같은 웃음소리가 이어졌다. 호연이 기수라를 보았고, 기수라도 어느 순간 호연을 응시하고 있었다.

너 그거 알아? 너희 아빠가 유기영의 「부름」을 진짜 좋아했던 거.

유기영 이야기가 나오자 호연은 당황했다. 기수라는 웃음을 멈추지 않았다

그 사람, 같은 글을 읽고 또 읽었어. 난 그게 그렇게 재밌냐고 물었지. 그런데 너희 아빠가 뭐라고 했는지 알아?

기수라가 몸을 숙이며 목소리를 낮췄다.

책의 야성이 불을 불러올 거야. 우리는 그걸 도와야 해, 라고 하더라. 그런데 불을 낸 게 왜 내 탓이라는 거야?

기수라의 안광은 전에 없이 형형했다. 조금 전과 달리 미친 것 같지도 않았다. 호연은 허를 찔린 기분이었다. 아빠의 마지막 순간이 떠올랐다. 아빠도 분명 책의 야성과 불이라는 단어를 말했었다. 기수라가 두 손으로 테이블을 내려치며 박장대소했다. 뒤에 있던 교도관이 기수라를 제지했다. 호연은 자리에서 일어섰다. 형사가 호연의 어깨를 잡고 억지로 주저앉히려고 했지만, 호연은 그 힘을 버텨냈다.

네가 불 질렀잖아. 네가 그런 거잖아. 왜 거짓말을 해?

책의 야성이 어떻고, 불이 어떻고, 다 헛소리였다. 휘둘리면 안 된다는 걸 알면서도 호연은 진정할 수 없었다. 기수라는 호연의 말이 들리지 않는 것처럼 허공을 응시했다. 그의 음성이 한결 부드러워졌다.

너희 아빠 말이 맞았어. 책의 야성이 불을 불러온 거야.

우리 셋은 그걸 도운 거고.

호연은 반항을 멈췄다. 기수라가 세 개의 손가락을 하늘을 향해 쭉 폈다.

나랑 너희 아빠랑 유기영. 우리 셋 말이야. 유기영 개, 불나기 전에 녹우 인쇄소에 왔었어. 유기영도 알고 있었던 거야. 무슨 일이 일어날지. 그리고 기대했겠지. 책이 불타는 모습을. 자기 이야기가 마침내 세계에 경종을 울리는 때를. 너희 아빠는 그 첫 번째 신호탄을 터뜨린 것뿐이야. 자기 터전에 직접 불을 지르면서.

호연은 기수라를 향해 달려들었다. 욕설과 저주를 퍼붓고 비난해도 기수라는 눈 한 번 깜짝하지 않았다. 호연은 소리 질렀다. 그 순간 짐승이 된 건 기수라가 아니라 호연이었다. 기수라는 교도관과 함께 접견실을 빠져나가며 호연에게서 눈을 떼지 않았다. 모든 걸 알고 있다는 비밀스러운 미소를 지은 채로. 호연은 기수라의 멀어지는 뒷모습을 노려보았다. 아빠가 불을 질렀을 리 없다. 자기 손으로 이뤄낸 일상을 망가뜨렸을 리 없다. 호연은 책상 모서리를 쥐었다. 둥글게 마감된 모서리가 손바닥을 눌렀다. 희슬의 목소리가 들렸다.

내 말이 맞지? 이제 비밀을 파헤칠 시간이야.

호연은 형사의 부축을 받고 구치소를 벗어났다. 그는 기수라의 진술을 토대로 유기영에게도 참고인 조사를 진행할 거라고 했다.

저도 참석할 수 있나요?

그건 어렵습니다. 다른 소식이 들리는 대로 연락드릴게요.

호연은 택시에 올라 구치소에서 점점 멀어지는 동안에도 긴장을 풀 수 없었다. 아빠를 모욕하지 말라고 소리치는 자신의 목소리와 형사의 무표정한 얼굴, 기수라의 비웃음이 뒤섞였다. 호연은 눈을 감았다. 기수라가 무슨 말을 했든 또 무엇이 진실이든 지금은 아무것도 생각하고 싶지 않았다.

자취방은 오전처럼 고요했다. 호연은 휴대폰 전원을 켜며 전등 스위치를 찾았다. 바닥에 주저앉고 싶었지만, 책상에 놓인 유기영의 책이 시선을 끌었다. 호연은 망설이다가 표지를 넘겼다. 기수라가 말했던 「부름」을 찾기 위해서였다. 소설집에는 여덟 편의 단편이 실려 있었다. 그중 「부름」은 네 번째 순서였다. 책은 다음 구절로 시작했다.

그는 발을 다친 뒤로 사람들이 하는 어떤 질문에도

답하지 않았다.

주인공은 육상 선수였다. 그는 치료를 위해 바닷가에서 머문다. 주인공의 재활치료사는 모래에서 맨발로 걷는 게 도움이 될 거라고 조언했다. 그 때문에 주인공은 아침마다 모래사장을 거닌다. 어느 바닷가를 가도 사람이 많아 발가락의 움직임에 온전히 신경을 쏟을 수 없다. 그는 점점 더 사람이 없는 해변을 찾는다. 발자국 하나 없는, 인간들이 찾지 않는 숨겨진 해변으로. 마침내 그는 꿈에 그리던 장소에 도착한다. 지도에도 나오지 않는 이 조그만 해변은 아무도 발길을 들이지 않았는지 빽빽한 숲으로 덮여 있다. 그러나 발을 디딘 순간, 모래 밑의 무언가가 그의 발가락을 잘라 간다. 발가락을 되찾기 위해 모래사장을 돌아보아도 아무것도 보이지 않는다. 오히려 그 과정에서 왼쪽 발목과 손가락, 무릎마저 빼앗긴다. 그는 잃어버린 몸의 조각들을 되찾기 위해 모래를 두드리고 저주의 말을 쏟는다. 모래 밑에는 과연 무엇이 있을까? 상상하면 할수록 그것의 형태가 뚜렷해진다. 그는 아무것도 마시지도 먹지도 않는다. 그의 아름다웠던 근육은 퇴화하고, 지면을 박차고 나아갔던 다리는 무너진다. 곧았던 그의 몸마저 유선형으로 굽는다. 그는 모래사장에 앉아 혼잣말하고, 단어를 기록하고, 없는 존재를 만들기 시작한다. 이윽고 나뭇잎과 고목을 엮어 만든 조악한 책 한 권이 탄생한다.

호연의 시선이 멈춘 건 그 책의 육(肉)에 관한 부분이었다.

그는 책등을 더듬고 낱장의 무게를 느꼈다. 책에 육신이 있다고 믿는 순간, 그곳에는 만질 수 있는 몸이 생겼다. 표지의 두께와 있지도 않은 가름끈의 색이 하나하나 느껴졌다. 어느 순간 모래 밑 괴물에 대한 증오는 사라졌다. 그가 바란 것은 하나였다. 현혹으로 끝나지 않는 이야기. 자신이 직접 모래 밑 괴물이, 말하고자 하는 세계가 되는 것. 그를 위해서는 읽는 것만으로는 충분하지 않았다. 책의 야성을 되찾아야 했다. 행간에 숨겨진 마찰, 단락 사이로 뿜어져 나오는 열기를. 그는 즉각 나무들이 우거진 숲으로 향했다. 세계가 되기 위해서라면 그는 어떤 대가도 치를 수 있었다. 그리고 불이, 상상의 경계를 벗어난 불이 책의 낱장을 따라 흘러나오기 시작했다.

호연은 책을 덮었다. 희슬이 떠올랐다. 깊은 숲으로 들어가 스스로 생을 마친 그 애가. 이야기를 쓰는 게 아니라 그 세계가 될 것. 희슬이 바란 건 그것뿐이었다. 소설에는 희슬의 생각을 연상시키는 부분이 많았다. 유기영은 희슬의 수첩을 읽고 글을 쓴 게 분명했다. 그는 희슬의 문장들을 질겅질겅 씹어 삼킨 끝에 조잡한 글로 재탄생시킨 것이다. 호연은 이해되지 않았다. 희슬은 어째서 자기 수첩을 유기영에 보여주었을까? 십 년이라는 시간이 우희슬을 완전히 바꿔놓기라도 한 걸까? 「부름」을 비롯해 유기영의 소설집에 수록된 단편들은 희슬이 살아 있을 적 발표된 작품들이었다. 만약 희슬이 자기 수첩에 담긴 생각들을 소설로 쓰라고 허락했다면 그 이유가 궁금했다. 희슬은 자기 이야기가 외부로 드러나는 일에는 관심이 없었다. 아니, 어쩌면 두려워했을지 모른다. 어떤 부분에서는 자기가 틀렸다는 사실을 인정해야 했을 테니까.

휴대폰에 달린 램프가 점멸했다. 호연은 전화를 받지 않고 메시지 함을 확인했다. 같은 번호로 문자가 남겨져 있었다. 수첩을 받으러 오겠다는 희슬 엄마의 연락이었다. 호연은 망설임을 이기고 통화 버튼을 눌렀다.

드디어 연락되네. 수첩은 가지고 있지?

그 전에 먼저 물을게요. 희슬이 남자친구란 사람 혹시 유기영이에요?

희슬의 엄마가 유기영의 이름을 듣고 반색했다.

맞아, 어떻게 알았어? 둘이 아는 사이야?

아뇨, 몰라요. 수첩은 택배로 보내드릴 테니까 주소 남겨주세요. 아니면 직접 만나도 좋고요. 유기영과 관련해서 물을 게 있어요.

주소는 무슨. 내가 직접 받으러 갈게.

아뇨, 주소 알려주세요. 부탁드릴게요.

일방적으로 전화가 끊겼다. 다시 전화를 걸었지만 받지 않았다. 유기영과 우희슬 그리고 희슬의 엄마, 그들 사이에는 어떤 관련이 있는 걸까? 실마리가 잡힐 듯 잡히지 않았다. 똑똑. 문밖에서 노크 소리가 들렸다. 호연은 현관문을 바라보았다. 처음에는 잘못 들었나 했지만 아니었다. 똑똑. 똑똑똑. 호연은 자리에서 일어나 인터폰을 눌렀다. 스피커 너머로 아무 소리도 들리지 않았다. 음식이나 택배를 시키지도 않았다. 그때 누군가가 문 앞을 서성이는 기척이 났다. 호연은 현관문 가까이로 다가갔다. 도어스코프가 없어 밖을 확인할 수 없었다.

누구세요?

호연이 물었다. 멀어지는 듯싶던 발소리가 다시 가까워졌다. 구두나 운동화를 신고 있는 것 같지는 않았다. 슬리퍼도 아닌 듯했다. 자세히 들어보니 대리석 바닥에 뒤꿈치가 들러붙었다가 떨어지는 소리 같았다. 호연은 문에서 멀어졌다. 바깥에 있는 사람은 맨발이었다. 경찰에 신고해야 하나 고민하는 사이에 발소리가 다시 복도 끝으로 멀어졌다. 조금 전 희슬의 엄마와 나누었던 통화가 떠올랐다. 문밖에 선 사람이 혹시 희슬의 엄마라면? 호연은 가족을 제외한 누구에게도 집 주소를 알려준 적이 없었다.

발소리가 계단 쪽으로 멀어졌다. 호연은 두려움을 이기고 문고리를 잡았다. 빌라 복도에는 CCTV가 없었다. 현장을 놓쳤다가는 또 위협에 시달릴지 몰랐다. 문을 연 순간 한 여자가 계단 아래로 뛰어 내려가는 모습이 보였다. 희슬의 엄마인지는 알 수 없었다. 쫓아가야 할까? 희슬의 엄마가 정말 집 주소를 알아낸 거라면? 그가 호수에게까지 손을 뻗치지 않을 거라고 장담할 수 있나?

호연은 계단을 따라 내려갔다. 빌라 밖으로 나오자 새카만 도로가 펼쳐졌다. 큰 도로에 면해 있는 건물이라 늦은 시간임에도 빌라 근처는 환했다. 호연의 가슴이 가쁘게 오르내렸다. 희슬의 엄마가 바로 보일 거라는 예상과 달리 도로는 텅 비어 있었다. 오른편에서 누군가가 걸어왔다. 호연은 도로의 끝을 응시했다. 그곳에서는 새빨간 불길이 치솟고 있었다. 그 불을 뚫고 한 남자가 호연을 향해 걸어왔다.

아빠?

집채만 한 불을 등에 인 사람은 아빠였다. 그는 언젠가 호수가 묘사했던 기괴한 자세로 걸어오고 있었다. 기수라도 함께였다. 그들은 벌거벗은 모습으로 호연을 향해 다가왔다. 짐승처럼 크게 벌어진 입과 날카로운 두 눈 위로 불꽃이 일렁였다. 호연은 꼼짝하지 못하고 두 사람을 보았다. 그들이 가까워질수록 열기에 피부가 녹아내릴 것만 같았다.

전화가 울렸다. 호연은 감고 있던 눈을 떴다. 어둠에 휩싸인 방은 캄캄했다. 배 위에는 유기영의 소설집이 놓여 있었다. 언제 잠이 든 걸까? 한동안 꿈과 현실이 구분되지 않았다. 난방이 꺼져 있는데도 온몸이 땀범벅이었다. 호연은 떨리는 손으로 통화 버튼을 눌렀다. 호수가 아이처럼 울음을 터뜨렸다.

언니!

호수야?

언니, 나 너무 무서워. 이 집에 혼자 남았다고 생각하니까 너무 무서워.

뺨을 데우던 꿈속의 열기가 사라졌다. 호연은 창문으로 가 도로를 살폈다. 아스팔트 위로 차들이 빠르게 지나쳤다. 어디에도 불꽃은 보이지 않았다. 호수가 슬픔에 잠긴 음성으로 소리쳤다. 잠깐이라도 좋으니 녹우리에서 같이 지내달라고. 장례식 때까지도 슬프지 않았는데 언니를 만나고 돌아오니 이 적막을 견딜 수가 없다고.

아냐, 차라리 내가 언니 집으로 갈게. 내가 지금 찾아갈게.

짐 가방을 내리는지 부산한 소리가 났다. 자정을 얼마 남기지 않은 시점이었다. 잘못 나왔다가는 군인들에게 붙잡힐 수도 있었다.

아냐, 언니가 갈게. 울지 마, 호수야. 괜찮아. 다 괜찮아질 거야.

호연은 겉옷도 입지 못하고 휴대폰만 움켜쥔 채로 무작정 밖으로 나왔다. 막상 나왔지만 뭘 해야 할지 알 수 없었다. 거주권이 유지되고 있어도 통행금지 시간에는 녹우리 안으로 들어갈 수 없었다. 호연은 도로 위 차들을 초조하게 바라보았다.

결혼식을 마칠 때까지 곁에 있을게. 약속해. 언제든 부르면 달려갈게. 그러니까 지금은 집 밖으로 나오지 마.

비보호 신호가 구간마다 번쩍였다. 다음 순간 경일의 목소리가 들렸다. 달려왔는지 숨소리가 다급했다.

누나, 늦은 시간에 놀라셨죠.

수화기 밖에서 호수가 뭐라고 외치는 소리가 들렸다.

호연은 아래를 내려다보았다. 어쩌나 급히 나왔는지 신발의 짝이 맞지 않았다.

　호수 좀 챙겨줘. 나도 날 밝자마자 녹우리로 갈게.

　경일은 대답 없이 전화를 끊었다. 마지막 순간까지 호수는 울음을 터뜨렸다. 계단을 오르는데 집 현관문에 슬리퍼 한쪽이 껴 있었다. 정신없이 나오느라 문단속을 하지 못했다. 슬리퍼를 현관으로 밀어 넣는데, 아래층에서 누군가가 다급히 계단을 내려가는 소리가 들렸다. 호연은 집 내부를 살폈다. 바닥에 떨어진 잠옷과 쌓인 쓰레기, 침대에 펼쳐진 유기영의 소설집까지 그대로였다. 그런데 이 위화감은 뭘까. 호연은 방 한가운데 섰다. 책상에 있던 희슬의 수첩이 보이지 않았다. 그 자리에는 휘갈겨 쓴 쪽지가 한 장 놓여 있었다.

　문이 열려 있어서 수첩 들고 나왔어. 다음에 다시 보자.

　중년 여성이 쓸 법한 글씨체였다. 날카로운 삐침이 눈에 띄었다. 괜한 의심이 아니었다. 희슬의 엄마가 정말로 집 주소를 알아냈다. 호연은 휴대폰을 들었다.

　거기 경찰서죠?

창밖의 도로는 여전히 고요했다. 캄캄한 어둠만이 밤을 질주하고 있었다.

5

분홍 바가지 위로 승빙乘氷이 자랐다. 첨탑 같은 얼음기둥이 조금씩 조금씩 위로 길어졌다. 호수는 이른 오후부터 평상에 앉아 있었다. 무서울 때 늘 그랬듯이 얼굴을 양손으로 꾹꾹 누르면서. 녹우리의 겨울은 봄까지 이어질 때가 잦아 마당에는 녹지 않은 눈 더미가 가득했다. 새벽부터 유독 기온이 떨어지더니 바람이 창을 매섭게 흔들었다. 아침에 일어나 보니 바가지 가장자리에 역고드름이 자라 있었다. 길조라고 믿기에는 고드름 끝이 유달리 뾰족했다.

아침 뉴스에서 어젯밤 경기도의 한 버스 기사가 다수의 시민을 살려냈다는 내용이 보도되었다. 제동 장치에 문제가 생긴 버스는 승객 사십 명을 태운 채 도심을 질주했다. 기사는 이십육 년째 버스를 몰아온 경험을 살려 중앙분리대에 차를 박았다가 다시 떼어내는 식으로 속도를 늦췄고, 달리는 차를 안정적으로 멈춰 세웠다. 뉴스에서는 기사의 기지를 칭찬했다. 사고 당시 버스에 타 있던 시민은 그가 재치를 발휘하지 못했다면 참사를 막지 못했을 거라고 했다.

호수는 부러웠다. 소시민의 활약, 중력을 거스르고 바가지에서 승빙을 틔워내는 비범함 같은 것이. 언젠가 자신도 저 기사 같은 기지를 발휘해보고 싶다고 생각하는데, 옆에서 밥을 먹던 경일이 말했다.

아깝다.

뭐가?

저 기름이.

경일은 망가진 버스 아랫부분을 가리켰다. 그곳에서는 검은 액체가 새어 나오고 있었다. 호수는 몇 개월 전 경일의 엄마와 부엌에 앉아 라디오를 듣던 순간을 떠올렸다. 그날 저녁 뉴스에서는 폐사한 돼지를 불법으로 매장한 소식을 전했다. 산 채로 파묻힌 돼지들은 둥글게 부풀어 올라 매몰지를 무너뜨렸고, 사체에서 나온 다량의 피가 침출수 배출관을 타고 흘러내려 인근 하천을 더럽혔다. 경일의 엄마는 호박을 반으로 쪼개며 중얼거렸다.

아깝네.

뭐가요?

누가 먹지도 못했잖아. 아까워.

경일의 엄마가 매립된 돼지를 눈짓하며 말했다. 그 순간 폐사된 돼지들은 누군가가 한 입 먹어보지도 못하고 썩어버린 살이 되었다. 호수는 평소처럼 경일의 엄마를 대했으나 내심 당황했다. 경일과 경일의 부모는 늘 이랬다. 참 선한 사람들이라고 생각할 즘 예상치 못한 말을 꺼내 사람을 놀라게 했다. 완전히 착하지도 나쁘지도 않은 사람들. 척박한 현실에 누구보다 빨리 길들고, 주어진 일에 언제나 최선을 다하는 사람들. 그래서 안타까우면서도 곁에 있으면 이상하게 안심됐다.

호수는 밥상을 밀었다.

경일이 너, 이제 일하러 가.

벌써? 혼자 있어도 괜찮겠어?

이따 오후에 언니 오잖아. 집 좀 정리해놔야지.

도와줄게.

호수는 고개를 저었다. 경일은 별말 없이 자기 집으로 돌아갔다. 경일은 언제나 순종적이었다. 체격은 평범해도 농사일을 하느라 생긴 근육으로 팔다리가 다부졌다. 호수는 그의 몸을 좋아했다. 생활감이 느껴지는 경일의 방과 상처 가득한 손 역시 마음에 들었다. 경일과 자신이 얼마 뒤 결혼식을 올린다는 사실이 여전히 믿기지 않았다. 녹우리에서의 삶이 답답하지 않냐고 물었던 어느 날,

경일은 이곳에서 태어난 사실을 바꿀 수는 없지 않냐면서 웃었다. 그런 사람이었다. 친구들과 홋카이도에 놀러 갔다가 그곳의 눈을 선물로 가져오는, 엉뚱하면서도 순수한 사람.

이게 설산에서 퍼 온 눈이야.

짧은 졸업 여행을 마치고 돌아온 경일의 손에는 작은 용기가 들려 있었다. 그는 녹은 눈을 다시 얼려 제빙기로 갈았다. 하얀 얼음 가루가 흰 자기 위로 수북이 쌓였다. 호수는 꼭 홋카이도의 설산 같은 얼음을 검지로 꾹 눌러보았다. 딱딱한 그릇 바닥이 손끝에 느껴졌다. 설산의 눈은 빙수와 크게 다르지 않았다. 경일이 호수의 손을 빼냈다.

다음에 꼭 같이 가자. 보여주고 싶은 곳이 많아.

경일이 웃었다. 호수는 그날 처음으로 남자도 아름다울 수 있다는 사실을 깨달았다. 경일은 오라고 하면 언제나 곁을 지켜줬고, 가라고 하면 곧장 자리를 비웠다. 중환자실에서 소란을 일으켰을 때도, 경찰서를 오갔을 때도 옆을 떠나지 않았다. 아빠가 분명 말을 걸었다고, 불이 그의 몸을 집어삼켰다고 소리쳐도 동조하거나 비난하는 기색 없이 몸을 부서뜨릴 듯 끌어안았다.

어젯밤 언니에게 제발 곁으로 와달라고 부탁한 후에도 경일은 말없이 그저 눈물을 닦아주었다. 묵묵히 달래주는 그를 보며 무엇이 이 사람을 이토록 고요하게 만들었는지 생각했다. 그는 이 마을에서 순응을 배우고 체득했다. 그 안에서도 경일은 불편해하지 않았다. 그 힘은 온전히 경일 내부의 것일까? 메추리알에 고추냉이를 찍어 먹는 경일. 아빠가 죽기 전 가져다주었던 시집을 이따금 꺼내 읽고, 특별한 정보를 얻게 되면 그거 알아? 카놀리는 작은 관이라는 뜻이래,라고 귓가에 속삭여주는 주경일이 없는 삶. 호수는 그런 삶을 상상할 수 없었다. 경일과 말수가 적은 경일의 아빠, 소녀 같은 경일의 엄마가 없다면. 언니마저 죽는다면. 호수는 거기까지 상상하다가 자기가 어쩌면 온 가족이 모두 죽고 홀로 남는 순간을 바라는 것인지도 모른다고 생각했다. 차라리 끔찍한 상상이 현실이 돼서 불안이 소진되기만을 기다리고 있는 것이라고.

호수는 바가지에 자라난 승빙을 부러뜨렸다. 평상 옆으로 부러진 승빙을 던지자 도기 화분이 바닥으로 떨어져 깨졌다. 호수는 화분의 날카로운 파편을 바라보았다. 언젠가 엄마는 사람은 자기가 좋아하는 누군가가 곁에 있으면 괴로워도 살 수 있다고 했다. 좋아하는 사람에게는 아무것도 설명할 필요가 없다고, 그래서 좋아하는 사람들끼리 만나는 거라고. 그런데 왜 아빠는 엄마에게 항상 설명을 원했을까? 어째서 아무 이유 없이 우는지. 왜 묻는 말에 대답하지 않고 먼 곳만 보는지. 사방이 막힌 녹우리에서 우리가 정말 계속 살 수 있을지. 내가 사랑하던 너는, 익숙한 당신은 어디로 가버렸는지. 주절주절 쏟아내던 아빠는 어느 날 결국 참지 못하고 물었다.

어쩌다가 여기서 나고 자란 사람들이랑 똑같아진 거야?

그제야 엄마가 시선을 돌려 아빠를 응시했다.

내가 여기 사람들이랑 똑같아진 게 아니라 네가 달라진 거야. 불타고 있는 이 땅이 지겨워진 건 너라고.

호수는 숨을 깊게 들이쉬었다. 바가지에 남은 승빙은 겨울의 끄트러기를 삼키듯 계속 길어질 것이다. 호수는 기다렸다. 언니가 오기만을. 그래서 이곳에 고여 있는 시간을 누군가와 나눌 수 있기만을.

6

호연은 대교를 건너가는 동안 버스 기사의 등을 응시했다. 뒷모습이 익숙해 이전에 보았던 기사인가 했지만, 백미러에 비친 얼굴이 낯설었다. 녹우리로 들어가는 버스는 한 대뿐이었고, 버스 기사 역시 잘 바뀌지 않았다. 이

전의 기사에게 무슨 일이라도 생긴 모양이었다. 얼굴에 얽은 자국이 있던 기사와 달리 눈앞의 남자는 젊고 피부가 매끈했다. 그가 커피색 손으로 기어를 움직여 버스를 검문소 앞에 세웠다. 젊은 군인이 올라타 승객들의 신분증을 검사했다. 버스에 탄 사람은 앞이 잘 보이지 않는 할머니와 호연뿐이었다. 군인은 호연과 호연이 내민 비무장지대 출입증을 번갈아 보고는 버스에서 내렸다. 붉은색 출입증은 녹우리 사람이라면 모두 갖고 있었다. 장갑차가 선두에 서고 버스가 그 뒤를 쫓았다. 호연은 창문에 머리를 기댔다. 아침이 밝자마자 출발할 생각이었는데 짐을 챙기다 보니 어느새 해가 기울었다. 호수가 또 울고 있을지도 몰랐지만, 서두르고 싶어도 버스는 느긋이 나아갔다.

빛이 기사의 등을 대각선으로 가로질렀다. 곧은 등이었다. 기사가 버스를 호위하는 장갑차를 보며 무슨 생각을 하고 있을지 궁금했다. 표정을 볼 수 있다면 좋았을 텐데. 거울에 비친 얼굴은 선글라스를 쓴 부근뿐이었다. 창밖으로 버석하게 메마른 노란 밭이 흔들렸다. 버스가 멈춰 섰다. 여기서 내리실 분 없냐는 기사의 물음 뒤로 호연이 일어나 후문으로 내렸다. 낯설면서도 친숙한 풍경이 펼쳐졌다.

한동안 길을 잃은 사람처럼 호연은 주위를 둘러봤다. 얼마 만에 오는 녹우리일까. 밭 너머로 인공기가 보이지 않았다면 평범한 시골이라고 착각할 만한 풍경이었다. 한적한 밭 너머로 군용차가 달려갔다. 길 끝에서 젊은 남자가 걸어오고 있었다. 경일이었다. 그가 먼저 호연을 알아보고 걸음을 빨리했다.

오랜만이야, 누나.

호수는?

부모님이랑 같이 있어. 집으로 가다 보면 보일 거야.

경일은 흘러내리는 땀을 훔쳤다. 호연은 그의 땀 냄새를 피해 옆으로 한 발짝 물러섰다. 아버지의 장례식 이후 그를 만난 건 처음이었다. 경일은 붙임성이 있는 성격은 아니었지만, 어제 호수가 울던 일이 신경 쓰였는지 계속 말을 붙였다. 요새 일하는 건 힘들지 않은지, 다른 큰일은 없었는지, 녹우리에 오래 머물 생각인지. 호연은 그가 질문할 때마다 고개를 저었다. 아니, 없어, 아냐, 호수만 괜찮아지면 금방 갈 거야. 경일은 입을 다물었다. 얼마 가지 않아 괭이로 땅을 내려치는 경일의 부모가 보였다. 호수는 그들과 떨어진 곳에 쭈그려 앉아 밭을 보고 있었다. 기척을 느낀 호수가 고개를 들었다. 깜짝 놀란 호수가 호연의 품 안으로 달려들었다.

언니, 기다리고 있었어.

찬바람을 많이 맞았는지 호수의 몸이 서늘했다. 호연
은 입고 있던 겉옷을 벗어 호수의 어깨에 둘러주었다. 경
일의 부모가 호연이 온 걸 확인하고는 어서 밥을 먹으러
가자고 소리쳤다. 경일네가 앞장서고 호수와 호연이 그
뒤를 따랐다. 호연은 작은 목소리로 물었다.

아직 밭 갈 시기 아니지 않아? 바빠 보이네.

날이 작년보다 빨리 풀렸어. 미리 준비해놔야지.

호수는 경일의 부모가 매일 아침 얼어붙은 땅을 쪼개
고 또 쪼갠다고 했다. 언 땅 밑에서 부드러운 갈색 흙이
나올 때까지 괭이질을 멈추지 않는다고.

엄마랑 아빠랑 있으면 좋아. 저 사람들 일하는 모습을
보면 마음이 편안해져.

호수는 경일의 부모를 자기 친부모처럼 불렀다. 태도
역시 살가웠다. 저렇게 마음을 붙였다가 혹여 상처받을
까 걱정이 들 만큼. 익숙한 골목에 들어서자 걷는 속도가
줄었다. 골목 풍경은 이전과 변함없었다. 헐겁게 닫힌 대
문과 내려앉은 슬레이트 지붕 들이 드문드문 이어졌다.
마음속으로 계산해보니 녹우리에 온 건 거의 일 년 만이
었다. 학업 때문에 타지에 가 있는 경우에는 마을에 있지
않아도 주민 자격을 유지할 수 있었다. 첫 번째 대학을

졸업하고 나서는 서울에서 머물며 녹우리의 주민 자격을 잃지 않기 위해 정기적으로 마을에 들렀다. 혹여나 다시 마을에서 살고 싶어질지도 모른다는 희박한 가능성 때문에 오고 싶지 않아도 돌아와 점호 시간을 기다렸고, 방에 틀어박혀 통행금지 사이렌을 들으며 기묘한 안정감을 느꼈다. 올해 늦여름이면 영상학과의 남은 학기를 마치고 졸업하게 될 테니 그때는 선택을 해야만 했다. 녹우리의 주민으로 남을 것인지, 아니면 다른 곳에서 살 것인지를.

호연은 경일의 집에 들어서기 전, 자기 집에 먼저 들렀다. 집은 그리 달라진 게 없었다. 낮은 담을 타고 경일네가 말하는 소리가 들렸다. 평상 아래에 화분이 산산조각 나 있었다. 호수가 깨뜨린 걸까?

언니, 거기서 뭐 해?

열린 대문 사이로 호수가 보였다.

이거 네가 깬 거야?

응, 실수로. 정신이 없어서 못 치웠네.

호수는 대수롭지 않게 말했다. 호연은 흩어진 파편들을 발로 모아 구석에 두었다. 조각의 끝은 날카로웠다. 큰 파편 하나가 보이지 않는 것 같아 마당을 뒤적이는데 호수가 뒤에서 채근했다.

얼른 밥 먹으러 와. 다들 기다리고 있어.

경일네로 향하니 고기 냄새가 짙게 났다. 호연은 호수의 곁에 앉아 삼겹살이 구워지는 걸 지켜보았다. 경일의 아빠는 지나간 애사와 다가올 경사를 번갈아 입에 올렸다. 마음이 참 아프다. 그래도 다들 여기에 있으니 괜찮을 거다. 호수는 우리가 잘 돌보마. 결혼식이 곧이니 너도 종종 들러라. 호연은 쏟아지는 말들을 들으며 고개를 끄덕였다. 안쓰럽게 자매를 보던 경일의 엄마가 호연의 무릎 위에 손을 얹었다.

어쨌든 다 마음의 문제야. 놔줄 건 놔줘야 해. 자꾸 지나간 일에 사로잡혀 있으면 아파도 아픈 걸 몰라.

경일의 엄마가 호연의 무릎을 주물렀다. 그 호의가 이상하게도 불편했다. 호연은 머리 한구석이 뾰족해지는 걸 느꼈다. 미세한 바늘이 돋아나 관자놀이를 찌르는 느낌이었다. 호연은 주름진 손을 조심스레 밀어냈다.

알겠어요. 너무 걱정하실 것 없어요.

경일의 엄마가 멋쩍은 표정을 지었다. 호수가 대신 그의 주름진 손을 잡았다.

엄마, 고마워요. 밥도 너무 맛있어. 언니도 저도 괜찮으니까 너무 마음 쓰지 말아요.

경일이 호수의 등을 쓸어내렸다. 경일을 포함해 그들 가족은 호수의 말에 매 순간 귀 기울였다. 호수의 반응에 따라 대화의 방향을 정했고, 신경에 거슬릴 만한 이야기를 꺼내지 않으려고 뜸을 들이기도 했다. 그 덕분인지 몰라도 호수는 꽤 안정돼 보였다. 통화하며 느꼈던 히스테릭한 태도는 보이지 않았다. 하지만 언제 또 어젯밤처럼 눈물을 보일지는 알 수 없었다.

식사를 마친 호연과 호수는 다시 옆집으로 건너갔다. 호연이 마당에 흩어진 파편을 마저 치우는 사이, 호수가 대신 짐을 들고 안으로 들어갔다. 호연은 화분 파편을 쓰레기봉투에 넣다 말고 조각을 대강 맞춰보았다. 모아 놓고 보니 역시 한 조각이 비었다. 호수가 창문으로 얼굴을 들이밀었다.

언니, 어느 방 쓸래?

창고면 충분해.

호수가 창고는 너무 비좁다고 툴툴거렸다. 한때 엄마의 방이었던 그곳은 엄마가 죽고 난 뒤 호연의 차지가 되었다. 호연마저 잘 들르지 않게 되자 방에는 이십 년간 모아온 자질구레한 잡동사니들이 자연히 모여들었다. 호연은 찝찝한 마음을 떨치고 창고로 향했다. 쌓인 짐을 한쪽으로 밀어버리고 이부자리를 펴려는데 호수가 이불 끝을 당겼다.

차라리 아빠 방에서 같이 자자.

싫어, 그 방은 불편해.

그러면 오랜만에 나랑 잘래?

혼자 못 자겠어? 경일이는?

요새 잠이 잘 안 와. 경일이는 자기 집에서 잘 거야.

호연은 어쩔 수 없이 호수의 방으로 건너갔다. 한때 함께 썼던 방에는 어린 시절의 흔적이 여기저기에 묻어 있었다. 호수가 차를 끓이는 사이 호연은 열린 창을 닫았다. 해가 지자 공기가 싸늘해졌다. 집 뒤편에 자리한 호수의 방에서는 논과 밭이 훤히 보였다. 낮은 담장 너머로 이따금 사람들이 걸어 다니는 모습이 눈에 띄었다. 그들은 자정이 되기 전에 집으로 돌아가려고 걸음을 서둘렀다. 따스한 차가 소반 위에 얹어졌다. 호연은 찻잔을 쥐고 벽에 등을 기댔다.

결혼하면 이 집에서 경일이랑 살 거야?

굳이 다른 데서 살 필요는 없잖아.

시댁이랑 너무 가까이 살아도 안 좋아.

호수가 웃음을 터뜨렸다.

꼭 결혼해본 사람처럼 말하네. 난 여기가 좋아. 아빠가 죽고 나서 더 좋아진 것 같아.

뭐가 더 좋아졌다는 거야?

이제 남은 추억이라곤 이 집이랑 언니밖에 없잖아. 이

마을을 어떻게 좋아하지 않을 수 있겠어?

호수는 혼자 있어서 무섭다고 울부짖었던 때를 모두 잊은 것 같았다. 평온해 보이는 호수를 보며 호연은 기분 나쁜 기시감을 느꼈다. 산산이 조각난 화분처럼 호수의 무언가가 분명 부서졌는데, 남은 파편이 어디로 갔는지 알 수 없었다. 폭풍이 몰아치기 전에 가장 고요한 밤이 오듯 호수는 평온을 연기하고 있는지도 몰랐다. 호수의 상태가 걱정되었지만, 어떻게 말을 꺼내야 할지 알 수 없었다. 호연은 다 식은 차를 한 번에 들이켰다. 호수가 불을 껐다. 호연은 호수의 곁에 누워 새하얀 천장을 응시했다. 가장 평범해 보이는 주제로 대화를 시작해야 할 것 같았다. 버스 기사가 다른 사람으로 바뀐 것 같던데, 이전 기사는 어떻게 된 거냐고 물으니 호수가 낮은 신음을 흘렸다.

그 아저씨 다쳤어.

어쩌다가?

갑자기 멧돼지가 나타나서 사고가 크게 났거든. 병원에 입원 중일 거야.

예전에도 동물 때문에 교통사고가 날 뻔한 적이 몇 번 있었다. 호수는 멧돼지 사체를 처리하느라 군인들이 동원됐다는 이야기부터 기사가 운전석 유리창에 머리를 세게 부딪혀 경추를 다쳤다는 것까지 자세히 들려주었다.

안됐네. 괜히 이 동네에서 일하다가 사고나 당하고.

호수가 고개를 돌렸다. 하얀 얼굴이 어둠 속에서 떠올랐다.

이 동네가 왜?

여기서 일 안 했으면 멧돼지 때문에 다칠 일은 없었을 거잖아. 응급실도 멀고, 번거롭고.

다른 데서 일했어도 다칠 수 있지. 동정하지 마.

내가 그 아저씨를 왜 동정해. 그냥 안됐다는 거지.

아니, 이 동네 말이야. 여기서 사는 나나, 경일이네나, 이 마을에 관련된 것들 다 동정하지 말라고.

호연은 말을 멈췄다. 호수의 눈이 파르라니 빛났다.

여기는 동정받을 곳이 아냐.

어디가 부족하다는 뜻은 아니었어. 나는 그냥…….

호수의 음성이 서늘하게 가라앉았다.

나는 그냥?

이 마을이 좀 더 발전하길 바란다는 거지.

불가능하다는 거 알잖아. 여기는 발전하기 위한 동네가 아니니까.

아빠가 죽은 여파인지 몰라도, 호수는 녹우리에서의 삶에 이전보다 더 큰 의미를 두는 듯했다. 호연은 호수의 마음을 풀어주기 위해 솔직한 마음을 더해 말했다.

　나는 그냥 녹우리가 잊히지 않았으면 좋겠다는 거야. 시사 프로그램에서나 잠깐 조명되는 마을이 아니라 더 제대로 된 흔적을 남기면 좋겠다고.

　호수의 얼굴에서 조금씩 분노가 사그라들었다.

　나도 그랬으면 좋겠어. 가끔은 무서워. 이 마을이랑 같이 커다란 구덩이에 빠져도 아무도 찾지 않을 것 같아.

　호수는 바닥이 곧 풀썩 꺼지기라도 할 듯 주위를 더듬었다. 지면은 여전히 등 뒤를 단단히 받치고 있었는데도, 호수가 뜸을 들이다가 물었다.

　그래서 말인데 언니, 이 마을을 배경으로 나랑 경일이 모습 좀 찍어줄 수 있을까?

　카메라를 들고 다니면 수상하게 생각할 거야.

　언니가 외지 사람도 아닌데 뭐가 수상해. 내가 이장 아저씨한테 다 말해놓을게. 결혼식 때 틀고 싶어서 그래. 이곳 풍경을 한 사람이라도 더 봤으면 하지 않아?

　호연은 자취방에서 카메라를 가져오려면 시간이 걸릴 거라고 했지만, 호수는 경일에게 안 쓰는 캠코더가 있으니 그걸로 찍어달라고 고집을 부렸다. 호연은 마지못해 알겠다고 했다. 호수가 기뻐하며 당장 내일부터 작업을 하자고 했다. 호연이 호수의 말을 가로막았다.

그 전에 할 말이 있어. 네 상태가 괜찮아지면 말하려고 했는데, 지금 아니면 못 할 것 같아. 기수라 이야기야.

호연은 참아왔던 말을 쏟아냈다. 아빠가 유기영의 작품을 좋아했고, 그야말로 소설이 불러올 야성을 믿고 있었다는 얼토당토않은 기수라의 주장을. 불을 처음 낸 사람도 아빠라고 거짓말하고 화재 전날에 유기영이 인쇄소를 다녀갔다는 이야기도 했다고. 하지만 꿈에서 보았던 기수라와 아빠의 환영에 관해서는 말하지 못했다. 호수가 물었다.

언니는 그 작가가 진짜 나쁜 의도로 인쇄소에 찾아간 거라고 믿어?

그걸 지금부터 알아내야지. 아무래도 유기영을 따로 만나봐야겠어. 기수라가 불을 낸 범인이라고 해도 다른 사람이 사주한 걸 수도 있잖아.

누가? 그 소설가가?

진실은 아직 모르지만, 유기영이 깊게 관계됐을 수도 있으니까. 그렇지 않으면 불이 나기 전날 왜 인쇄소에 찾아왔겠어?

입으로 내뱉으니 머릿속을 맴돌던 추측에 확신이 더해졌다. 생각에 잠긴 호수가 시선을 먼 곳으로 보냈다.

그래, 그럴 수도 있지. 자기 책이 유명해지기를 바라면서. 아빠를, 우리를 엉망으로 만들어버린 걸 수도.

호수의 눈이 가볍게 감겼다. 유기영이 벌였을지도 모를 짓들을 상상하는 걸까? 호연은 눈앞의 가녀린 팔뚝을 힘주어 쥐었다. 몽상의 흐름을 끊고 호수를 현실로 불러들이기 위해.

어쨌든 중요한 건 인쇄소가 전소되고 나서 유기영이 유명해졌다는 거야. 어떤 가능성이든 열어놓을 생각이야. 현실에서 일어날 수 있는 온갖 가능성들을 말이야.

호수가 서서히 몸을 일으켰다. 잠이 달아난 표정이었다. 수면등을 켠 호수가 호연의 양손을 붙잡았다.

그런데 언니, 내 생각에는 그 사람 때문에 아빠가 죽은 건 아닌 것 같아. 중환자실에서 본 모습 말해줬잖아. 난 아직도 그때를 잊을 수가 없어.

그만해. 그 이야기는 이미 끝냈잖아.

호수의 손에 점점 힘이 들어갔다. 흰자가 어둠 속에서 형형히 빛났다. 억지로 손을 떨어뜨리려고 했으나 역부족이었다.

아빠가 그러더라. 우리는 결국 말하고 싶은 걸 믿는다고. 언니는 지금 뭘 보고 있는 거야? 뭘 믿고 싶은 건데?

정신 차려, 배호수. 너야말로 왜 이래?

호연은 붙잡힌 손을 빼냈다. 호연의 상체가 반동에 의

해 뒤로 밀렸다. 호수가 중얼거렸다.

난 알아. 아빠는 사람 때문에 죽은 게 아니야. 다른 이유 때문이야. 그게 뭔지는 정확히 모르지만, 분명 아빠의 마음과 관련된 일일 거야.

호수의 눈은 텅 비어 있었다. 호연은 호수와 똑같은 표정을 짓던 사람을 알고 있었다. 엄마, 마음이 아픈 나머지 시름시름 앓다가 어느 날 저수지에 빠져버린 사람. 사건 현장을 처음 발견했던 호수는 엄마가 등으로 호흡하는 고래처럼 넓은 저수지에 떠올라 있었다고 했다. 수위를 조절하는 파이프에서 물이 나올 때마다 질끈 묶은 엄마의 머리칼이, 그날 입은 녹색 치마가 물이끼와 함께 흔들렸다고. 엄마의 흰 수의와 대비되던 아빠의 검은 피부, 퉁퉁 불은 손과 눈동자가 그대로 드러나 보인 왼 눈꺼풀, 물과 불, 어두운 연못과 매캐한 연기가 번갈아 떠올랐다. 호연은 뿌리쳤던 호수의 손을 붙들었다.

호수야, 우리 다시 병원에 가자. 상담도 시작하자. 나도 갈게. 우리 더 이상 지금처럼 있으면 안 돼.

호수는 피식 웃었다. 마치 비웃듯이. 호수의 눈에 떠오른 경멸이 너무 짙어서 촉감마저 느껴지는 것 같았다.

언니는 내가 이상해 보여?

뭐?

나는 언니가 이상해 보이거든. 언니는 어떻게 그렇게 침착해?

호수의 목소리는 차가웠다. 이번에 손을 뿌리친 건 호수였다.

내가 연락하기 전까지 내 생각은 하지도 않았겠지. 언니나 아빠나 똑같아. 어디에 머무르고 싶은지도 모르면서 달아나려고만 해. 자기가 뭘 원하는지 알고 있다고 생각하겠지만 아니, 언니는 몰라. 지금도 모르고 있어.

호연은 집에 도착한 순간부터 묻고 싶었던 질문을 마침내 꺼냈다. 침착해지려고 해도 목소리가 떨렸다.

화분은 왜 깨뜨렸어? 그걸로 뭘 하려고 했는데? 왜 조각 한 개가 안 보여?

난 조각 같은 거 숨긴 적 없어. 봐, 언니는 내 말 안 믿어. 믿을 생각조차 없어.

호연은 이부자리에서 일어나 마당으로 나갔다. 휴대폰 불빛으로 마당을 구석구석 비춰도 보이는 건 없었다. 호수가 다가와 휴대폰을 낚아채 갔다. 호수가 마당을 이리저리 돌아다니다가 평상 아래를 비췄다. 그곳에는 미처 발견하지 못했던 깨진 화분 조각이 놓여 있었다.

말했지. 언니는 그냥 말하고 싶은 걸 믿는 거야.

어두운 마당 위로 달빛이 쏟아졌다. 호수가 대문을 열

고 밖으로 나갔다. 호연이 깜짝 놀라 그 뒤를 쫓았다. 호수는 걸음을 멈추지 않았다. 새하얀 입김이 허공에서 부서졌다. 어두운 밤이었다. 컴컴한 어둠 속에서 하늘과 길의 경계가 무너지고 있었다. 멀리서 통행금지를 알리는 사이렌이 울렸다. 호연은 우뚝 멈춰 섰다. 귓가에 이명이 일었다. 호수는 한참을 걸어간 끝에 어두운 밭 한가운데서 가만히 서 있었다. 그리고 기다렸다. 군인들의 다그침을, 자신을 뒤쫓아오는 발소리를.

때마침 호연의 휴대폰이 울렸다. 유기영이 보낸 다이렉트 메시지가 화면 위로 떴다.

—아버지 일로 드릴 말씀이 있어서요. 시간 괜찮으면 한번 뵐 수 있을까요?

길 끝에서 군용차가 달려오고 있었다. 호연은 호수가 서 있는 곳으로 달려갔다. 저 멀리서 지뢰 터지는 소리가 들렸다. 비무장지대의 짐승들이 수십 년 전 매설된 과오로 인해 죽어가는 소리였다. 호연은 무엇을 원하는지는 몰라도 앞으로 무엇을 해야 하는지는 알고 있었다. 그것은 호수를 지키고, 아빠의 죽음을 둘러싼 베일을 벗기는 일이었다.

7

이모경은 호연에게서 가져온 희슬의 수첩을 들여다봤다. 이미 몇 번이나 확인해 각 글귀의 위치마저 외울 지경이 었는데도 볼 때마다 새로운 사실이 드러났다. 기분이 안 좋을 때면 알아보기 힘들 정도로 글씨가 작아졌고, 쓴 글이 마음에 들었을 때는 획이 굵어졌다. 이모경은 요새 매일 저녁 희슬의 수첩과 유기영의 소설집을 나란히 두고 비교했다. 비슷한 단어나 구절이 있을 때는 형광펜으로 표시했다. 노란색, 초록색, 분홍색으로 나아갈수록 유사한 정도가 커졌다. 그중 「부름」이란 소설은 모든 문단을 분홍색으로 칠해야 할 만큼 똑같은 부분이 많았다.

이모경은 '서점 방화'를 포털 사이트에 검색했다. 가장 상단에 뜬 글은 이십 분 전에 올라온 기사였다.

책의 저주? 그치지 않는 방화 사건, 경찰 조사 중

대형 서점을 비롯해, 동네 서점에서도 화재 사건이 연이어 일어나고 있다는 내용이었다. 공개된 CCTV 자료에 의하면 사람이 비교적 붐비는 중앙 매대에서 잇따라 불길이 솟아나 서점을 찾은 사람들도 피해를 보았다고 했다. 경찰은 발화 지점에 소량의 인화물질이 있는 것으로 보아 특정인의 소행으로 추측하고 있으나, 아직 용의자를 찾지는 못한 모양이었다. 이모경은 해당 기사를 출력했다. 기사에서는 유기영의 실명을 구체적으로 언급하지는 않았지만, SNS을 비롯한 유명 커뮤니티에서는 『부름』이 진열된 곳마다 불이 나고 있다는 사실이 퍼져나가고 있었다.

이모경은 커뮤니티를 돌아다니다가 소설과 관련한 이슈를 나누는 한 게시판을 발견했다. 반응이 가장 좋은 게시글을 클릭하자 서점 연쇄 방화 사건의 기사가 스크린 샷으로 떠올랐다. 댓글에서는 유기영의 소설과 관련해 다양한 이야기들이 오가고 있었다.

ㅇㄱㅇ 소설 재밌긴 한데 요새 자꾸 이상한 일 생기나 보네

ㄴ ㅇㅇ 불쌍함 극성팬 있는 듯

ㄴ 요새는 소설가한테도 팬이 붙냐? 진심 들어본 적도 없는 작간데

ㄴ ㅇㅇㅋㅋㅋㅋ 너보다는 유명함 수고

ㄴ 근데 진짜 ㅇㄱㅇ이 누구임?

이상하긴 함 CCTV 자세히 봐봐 책을 만진 사람이 없어

ㄴ 나도 그거 느꼈어 아무도 불을 붙인 사람이 없는데

인화물질만 있다고 어떻게 불이 나나?

↳ 뭔 소리야 젤 끝에 있는 아줌마랑 젊은 남자는 손 보이지도 않고만

↳ 인쇄소 화재 때도 그렇고 좀 이상해 진짜 저주든 뭐든 책에 뭐가 있긴 있는 듯

　

이모경은 그들의 대화를 천천히 확인했다. 성별을 알 수 없는, 아마도 자신보다 어린 게 분명한 사람들이 만나 본 적도 없는 유기영을 안타까워하고, 욕하고, 질시했다. 희슬이 누렸어야 할 감정들을, 그 아이가 겪었어야 할 일들을 유기영만이 만끽하고 있었다. 이모경은 글쓰기 버튼을 눌렀다. 휴대폰에는 유기영의 소설과 희슬의 수첩을 비교한 사진들이 이미 많았다. 이모경은 그 사진들을 게시판에 첨부하려다가 멈칫했다. 아직 찾지 못한 희슬의 수첩들에는 더 많은 증거가 있을 것이다.

이모경은 감정을 억눌렀다. 충동적으로 굴어서는 안 됐다. 자신이 유기영 여자친구의 엄마라는 사실을, 유기영이 쓴 많은 글에서 내 딸의 자취가 발견됐다는 이야기를 아직 밝힐 수는 없었다. 유기영이 누리고 있는 인기가 철저하게 부서질 수 있도록 때를 기다려야 했다. 그를 위해서라면 얼마든지 인내할 수 있었다. 이모경은 유기영

의 최근 사진들을 검색했다. 그의 프로필 사진과 최근 이뤄진 행사 사진이 떴다. 이모경은 유기영의 새로운 사진을 찾아내 프린트했다. 방 한쪽 벽에는 이미 수많은 유기영의 사진들이 압정으로 고정돼 있었다. 그 옆으로 녹우인쇄소 화재 사건 기사들과 호연이 SNS에 올렸던 게시글이 중구난방으로 나열됐다.

서랍에 든 휴대폰이 진동했다. 끝이 까맣게 그을린 희슬의 휴대폰 위로 SNS 알람이 떴다. 이모경은 익숙하게 휴대폰을 조작했다. 2ing1의 계정에 자동으로 로그인됐다. 다이렉트 메시지 창에는 호연이 유기영에게 보낸 연락이 남겨져 있었다.

—내일 바로 만나죠. 오후 두 시까지 건동역에서 봐요.

건동역은 주양시 중앙에 자리한 역이었다. 이모경은 그들이 만나는 장소를 메모지에 적었다. 모든 일이 잘 풀리고 있었다. 그는 희슬의 휴대폰을 쓰다듬었다. 경찰은 처음에 희슬이 남긴 물건이 아무것도 없다고 했다. 유서 한 장, 유품 하나 발견되지 않았다고. 하지만 아니었다. 희슬이 죽은 지점에서 얼마 떨어지지 않은 덤불에 아이의 휴대폰이 떨어져 있었다. 경찰조차 찾아내지 못했던 휴대폰을 발견했을 때만 해도 일이 이렇게 잘 풀리리라고는 생각하지 못했다. 2ing1. 둘이면서 하나일 것. 하나의 SNS 계정을 희슬과 유기영이 공유하고 있었다니. 희슬의 생각으로도 모자라 그 애의 빛나는 일상을, 누군가와 교류할 수 있는 기회마저 자기 것으로 흡수하고 있었다니.

둘이면서 하나가 된다는 건 결국 한 명이 다른 한 명을 찢어 삼킨다는 뜻이었다. 둘이면서 하나일 수는 없었다. 만약 그럴 수 있는 관계가 있다면 그건 자신과 희슬 같은 모녀 사이에서나 가능했다. 질이 찢어지고, 관절과 내장이 망가지고, 한 달 동안 오로를 뿜어내면서 키워낸 새 생명. 육신을 두들긴 끝에 얻어낸 나의 아이. 배 속에 있을 때는 보이지 않아 궁금했고, 눈앞에 있을 때는 속내를 들여다보고 싶어 안달했다. 지금이나마 아이가 숨기고 있던 마음마저 투과해보려는 건 단순히 안타까워서가 아니었다. 말로 표현할 수 없을 정도로 고통스러웠을, 그 아이의 최후의 순간을 이해하기 위해서였다. 희슬은 어떤 사람도 고통 속에서 죽어서는 안 된다는 당연한 진리 바깥으로 튕겨 나갔다. 그 순간 맹목적이라 여겼던 아이에 대한 사랑은 길을 잃었다. 이제는 자신 역시 진리의 밖으로 나가 흩어진 유해를 수습해야만 했다. 큰 대가를 치른다고 할지라도.

이모경은 휴대폰에서 느껴지는 그을음의 냄새를 맡았

다. 이미 몇 번이나 들렀던 깊은 숲속에서 여태 준비해온 일을 무사히 마칠 것이다. 희슬이 느꼈던 고통을 감내하며. 무대는 준비되었다. 지금 필요한 건 적절한 연료뿐이었다. 이모경은 희슬의 수첩을 힘주어 펼쳤다.

재현. 그것은 오히려 불가능하기를 바라는 힘이다.

8

호연은 버스 첫차 시간에 맞춰 정류장으로 향했다. 군인들의 경고 어린 음성과 이장의 타이름, 경일네의 걱정을 새벽 내내 등에 업은 채로 자느라 몸이 쑤시지 않는 곳이 없었다. 호수는 호연이 집을 나설 때까지 한마디도 하지 않았다. 왜 집을 나서는지도 궁금해하지 않아서 유기영을 만나러 간다는 말은 전하지 못했다. 이른 아침이었지만 정류장에는 사람이 많았다. 호연을 알아본 몇몇 노인들이 아는 척을 했다. 그들은 간밤에 있었던 일과 호연네에 일어난 비극을 줄줄이 꿰고 있었다. 자세히 이야기하지 않아도 그들의 눈과 몸짓에서 삼키는 말들이 느껴졌다. 어떤 사람은 안타까운 나머지 혀를 찼고, 호연의 손을 말없이 쥐었다가 놓는 사람도 있었다.

버스가 도착하니 노인들이 줄을 섰다. 호연은 줄의 맨 끝으로 갔다. 전날 보았던 버스 기사가 손님들에게 인사를 건넸다. 호연은 그도 이전 기사의 소식을 알고 있을지 궁금했다. 늦은 밤이나 이른 새벽, 혹여 들짐승과 맞닥뜨리는 광경을 상상하지는 않았을까. 버스는 세 개의 검문소를 지나쳐 대교로 향했다. 가는 도중에는 어떤 사고의 징조도 없었다. 하긴 사고의 속성은 맹점에 갇혀 있기 마련이니까. 눈치챌 수 없는 징조만이 사방에 가득하고, 일어날 일이 일어난 뒤에야 후회가 밀려올 것이다. 그런 의미에서 유기영에게서 온 연락은 사고와 같았다. 그와 만나는 일이 어떤 결과를 초래할지 지금은 아무것도 보이지 않지만, 집으로 돌아가는 길에는 불길한 전조들이 한번에 생각날 것이다.

버스를 두 번 더 갈아탄 다음에야 약속 장소인 건동역에 도착했다. 외투 주머니에서 분홍색 라이터가 만져졌다. 희슬의 장례식 날 샀다가 한동안 잊고 있던 물건이었다. 호연은 찝찝한 기분이 들어 라이터를 다시 주머니에 처박았다. 유기영은 멀리서 보아도 눈에 띄었다. 마치 소개팅에라도 나온 사람처럼 차림새가 산뜻했다. 키는 평균보다 훨씬 컸고, 하얀 얼굴은 멀끔했다. 하지만 눈과 표정에는 생기가 없어 아픈 사람처럼 보였다. 유기영의 차분한 얼굴을 보고 있으려니 수그러들었던 의구심이 요동쳤다. 기수라의 말은 어디까지가 진실일까? 그는 화재 사건 전날, 정말로 인쇄소에 왔었나?

안녕하세요.

호연은 불편한 마음을 숨긴 채 인사했다. 유기영이 사람 좋게 웃었다. 그에게서 희미하게 담배 냄새가 났다.

아, 배호연 씨이신가요?

호연은 마주 웃지 않았다. 그가 호연의 표정을 살피더니 건너편 카페를 가리켰다.

이야기할 데를 찾아놓긴 했는데, 혹시 다른 곳이 더 편하면 이야기해주세요.

아니에요. 어서 가요.

호연의 냉랭한 태도에도 유기영은 살가운 말투로 오늘 날씨가 어찌나 추운지, 꽃샘추위가 물러가기는 하려는지 걱정된다고 했다. 그들은 카페의 구석진 곳에 자리 잡았다. 호연은 바로 본론으로 들어갔다.

제 아버지 일로 하고 싶은 말이 있다고 하셨죠. 그게 뭔지 듣고 싶어요.

유기영은 곤란한 미소를 지었다. 웃는 게 습관처럼 보였다. 그는 여태 얼마나 자주 웃음을 흘리며 난감한 상황들을 지나쳐왔을까? 상대방의 마음을 풀어주는 미소를 짓기만 해도 어려웠던 일들이 저절로 해결됐을 것이다. 유기영은 호감형으로 생겼고 목소리는 부드러웠으며, 상대방을 배려하는 태도가 몸에 배어 있었다. 그러나 입고 있는 옷은 질이 나빴고, 가죽 시계 위로는 실밥이 보였다. 호연은 그와 만난 지 얼마 되지 않아 유기영이 어떤 삶을 살아왔을지 짐작했다.

부모로부터 좋은 신체적 특성을 물려받았으나 안목이 부족한 삶, 그 골을 메우기 위해 무던히 노력한 삶이었을 것이다. 한 인터뷰에서 밝혔듯이 그는 소설이 자기 인생의 전부라고 했다. 경제적 어려움과 별개로 아침에 일어나 잠들 때까지 글을 읽고 쓸 만한 마음의 여유를 지니기 위해 공을 들였겠지. 그런 것치고는 타고난 위악이나 우울한 기색이 느껴지지 않았고, 침묵을 유지하는 상대를 보면서도 채근하지 않았다. 이 사람이 정말 자기 성공을 위해 남을 이용했을까? 희슬의 아이디어를 훔치고, 인쇄소에 불을 내도록 기수라를 사주했나?

호연은 알 수 없다고 생각했다. 여태 그 정도로 나쁜 일을 벌인 사람을 주변에서 본 적이 없었다. 주위를 지나쳤던 사람 중 자신으로서는 상상도 못 할 일을 저지른 사람도 있었을 것이다. 그렇다고 그의 실체를 눈치챌 수 있었을까? 가장 보통의 악, 기분과 상황, 욕망에 좌우되는 악이야말로 흔했다. 어제 넘어진 아이를 일으켜주던 사람도 오늘은 누군가의 어깨를 치고 갈 수 있다. 낯선 사람에게 다가가 그를 일으켜줄 만한 에너지가 있는 사람은 충분히 누군가를 고꾸라트릴 만한 힘도 있기 마련이다. 그렇다고 할지라도 죽음은 경우가 다르지 않나.

누군가의 목숨을 위태롭게 할 정도로 악한 일을 벌이기 위해서는 어떤 선을 넘어야만 했다. 자의든 타의든, 그 선을 넘은 순간 그는 누군가를 죽일 수도 살릴 수도 있다. 그리고 그 선을 넘어선 자와 넘지 않은 자는 피해를 입은 사람이 소리치지 않는 이상, 절대 구분할 수 없다. 그렇다면 유기영은 이 선을 넘은 인간인가, 아닌가? 어제 인쇄소에 불을 지르라고 사주하고서 오늘은 선량한 눈빛으로 유족에게 이야기를 건넬 수 있는 인간인가, 아닌가? 호연은 그 역시 알지 못한다고 생각했다.

유기영이 침묵을 깨고 입을 열었다.

오늘 만나자고 한 건 사과를 드리기 위해서예요.

사과요?

화재 사건 때문에 제가 이득을 본 것 같아서 마음이 불편했어요. 계속 고민해봤는데, 이번 소설로 벌어들인 소득을 녹우 인쇄소 분들에게 나눠드리는 게 맞겠다는 생각이 들어서요.

……보상금을 주시겠다는 거예요?

거창한 금액은 아니지만 소설이 제법 팔리기도 했고, 다른 나라에서도 출간 계약이 잡혀서요. 화재 사고 때문에 피해받으신 분 중에 호연 씨가 가장 마음에 걸렸어요. 아버님이 저 때문에 돌아가신 것 같아서요.

그야말로 도를 넘은 선의였다. 유기영의 지나친 선량함이 거슬린다고 해도, 이렇게 선뜻 자기 수익금을 나눠주겠다고 말할 사람이 몇이나 될까? 호연은 무뎌지려는 날을 세웠다.

얼마 전에 기수라를 만나고 왔어요. 그 사람, 잘 알죠?

유기영이 멈칫하더니 고개를 끄덕였다. 그의 이름을 듣는 것만으로도 스트레스를 받는지 미간이 움찔거렸다.

당연하죠. 스토킹으로 고소한 사람인걸요.

그 여자가 그러더라고요. 당신이 화재 사건 전날 인쇄소를 다녀갔다고. 당신도 책이 불타는 모습을 기대하고 있다고 했어요.

유기영의 안색이 창백해졌다. 그는 떨리는 손을 마주 잡았다.

그 여자가 어떤 주장을 했는지, 저도 형사님께 연락받아서 알고 있어요. 다른 직원분들에게 물어보면 아시겠지만, 그날 들른 건 음료수를 나눠드리기 위해서였어요. 인쇄하고 포장하는 일도 만만치 않으니 감사 인사라도 드리고 싶어서요. 인쇄소뿐만이 아니에요. 책을 만드는 동안 만나게 된 모든 분들에게 인사를 드리고 다녔어요. 맹세코 저는 화재 사건과 아무 관련이 없어요.

호연은 충동적으로 대꾸했다.

덕분에 유명해질 수 있었잖아요.

유기영은 적잖이 충격을 받은 듯했다. 그는 진심으로 그렇게 생각하냐고 물었다. 호연은 침묵으로 대응했다. 유기영의 눈에 참담한 빛이 어렸다.

유명해질 거라는 보장이 어디 있다고 제 책에 불을 지르겠어요? 해프닝으로 끝날 수도 있는데요. 저는 그저 글을 쓰고 싶을 뿐이에요. 제가 보고 느낀 것들을 다른 사람에게 전해주고 싶어서요. 저도 제가 왜 이런 일에 엮이게 된 건지 모르겠다고요.

유기영의 눈에 짧은 순간 눈물이 고였다. 그는 진심으로 당황스러워하고 있었다. 자신의 결백을 증명하기 위해서라면 절필이라도 선언할 기세였다. 호연은 마음속에 품고 있던 또 다른 이름을 뱉었다.

희슬이라고 알고 있죠?

희슬의 이름이 언급되자 유기영에게서 처음으로 표정

이 사라졌다. 호연은 옅은 쾌감을 느꼈다. 유기영의 한결같은 태도가 흔들렸다. 하지만 무엇을 어디까지 감추고 또 보여주었는지 알 수 없었다. 그는 확실히 호연으로서는 한 번도 만나본 적 없는 유형의 사람이었다. 방심해서는 안 됐다.

저, 희슬이랑 대학 동기예요. 희슬이 걔 예전부터 글 쓰는 거 좋아했어요. 그 애가 스무 살 무렵부터 가지고 있던 수첩도 본 적 있고요. SNS에 올라온 사진 속 수첩, 희슬이 거 맞죠? 유기영 씨 초기작들에 제가 예전에 봤던 희슬이의 문장들이 꽤 보이더라고요.

유기영은 침묵했다. 동요는 잠시였다. 그는 상처받은 듯했고, 한편으로는 어떤 말을 해야 할지 고민하는 것도 같았다.

제가 희슬이 글을 어떻게 표절할 수 있겠어요. 소설을 처음 발표했을 때는 그 수첩을 본 적도 없는데요.

방법은 저야 모르죠. 저도 궁금해요. 왜 희슬이의 문장이 당신 소설에서 보였는지.

소설 속 표현, 아이디어들 다 제가 생각한 거예요.

유기영이 처음으로 분노를 드러냈다. 호연은 물러서지 않았다.

그럼 설명해봐요. 베낀 게 아니라는 증거를.

그게 우리의 생각이니까요.

유기영의 음성은 차가웠다. 그는 희슬과 아르바이트하던 가게에서 처음 만난 사이라고 했다. 시간이 지날수록 아주 가까워졌다고도. 그들은 신기할 만큼 마음이 잘 통했다. 가장 놀랐던 때는 희슬의 허락 아래 수첩을 처음 보았던 날이었다. 수첩에는 유기영이 과거에 한 번쯤 쓴 적 있는 내용들이 적혀 있었다. 문장부호 하나까지 동일했다. 마치 한 사람이 쓴 것처럼. 그들은 한 번도 그 주제로 이야기한 적이 없었는데도 똑같은 생각을 공유하고 있었다.

그 말을 저보고 믿으라고요?

믿고 안 믿고는 자유지만, 그게 진실이에요. 희슬이도 그때까지 제가 발표한 소설을 읽은 적 없었어요. 저희는 그저 다른 시간대에서, 완전히 똑같은 문장을 적고 있었을 뿐이에요.

호연은 숨을 멈췄다. 화가 치민 나머지 숨 쉬기가 어려웠다. 잘도 뻔뻔하게 그런 말도 안 되는 변명을……. 한순간 유기영이 괜찮은 사람일지도 모른다고 생각한 자신이 부끄러울 지경이었다. 그러나 한편으로는 희슬이 이전에 했던 말이 떠올랐다. 한 번도 만난 적 없는 상대와 똑같은 생각을 하게 된다면 2ing1의 상대는 바로 그 사람이라던 희슬의 음성이.

그럼 희슬이 수첩을 왜 지금까지 가지고 있던 거죠?

희슬이가 제게 남긴 물건이에요. 문제가 될 게 있나요? 그 유품들조차 없으면 전 희슬이를 어떻게 추억하라고요?

…….

희슬이 장례식 때 워낙 정신이 없어서 발인도 못 지켰는데, 이렇게까지 의심하시니 할 말이 없네요.

유기영이 감정을 추스르는 사이, 호연은 그가 올린 사진 속 희슬의 수첩을 떠올렸다. 희슬이 보여주었던 수첩 중 가장 오래된 태초의 수첩을. 파란 가죽을 검은 천으로 가린 수첩에 끄적이던 문장들, 그 생각들이 정말 두 사람의 것일 수 있나? 희슬에게서 번뜩이던 천재성은 유일한 것이 아니었나? 유기영이 자기 눈가를 쓸었다.

제가 희슬이 수첩을 처음 보고, 희슬이가 제 소설을 처음 읽었던 날 희슬이가 그랬어요. 우리가 만든 글을 세상에 내보내달라고요. 그 글이 너만큼은 증명해줄 거라고.

희슬이가요?

네, 이 말도 믿지 않으시겠지만요.

그래, 믿을 수 없었다. 자기 글을 세상에 내보내달라고 했다니. 쓸모없는 글로 남을 현혹하는 게 아니라 세계

그 자체가 되고 싶다던 우희슬이? 그러나 진위를 확인해 줄 당사자는 지금 재가 되어 납골당에 있었다. 호연은 자리에서 일어나려는 그를 막아섰다. 이대로 유기영을 돌려보내서는 안 됐다. 그가 일방적으로 취조당한 것처럼 상황을 정리했다가는 다음에 연락할 일이 생겼을 때 곤란할 수도 있었다. 호연은 날이 서 있던 표정을 가까스로 누그러뜨렸다.

오해한 거라면 죄송해요. 아버지랑 희슬이 일까지 겹쳐서 정신이 없었나 봐요. 그래도 희슬이 첫 번째 수첩만은 돌려받을 수 있을까요? 다른 수첩이라도 좋아요. 희슬이 어머니가 찾는 것 같아서요.

희슬의 엄마를 들먹이는데도 유기영은 별 반응이 없었다. 그는 그러고 싶지 않다고 했다. 희슬이의 유품을 자기도 가지고 있을 자격이 있다고도. 호연은 결국 한발 물러섰다. 수첩을 돌려주지 않아도 된다고. 희슬이 준 거라면 그건 당신의 물건이라고 덧붙이면서. 호연의 기세가 수그러들자 유기영도 다시 자리에 앉았다. 그의 얼굴에서 피로가 묻어났다. 유기영은 자기가 너무 흥분했던 것 같다고 사죄했다.

오늘 만나자고 한 건 죄송하다는 말을 드리기 위해서였는데 상황이 이상해졌네요. 희슬이 일 때문에 저도 괜히 예민하게 반응했어요. 위로금 관련해서 다시 한번 연락드릴게요.

아뇨, 돈은 괜찮아요. 그렇게 어려운 상황도 아니고요.

호수의 결혼과 인쇄소 폐기물 처리, 옆 공장 화재 보상 등 마무리해야 할 일이 아직 산더미긴 해도 유기영의 돈을 받고 싶지는 않았다. 인쇄소 터를 정리하면 급한 불을 끌 만큼의 자금은 생길 거였다. 유기영이 『부름』으로 벌어들인 수익을 화재 사고 피해자들에게 건넸다는 이야기를 기사나 SNS에서 접하고 싶지 않기도 했다. 호연의 고집을 꺾지 못하고 유기영이 물러섰다.

알겠어요. 그렇다면 도움이 필요한 다른 분들을 찾아봐야겠네요.

그는 피해를 받은 다른 직원들의 연락처를 알려달라고 부탁했다. 그들이야말로 푼돈은 원하지 않을 것인데도. 호연은 유기영의 거듭된 부탁을 거절하다가 당사자들에게 의사를 묻고 연락처를 전달해주는 것으로 합의했다. 전화번호 목록을 뒤지는데 호수에게서 메시지가 왔다.

―언니, 언제 와?

호수는 어제와 달리 차분해 보였다. 홀로 있으면서 감정을 가라앉힌 듯했다. 호연은 뭐라고 답해야 할지 알 수 없었다. 마을을 벗어나고 보니 녹우리로 돌아갈 길이 아득히 멀게 느껴졌다. 호수가 했던 말이 머릿속을 맴돌았다. 언니나 아빠나 똑같다고. 어디에 머무르고 싶은지도 모르면서 달아나려고만 한다고. 호수의 말이 맞았다. 어디에 있어야 할지도 모르면서 비난을 듣지 않는 일에만 골몰했다. 하지만 그게 뭐? 뭐가 잘못됐다는 걸까? 살아가면서 자기가 해야 할 일을 아는 사람이 얼마나 있다고? 어디에 속해야 하는지, 어디로 가야 하는지 아는 사람은 소수였다. 호연은 자기가 소수의 특별한 사람이 될 수 없다는 걸 어릴 때부터 알고 있었다. 우희슬처럼 솔직해지거나 유기영처럼 감정을 잘 조절하기란 어려웠다. 유약하지만 다정한 호수. 영원히 속내를 드러내지 않던 엄마. 녹우리를 떠나겠다고 다짐하고 실천한 아빠. 그들은 모두 언제나 자신보다 더 앞서 있었다. 여러 물감을 한 번에 쥐어짰을 때 터져 나오는 색 중 가장 빛나는 빨강, 네온, 사이언, 라일락색은 타인의 차지였다. 눈에 띄지 않아도 구별되는 색을 가지고 싶어서 노력했는데, 노력한 것부터가 잘못이었던 걸까? 아니면 더 높은 이상을 꿈꿨어야 했나?

호연은 고등학생 때, 어느 무덥던 방과 후를 떠올렸다. 당번인 아이 중 누구도 청소에 관심을 보이지 않아 오직 호연만이 무거운 책걸상을 뒤로 옮기고, 빗자루로 부서진 샤프심과 휴지, 찢어진 쪽지와 과자 부스러기 들을 한참 쓸어 모아 버렸다. 이어 마룻바닥에 왁스를 뿌리려는데 한 아이가 물었다.

왜 그렇게까지 열심히 하는 거야?

호연은 아무 말도 하지 못했다. 왜냐니, 해야 하니까. 그게 내게 내려진 일이니까. 하지만 그 질문은 오랫동안 호연의 마음에 머물렀다. 잘하지 못하는 공부를 계속 붙잡았을 때도, 취업률만 보고 방사선과에 진학했을 때도, 마침내 꿈을 좇아 대학에 다시 입학했을 때도 왜 이렇게 열심히 하는지 모르면서 주어진 일에 최선을 다하려고 노력했다. 하지만 무언가를 찍겠다는 열망마저 흐지부지해졌을 때, 더 이상 의미 없는 것들을 카메라에 담지 않기를 택했을 때, 인생은 완전히 다른 길로 빠져들었다. 삶을 해결해야 하는 임무처럼 대하지 않은 순간, 내리막길을 타고 미끄러지듯이 아빠와 희슬의 죽음이 흘러내렸고 일상은 발에 차인 잿더미처럼 흩날렸다. 무엇을 해야 하는 게 아니라 무엇을 하고 싶은지 알았다면 달랐을까? 삶의 우선순위를 알았다면, 이 봄날 아빠의 죽음을 둘러싼 비밀을 알아내기 위해 노력하지 않아도 됐을까?

호연 씨, 괜찮아요?

유기영이 손을 흔들었다. 호연은 고개를 들어 그를 보

았다. 유기영의 눈 위로 걱정하는 기색이 어렸다. 우선은 유기영에게 조금이라도 신세를 지게 해야 했다. 다음에 또 뭔가 수상한 부분을 발견하면 그를 꾀어내든 설득하든 진실을 알아내야 할 것이다. 그 전까지는 적어도 표면적으로는 우호적인 관계를 유지해야 했다.

아, 삼촌. 저 호연이에요.

그나마 사이가 가까웠던 인쇄소 직원에게 유기영의 의사를 전달하자 얼마 지나지 않아 긍정적인 대답이 돌아왔다. 화재 피해자의 연락처를 알려주겠다고 하니 유기영이 막 만났을 때 지었던 미소를 보였다.

다른 분들의 의사도 이분을 통해서 물어볼게요. 번거롭게 해드렸네요.

아니에요. 그럼 이만 일어날까요?

호연이 먼저 짐을 챙겼다. 더 이상 유기영과 말을 나눌 힘이 남아 있지 않았다. 실내 온도가 높은 편인데도 몸이 싸늘했다. 유기영이 일어서려는 호연을 붙들었다.

저, 마지막으로 하나만 물어도 될까요? 최근에 기수라를 만났다니까 묻고 싶은 게 있어서요.

그의 가방에서 짐 몇 개가 떨어졌다. 호연이 소파 아래로 라이터가 들어간 것 같다고 해도 유기영은 신경 쓰지 않았다.

아, 괜찮아요. 그것보다 연쇄 방화 소식은 들으셨어요?

유기영의 얼굴에 불안한 기색이 떠올랐다. 그는 최근 자기 책이 진열된 서점에서 잇따라 불이 났다고 했다. 호연은 인상을 찡그렸다. 그에 대해서는 들은 바가 없었다. 최근 들어 뉴스나 SNS는 일부러 확인하지 않았다.

한 번이면 우연이거니 하겠는데, 오늘 다른 서점에서도 불이 났다고 해서요. 일이 이렇게까지 번질 줄은 몰랐거든요.

유기영은 혹시 기수라에게 달리 들은 말이나 서점 화재와 관련한 연락을 받은 적은 없냐고 물었다. 호연은 그제야 유기영이 자신을 보자고 한 이유를 알 것 같았다. 기수라는 이 이야기를 꺼내기 위한 발판이었다. 유기영은 누가 듣기라도 할까 걱정되는지 주위를 둘러보았다.

요새 저한테 제보가 자주 와요. 다른 분들에게 자꾸 피해를 드리는 것 같아서 뭐라도 하고 싶어요. 나중에라도 좋으니 혹시 연락받으신 거 있으면 메시지 주세요.

상대방의 감정을 살피던 유기영의 눈빛이 한순간 비굴하게 느껴졌다. 호연은 유기영에게서 몸을 돌렸다.

미친 사람이 벌인 일이겠죠. 단순한 우연이거나.

유기영은 호연을 쫓아 카페 밖으로 나왔다. 그는 화재 사건이 벌써 네 건 이상 일어났고, 가장 최근에 있었던 화재로 어린아이가 얼굴에 깊은 화상을 입었다고 했다. 유기영을 불쌍하게 생각하던 사람들도 이제는 그를 방화 사건의 원인으로 보는 모양이었다. 유기영은 고집을 부려 호연과 연락처를 교환했다.

혹시 뭐라도 듣게 되면 꼭 이야기해주세요. 부탁드릴게요.

호연은 고개를 끄덕였다. 연락처는 알아두는 편이 서로 편할 것이다. 버스 정류장으로 향하기 전, 호연은 주머니 속 라이터를 유기영에게 건넸다.

한 번도 안 쓴 거예요. 전 요새 금연 중이라서요.

중환자실 사건 이후로 짐처럼 느껴지던 라이터였다. 불행의 상징 같은 그 물건을 유기영에게 건네자 마음이 조금 홀가분해졌다. 유기영은 정류장 앞까지 와 계속 인사를 건넸다. 차창으로 그의 모습이 보였다. 그 뒤로 익숙한 중년 여자의 얼굴이 보인 건 착각이었을까? 희슬의 엄마와 몹시 닮은 이목구비였다. 호연이 다시 창밖을 확인했지만, 인파에 휩쓸려 유기영도 중년 여자도 더 이상 보이지 않았다. 호연이 탄 버스는 녹우리의 반대편, 서울의 중심가를 향해 나아갔다. 호연은 얼굴을 쓸어내렸다.

―오늘은 집에 안 들어가. 역시 내 카메라를 가져와야 할 것 같아. 내일 돌아갈게.

호수로부터 답장은 오지 않았다. 호연은 버스에서 유기영과 관련한 내용을 찾아보았다. 연쇄 방화, 극성팬, 피해 같은 단어들이 댓글 사이로 보였다. 유기영을 욕하는 사람들은 소수이긴 해도 확실히 있었다. 녹우 인쇄소 화재 때와 달리 그는 욕을 먹는 중이었다. 2ing1의 계정에 올라온 게시글들을 조롱하는 사람도 보였다. 가만히나 있으면 중간이라도 가는데 진짜 피해다운 피해를 받은 적도 없는 유기영이 계속 대중 앞에 나서서 가해자를 자극하는 거 아니냐는 것이었다. 그중 한 댓글이 호연의 시선을 사로잡았다.

어쩐지 갑자기 유명해질 때부터 이상하더라 ㅋㅋㅋ 팬들
사주한 거 아냐?

호연은 웃었다. 가슴을 틀어막고 있던 답답한 느낌이 사라졌다. 창밖으로 초라한 가로수들이 이어졌다. 평일 오후였지만 거리는 북적였다. 어디에도 군인들은 보이지 않았다. 호연은 그 사실만으로 안정감을 느꼈다.

9

기수라는 감옥의 창살 앞에 서 있었다. 눈이 시릴 정도로 푸른 하늘이 이마를 짓눌렀다. 붉은 강을 마지막으로 본 게 언제였더라. 물살이 센 강을 바라만 보다가 옆에 있는 사람에게 왜 저 강은 무서울 정도로 빨가냐고 물었었다. 그는 황토 때문이라고 했다. 저 위에서부터 내려온 세찬 물줄기가 아래에 고인 흙들을 위로 솟구치게 하는 것이라고. 흙을 퍼 올리는 힘이 워낙 강해 함부로 저 강을 건넜다가는 개죽음을 면치 못한다고. 그것이 강이 스스로 자정하는 방식이니 너도 저기를 함부로 건널 생각하지 말라고 경고도 덧붙였다. 옆에서 이야기를 듣던 또 다른 사람이 아니, 저 강은 죽은 놈들의 피가 뒤섞여서 붉어진 거라고 했다. 강 아래에는 물살을 이기지 못하고 가라앉은 시체가 가득 쌓여 있고, 그 죽은 몸뚱이에서 살아 있을 때와 똑같이 불그죽죽한 피가 나오고 있다고. 그러니 이 강이야말로 우리의 동포이자 미래라고.

그 이야기를 전해준 이는 아이였나, 노인이었나? 가족, 혹은 친구였나?

빌어먹을 것들. 빌어먹을 토사, 피, 살점 들이 머릿속에서 강물과 함께 소용돌이쳤다. 제발 그만, 그만해. 그만 좀 흘러. 기수라는 자기 머리를 탁탁 내리쳤다. 뒤에서 소일하던 수감자들이 웃음을 터뜨렸다. 미친년. 아주 정신이 나가 지랄하는구나. 저년 언제 나간대? 빨리 좀 병원으로 보내지, 씨발.

기수라는 씨발 소리가 들릴 때마다 머리를 때렸다. 눈이 튀어나올 것 같았고 뒷골이 당겼다. 뒤에서 웃음소리가 터져 나왔다. 꼭 물에 잠수한 것처럼 양쪽 귀가 먹먹했다. 생각해보니 한 번도「부름」에 나오는 것 같은 바다를 본 적이 없었다. 언제나 강, 빌어먹을 강만이 머리에서부터 발끝까지 세차게 흘렀다. 배진택의 체온처럼. 그의 두꺼운 손이 골반을 쓸어내렸을 때가 떠올랐다. 배진택이 말했다. 넌 아주 질기구나. 질겨? 내가? 그래, 쉽게 찢어질 것 같지 않아. 종이에도 육질이 있다는 이야기를 했었지. 어떤 건 질기고, 어떤 건 성겨. 네가 전자면 나는 후자야.

배진택의 얼굴에는 표정이 없었다. 생각해보면 그가 크게 웃거나 슬퍼하는 모습을 본 적이 드물었다. 그는 오래전 아내를 잃은 후로 감정을 잘 느끼지 못하게 됐다고 언젠가 말했었다. 그가 그나마 동요하는 기색을 드러내는 때는 지금처럼 소설을 읽고 나서였다.

난 어린애들 장난에도 정신과 몸이 죽죽 찢겨나가는

싸구려 종이 같아. 그런데 넌 아냐. 누가 가위를 가지고 와서 찢어도 흔적만 남고 말 거야. 나는 여기에 살면서도 살고 있지 않은데, 넌 어디에서든 토박이처럼 굴잖아. 그게 아주 질기다는 증거야. 나랑 달라. 내 딸들이나 죽은 아내와도 다르지. 넌 이물異物이야.

기수라는 그의 말을 칭찬으로 여겼다. 배진택에게는 나이에 맞는 관록과 고통이 있었다. 자기가 느끼기에 좋은 게 있으면 나누려고 하지는 않아도, 싫은 일만은 남에게 권하지 않았다. 「부름」을 처음 접한 건 배진택 덕분이었다. 회사 사정이 어려워질수록 그는 소설로 도피했다. 책과 거리가 멀 것 같은 남자가 소설을 읽는 모습을 볼 때면 기수라는 깊은 욕정을 느꼈다. 배진택의 홀쭉한 뺨과 마른 배, 화학약품 냄새가 나는 피부에 종일 코를 박을 수도 있었다.

「부름」을 알게 된 날, 기수라는 배진택의 옆구리에 붙어 살냄새를 맡았다. 그가 차진 반죽을 떨어뜨리듯 딱 붙어 있던 옆구리를 떼더니, 오래된 가방에서 잡지 한 권을 꺼냈다.

최근에 아주 근사한 소설을 읽었어. 너도 한번 읽어봐.

기수라는 소설을 좋아하지 않았다. 하지만 배진택이 갑자기 돈을 빌려달라고 했을 때 거리낌 없이 줬던 것처럼 그가 읽으라는 책을 거절하지 않고 받았다. 배진택이 권한 이야기였으니까. 사랑이라기보다는 습관에 가까운 행위였다. 배진택의 취향과 말, 우유부단하면서도 대범한 태도, 그의 경솔함과 무신경함을 받아들일 것. 그것이 배진택과의 관계에서 기수라가 지켰던 것들이었다. 배진택에게 집중하는 순간에는 적어도 머릿속에서 흐르는 강물이 멈췄다. 그와 비슷한 경험을 하게 해준 게 바로「부름」이었다. 기수라는 깊은 고요 속에서「부름」을 읽었다. 책의 야성을 부르고 싶어 숲으로 들어간 남자는 결국 야성이 불러온 불길에 휩싸여 죽었다. 소설은 불길이 숲 바깥으로 번지는 장면에서 끝이 났다. 기수라는 배진택의 다리 사이로 기어갔다.

숲으로 들어간 남자가 정말 책 때문에 죽었다고 믿어?

그러면? 그 사람이 왜 죽었다고 생각하는데?

이 주인공은 그냥 정신병자야. 이상한 환상을 보다가 자살하거나 나쁜 사람한테 살해당한 거지. 책이 어떻게 사람을 죽이겠어. 소설에 그 정도의 힘은 없어.

배진택은 즉시 반박했다.

그게 왜 말이 안 돼? 글에는 힘이 있어. 누군가는 그 너머에 잠재된 원시적인 힘을 끌어낼 수도 있다고. 나는 그 소설에서처럼 책의 야성이 언젠가 깨어날 거라고 믿어.

이야기의 야성이라는 게 더 정확하겠지. 언젠가는 우리가 보이는 데에 불길을 놓을 거야. 우지끈, 우르르. 무언가 부수는 소리를 내면서, 뺨을 쪼그라뜨리는 열기를 내뿜으면서. 그 전까지 다들 귀를 닫고 있었대도 괜찮아. 눈으로 보는 것만이 전부가 아니라는 걸, 이 세상에는 타들어가며 소리치는 것들이 있다는 걸 알게 될 테니까.

기수라는 그건 당신의 바람일 뿐이라는 말을 속으로 삼켰다. 상상에는 아무런 힘이 없었다. 강을 건너겠다고 상상하는 것만으로는 강의 저편에 설 수 없었다. 배진택은 아무것도 몰랐다. 떼쟁이, 나약한 인간. 죽음이 뭔지, 이렇게 살 바에야 죽는 것이 낫다는 게 뭔지도 모르는 주제에. 기수라는 잡지를 배진택에게 돌려주었다. 애초에 발가락을 잘라 가는 모래 밑 괴물이라니, 말이 되지 않았다. 제멋대로인 상상을 붙들어보겠다는 시도가 소설이라면 앞으로 소설 같은 건 읽지 않을 것이다. 기수라는 배진택의 축 처진 성기를 빠는 대신 몸을 굴려 바닥에 떨어진 옷을 주워 입었다. 배진택도 자리에서 일어났다. 그는 떨어진 잡지를 개수대에 던지더니 그 위로 기름을 부었다. 성냥 불꽃이 잡지로 옮겨갔다. 창밖은 어느새 어두워져 반사된 불그림자가 그의 뺨 위로 일렁였다.

책이 스스로 불을 내지 못한다면 책이 불길을 불러오

게 누군가가 도와줄 수도 있어. 소설은 그런 거야. 사람을 움직이게 하지. 다 지나간 일에도 생명력을 불어넣어.

기수라는 그가 낸 불에 식은 차를 끼얹었다. 기름에 불이 붙어서인지 불길은 쉬이 꺼지지 않았다. 배진택이 음식 찌꺼기가 말라붙은 냄비 뚜껑으로 잡지를 덮었다. 불꽃이 천천히 사그라들었다. 검은 연기가 부엌을 채웠다. 배진택이 속삭였다.

나는 점점 망가지고 있어. 늙을수록 더 엉망이 될 거야. 쪼개질 거야. 조각조각 나서 뭐가 나인지 모르게 될 거야. 그 전에 뭔가 의미 있는 일을 하고 싶어. 내가 하는 말, 알아듣겠어?

아니, 헛소리 같아.

하지만 기수라는 배진택의 말에 마음이 동했다. 왜냐면 그 역시 분열돼 있었기 때문에. 멈추지 않는 강이 그의 몸을 두 개로 쪼개고 있었기 때문에. 그래, 아무리 노력해도 누군가는 붉은 강물로 뛰어들고, 시체는 여전히 저 밑바닥에서 잠들고 있다. 분단된 선은 절대로 사라지지 않고, 새해마다 이뤄지는 포격은 연례행사가 됐다. 그뿐인가? 사기와 협잡과 살인, 무관심이 팽배한 세상에서는 눈에 보이는 자극만이 진짜인 것으로 받아들여졌다. 휴전선 너머의 강과 시체들은 누군가에게는 없는 존재와 다를 바 없었다. 그러나 기수라는 말하지 않았다. 당신은 그냥 현혹당한 것이라고. 소설이 무언가를 할 수 있다고 헛된 믿음을 품는 것뿐이라고. 잡지 위 불길이 완전히 꺼지지 않고 다시금 살아났다. 남아 있는 기름을 연료 삼아 불꽃이 조금씩 커졌다. 기수라는 그곳에서 눈을 떼지 못했다. 배진택이 뚜껑을 치우고 다시 피어오르는 불꽃을 맨손으로 짓이겼다. 실금 같은 연기가 피어올랐다.

우리가 아직 보지 못한 곳, 도달하지 못한 곳으로 「부름」이 데려다줄 수 있어. 이 글이 우리를 바꿔놓을 거야. 보이지 않았던 불길을 세상에 불러오고, 우리를 각성시킬 거야.

각성?

그래, 각성. 우리 발밑이 이미 뜨겁다는 걸 누군가는 알려줘야지.

그날 배진택은 지중화地中火에 대해 알려주었다. 땅 안에서부터 피어오르는 불에 대해. 지피물에서 시작된 불꽃이 느리게 뻗어나가 근처 수목들의 뿌리를 태운다. 불이 났는데도 아무도 알아차리지 못한다. 땅속에 잠자고 있던 불길을 누군가가 목도하기 전까지는. 흙 바깥으로 머리를 들이민 불꽃이 기수라의 머릿속 강으로 옮겨붙었다. 강이 새붉어졌다. 배진택이 집을 나가고 홀로 방에 있던 기수라는 타버린 잡지를 주워 「부름」을 다시 읽기 시작했다. 그리고 강 밑바닥에서부터 타오르던 붉음을 길어 올렸다. 강 아래서 잠자고 있던 건 토사도 핏물도 아니었다. 이곳이 잊혀서는 안 된다는 믿음, 더 이상 가만있지 않겠다는 의지가 불이 되어 물 밑에서 넘쳐흐르고 있었다.

기수라는 쇠창살 앞에서 몸을 돌렸다. 배진택은 염원하던 바를 이뤘다. 이제는 자신 역시 그의 곁으로 갈 시간이었다. 쓸쓸한 체취를 맡지 못한 지 오랜 시간이 지났다. 기수라는 재소자들을 지나쳐 이불 더미 너머 부서진 벽 틈을 뒤적였다. 그곳에는 감방 안 여자들이 몰래 숨겨놓은 불법 반입품들이 쌓여 있었다.

야, 너 뭐 하냐?

누군가가 기수라의 등에 책을 던졌다. 방에서 대장 역할을 하는 여자였다. 기수라는 돌아보지 않았다. 손등 위로 하얀 석면 가루가 떨어졌다. 단단한 내장재 너머로 휘발유를 담아둔 화장품 용기와 라이터가 만져졌다. 값비싼 충전식 라이터는 여자의 물건이었다. 두툼한 손이 기수라의 머리채를 휘어잡았다.

뭐 하냐고 물었잖아, 씨발년아.

기수라는 여자의 손등을 거칠게 할퀴었다. 날카로운

비명이 터져 나왔다. 기수라가 자기 몸에 기름을 부었다. 휘발유의 역한 향이 퍼졌다. 다른 재소자가 날카롭게 끝을 벼려둔 플라스틱 젓가락 한쪽을 꺼내 들었다. 누군가가 교도관을 불렀다. 라이터의 부싯돌이 부딪혔다. 불길은 생각만큼 빠르게 번지지 않았다. 머리가 터질 것 같은 열기만이 전신을 달궜다. 기수라는 젓가락을 든 재소자를 향해 다가갔다. 재소자는 젓가락을 휘두르려다가 놓쳤다. 기수라는 그것을 주웠다. 벌벌 떠는 재소자들을 보며 기수라가 웃었다. 그는 입을 벙긋거렸다.

불 속에서 다시 만나.

기수라가 젓가락으로 자기 목을 찔렀다. 얇은 막대를 뽑은 순간 피가 분출했다. 불길이 기수라의 머리칼을 따라 얼굴을 뒤덮었다. 교도관이 잠긴 문을 열고 들어왔다. 누군가가 모포로 기수라를 감쌌다. 소화기의 희뿌연 분말이 불길 위로 뿌려졌다. 기수라는 창살 사이로 보이는 하늘을 응시했다. 그는 다음 생에는 바다가 간호해주는 곳에서 태어나겠다고 다짐했다. 그곳에서 모래를 밟고, 이야기를 상상하고, 야성이 숨겨진 숲으로 향해야지. 그리고 불길을 길어 올릴 것이다. 지상으로, 강 바깥으로.

목에서 꾸르륵거리는 소리가 났다. 누군가가 말했다.

숨이 멎었어.

떨고 있던 재소자 중 한 명이 기수라의 다리를 툭 찼
다. 기수라는 움직이지 않았다. 방 안은 정적에 감싸였다.
어디에서도 강물은 흐르지 않았다.

10

유태영은 빙하를 보았다. 남극에 도착했을 때만 해도 이
곳을 사랑하게 될 거라고 믿어 의심치 않았는데, 막상 도
착한 땅은 세상의 극점이라기에는 지독히 평범했다. 할
수 있는 일은 적었고, 하지 말아야 하는 일은 많았다. 그
가 앉아 있는 곳은 크루즈의 가장 비좁은 객실이었다. 그
는 낡은 의자에 앉아 동생에게 편지를 썼다.

놀랍게도 나는 지금 남극에 있어. 세상의 진실을 알
기 위해서 내내 입을 벌리고 있었는데, 결국 내 빈 속
을 채워주는 건 발견하지 못했어. 아마 평생을 떠돌
아다녀도 못 찾겠지. 거지의 말이 맞아. 세상의 진실
같은 건 특별한 곳에 숨겨져 있지 않은 것 같아. 중요
한 것들은 언제나 우리 발밑에서 똬리를 틀고 있지.

혹시 기억해? 우리가 같이 서울에 갔던 날, 그 말도 안 되는 검사를 네가 받겠다고 고집부렸던 때를. 가끔 그날이 떠올라. 난 정말 무서웠거든. 네가 만약 그 시험에서 탈락했다고 생각할까 봐. 어떤 시험은 세상에 단 하나의 길만 있는 것처럼 말해서 아이들을 겁에 질리게 하잖아. 너도 알다시피 겉으로 보기에 좋고 훌륭한 목적지일수록 꼭 가야만 하는 길로 탈바꿈하지. 나는 번듯한 길이 지긋지긋하다고 생각하면서도 벗어나지 못했어. 반면에 너는 언제나 탈선할 수 있었음에도 정해진 궤도에 오르고 싶어 했지. 남극으로 오는 동안 경유지에서 우연히 한국인 승객을 만났는데 책을 읽고 있더라. 어떤 책인지 물으니『부름』이라고 했어. 나는 그 사람에게 웃돈을 주고 소설을 사서 읽고 또 읽었어. 그리고 깨달았지. 이 작가는 정말 반듯한 궤도, 요철 하나 없는 매끄러운 길에 오르고 싶은 모양이라고.

다음 목적지가 정해지면 또 연락할게. 그때쯤엔 쌓아둔 편지들을 보낼 수 있을 거야. 나는 여전히 네가 좋은 작가가 될 거라고 믿고 있어.

유태영은 편지 끝에 서명을 넣었다. 부치지 못한 편지

들 위로 새 편지가 쌓였다. 하늘에는 먹구름이 잔뜩 껴 있었다.

그는 배에서 내렸다. 새하얀 눈에 서니 테카포 호수에 도착했을 때처럼 눈앞의 풍경에 사로잡혔다. 그는 발밑을 보지 않고 반짝이는 설원을 향해 걸었다.

3부

1

일찍 일어난 호연은 이른 아침부터 집 안을 정리했다. 무
거운 외투를 옷장 안쪽에 집어넣었고, 비교적 가벼운 옷
들을 바깥으로 꺼냈다. 여전히 겨울의 상흔이 남은 녹우
리와 달리 서울의 봄은 벌써 다가올 여름을 대비하고 있
었다. 호연은 흐르는 땀을 닦으며 카메라를 살폈다. 아르
바이트를 해서 모은 돈으로 산 첫 카메라라 군데군데 흠
집이 많았다. 평상시에 쓰는 시네마용 카메라를 쓸까 했
지만, 괜히 전문적인 장비를 들고 갔다가 군인들의 관심
을 끌까 두려웠다. 기존에 쓰던 카메라보다 성능은 떨어
져도 크기가 작고 가벼운 카메라를 골라 가방에 담았다.
녹우리를 영상으로 담기에는 나쁘지 않을 것이다.

　호연은 장비를 챙겨 집을 나섰다. 간밤에는 경일이 호

수를 챙겨준 모양이었다. 경일은 이른 아침, 전화를 걸어 호수가 오늘 새벽 슬픈 표정으로 집을 나섰고, 언니가 자신에게 연락해주기를 기다리고 있다고 했다.

누나, 부탁할게. 호수 좀 챙겨줘.

경일의 목소리가 어두웠다. 자세히 묻지 않아도 지난 새벽 내내 울었을 호수의 얼굴이 눈앞에 그려졌다. 너무 성급하게 녹우리를 빠져나온 걸까? 호연은 장비가 든 가방을 찍어 호수에게 전송했다.

—오늘 네가 일하는 요가원으로 갈게. 집으로 같이 돌아가자.

호수는 답이 없었다. 호연은 무작정 호수의 일터로 찾아가기로 마음먹었다. 오랜만에 운전을 하자 해방감이 느껴졌다. 어디로든 갈 수 있을 것 같았다. 녹우리든, 인쇄소든, 희슬이 불타버렸던 숲이든. 신호에 걸려 차가 멈췄다. 볕이 앞 유리창을 통해 내리쬤다. 흔들리는 푸른 잎사귀 사이로 빛이 흩어지고 있었다. 희슬이 자기 삶을 끝내기로 결심한 날에도 해가 많이 들었을까? 「부름」에 나왔듯이 이끼가 무성해 짐승조차 발을 들이지 않는 곳이었을 수도 있다. 녹우리의 메마른 풍경 위로 우거진 숲의 잔상이 겹쳤다. 생각해보면 희슬은 언제나 녹음과 잘 어울렸다. 나무가 무성하고 시냇물이 흐르는 곳. 생이 끓어

오르는 땅에서 희슬은 가장 빛났다.

푸르른 잎사귀가 그늘을 만드는 가운데 희슬은 덤덤한 표정으로 자기 몸에 자일렌을 부었을 것이다. 그리고 한 번의 호흡도 허락하지 않고 불을 붙였겠지. 아름다운 숲속에서 불타고 있는 희슬은 살아 있는 사람 같지 않아 그 광경을 직접 목격했더라도 손을 뻗지 못했을 거다. 죽어가는 희슬이 불경할 만큼 아름다워서. 핵심종. 희슬을 떠올리면 언제나 그 단어가 생각났다. 거미줄처럼 뻗은 생태계의 한가운데에 자리해 어떤 것은 죽이고, 어떤 것은 살리는 존재. 비어버린 시간만큼 희슬은 신격화되어 마음 한구석에 자리 잡을 것이다. 그리고 언제고 다시 모습을 드러내겠지. 중력을 벗어난 순간 압력에 찢기고 마는 흉터처럼.

호연은 희슬 위에 멋대로 껍질을 덧씌우길 멈췄다. 희슬의 가장 연약한 시절을 알고 있으면서 신화화하는 우를 또다시 범했다. 희슬이 정말 자기 손으로 불을 질렀다고 해도 희슬은 상상과 달리 많이 떨었을지 모른다. 막상 마음을 먹었더니 겁이 나 달아나려다가 일이 잘못돼 사고로 죽었을 수도 있다. 누군가가 희슬을 부추겨 죽음에 이르게 했을 수도. 너무나 많은 가능성, 너무나 다양한 과거가 존재했다. 천칭의 양쪽에 비범한 희슬과 보통의 희슬을 올려두고 무게를 잰다면, 천칭은 어느 한쪽으로도 완벽히 기울지 않을 것이다. 이 순간 확실한 건 우희슬은 앞으로 결코 진실을 알 수 없을 거란 사실이었다. 배호연이 자기 앞에서 얼마나 사랑을 구걸하고 싶었는지. 포옹을 싫어하는 희슬이 술에 취해 갑자기 안겼을 때 얼마나 가슴이 떨렸는지. 희슬이 아주 망가져서, 인간 같지도 않게 돼 그저 살덩이가 된 희슬을 먹이고 입힐 수 있으면 좋겠다고 생각했던 것도. 아니, 어쩌면 희슬은 모두 알았을 수도 있다. 추잡한 욕망만은 언제나 놓치지 않았으니까. 아마도 그래서 멀어진 게 아닐까. 희슬은 남의 마음을 잘 읽는 사람이었으니까.

호연은 자동차 속도를 늦췄다. 손끝이 싸늘히 식었다. 희슬의 죽음을 상상한 찰나가 지난 지금에야 희슬이 죽었다는 사실이 실감 났다. 오랜 꿈에서 깨어난 기분이었다. 장례식장에서도 희슬이 어디선가 걸어 나올 거라고 믿었다. 방금 그 숲을 떠올리기 전만 해도 우희슬이라면 죽지 않고 어딘가에서 살아 있을 거라고 생각했다. 요가원의 간판이 멀지 않은 곳에서 보였다. 휴대폰이 진동했다. 모르는 번호라 무시했더니 메시지가 왔다. 담당 검사로부터 온 연락이었다. 숲의 잔상이 순식간에 멀어졌다. 그에게서 연락이 온 건 처음이었다. 호연은 다시 울린 전화를 받았다. 인사를 나누자마자 검사가 뜻밖의 소식을 전했다.

……기수라가 자살했다고요?

신호등이 초록색으로 바뀌었다. 뒤에서 클랙슨 소리가 났다. 검사는 피의자가 죽은 상황이라 공소권이 없어져 사건이 이대로 종결될 거라고 했다. 기수라의 재판이 얼마 남지 않은 상황에서 벌어진 일이었다. 검사는 유감을 표했다. 호연은 기수라가 어떻게 죽었는지 궁금했다. 단순히 자살했다는 말로는 부족했다. 그가 어떤 방식으로 죽었는지 듣고 싶었다. 어째서 죽은 것이냐고 물고 늘어지자 검사가 공유해줄 수 있는 선에서 설명을 덧붙였다. 구치소에서 함께 방을 쓰던 수감자들이 불법으로 들인 물건을 이용해 목숨을 끊었다고 했다.

몸에 불을 질러서 피해가 커질 뻔했어요. 다행히 진화는 빨랐습니다.

검사의 목소리가 아득하게 멀어졌다. 호연은 어느 날 꿈에서 보았던 빈 도로를 떠올렸다. 검은 아스팔트 위에서 불을 등에 진 채 걸어오던 기수라와 아빠를. 다시 한번 클랙슨 소리가 들렸다. 차들이 앞질러 지나갔다. 호연은 요가원 앞에 가까스로 차를 세웠다. 차에서 내리자 머리 위로 해가 내리비쳤다. 아빠와 희슬, 기수라, 불에 타고 있는 유기영의 소설집이 눈앞에서 어지럽게 뒤섞였다.

호연은 요가원이 있는 이 층으로 올라갔다. 데스크에 있던 직원이 호연을 보고 일어섰다.

체험하러 오신 건가요?

호연은 그를 지나쳤다. 직원이 당황했는지 호연을 뒤따랐다. 안쪽에 통유리창으로 된 수련실이 보였다. 수강생들의 가장 앞쪽에 호수가 앉아 있었다. 직원이 호연의 곁을 서성이며 무슨 일로 오신 거냐고 물었다. 호연은 유리창 너머를 가리키며 말했다.

저 애가 제 동생이에요.

직원은 불신 어린 눈빛을 거두지 않았다.

이제 곧 수업 끝날 거예요. 조금만 기다려주세요.

태아 자세로 웅크리고 있던 수강생들이 하나둘 몸을 일으켰다. 호수가 그들을 향해 인자하게 웃었다. 얼마 뒤 문이 열려 호연은 살짝 물러섰다. 낯선 얼굴들 사이로 익숙한 이목구비가 눈에 띄었다. 호연의 얼굴에서 표정이 사라졌다. 그 얼굴, 희슬이 나이가 들면 꼭 이렇게 됐겠구나 싶었던 얼굴이 호연에게로 다가왔다.

오랜만이네. 다음에 다시 보자고 했지?

희슬의 엄마가 말했다. 가벼운 땀 냄새가 났다.

동생이 잘 가르치더라. 오랜만에 운동하니까 좋았어.

희슬의 엄마가 싱긋 웃고는 흐르는 땀을 닦았다. 호연은 지나치려는 그를 붙잡았다.

여기서 뭐 하시는 거예요?

내가 뭘?

여기 어떻게 알고 오신 거냐고요.

그냥 우연히 들렀어. 그런데 너랑 닮은 선생님이 있더라고. 세상이 이렇게 좁네.

희슬의 엄마는 아무렇지 않게 이야기했다. 사정을 모르는 사람이 들었다면 거짓말에 깜빡 속아 넘어갔을 정도로 뻔뻔했다. 호연은 목소리를 높이지 않으려 노력했다.

저는 희슬이에 대해서 아무것도 모른다고 했잖아요. 그 애가 죽은 일이랑 전 아무 관련 없다고요.

내가 봐도 그래 보여. 처음에는 네가 유기영과 작당하고 비밀을 숨기고 있다고 생각했어. 그런데 계속 지켜보니까 정말 아무것도 모르는 것 같더라고. 네 동생도 마찬가지고.

계속 지켜봤다고요?

호연이 희슬의 엄마를 향해 가까이 다가섰다. 뒤에서 호수의 목소리가 들렸다.

언니, 거기서 뭐 해?

호수가 걱정스레 호연을 보았다. 희슬의 엄마가 속삭

였다.

안심해. 너랑 동생을 쫓을 일은 이제 없을 거야. 그래도 희슬이에 대해 뭔가 말할 게 있으면 언제든 연락해줘.

희슬의 엄마는 출입구 쪽으로 멀어졌다. 호연은 복도에 등을 기대고 섰다. 호수가 달려와 호연을 부축했다.

언니, 왜 그래? 저분이랑 아는 사이야?

호연은 호수를 붙들었다. 수많은 말들이 머릿속을 헤집었다. 예전에 친했던 친구 엄마가 우리를 스토킹하고 있었어. 그 친구는 몸에 자일렌을 붓고 죽었대. 기수라는 자살했고 유기영은 어딘가 수상해. 이 중에서 무엇을 먼저 말해야 할지 알 수 없었다. 호연의 목소리가 가느다랗게 떨렸다. 가장 말하고 싶지 않은 사실이 입 밖으로 굴러 나왔다.

호수야. 나, 꿈에서 아빠가 불에 타는 모습을 봤어.

호연은 덜덜 떨리는 몸을 웅크렸다. 호수가 호연을 와락 끌어안았다. 언니, 괜찮아. 괜찮을 거야. 호수는 마치 자신에게 말하듯이 중얼거렸다. 휴대폰이 다시 진동했다. 유기영이 보낸 메시지가 화면에 떠올라 있었다.

—희슬이 어머니가 제 집을 알고 있는 것 같아요.

유기영이 보낸 사진에는 어지럽혀진 방 안이 찍혀 있었다. 호연은 희슬의 엄마가 그곳에서 무엇을 가져갔는지 알아차렸다. 희슬의 수첩들. 죽은 그 애가 남긴 유일한 흔적들을 희슬의 엄마가 마침내 탈환했다.

2

이모경은 수첩의 가죽 냄새를 들이켰다. 인조 가죽 특유의 염료 냄새. 코를 대고 있으면 몸이 나빠질 것 같은 화학약품 내가 진하게 풍겨왔다. 만약 아이가 똑같은 짓을 하는 걸 봤다면 폐가 안 좋아지기 전에 그 조그만 코를 떼라고 했겠지. 손가락에 붙은 가죽 가루를 책상에 모아두었다. 가루가 개의 꼬리 모양을 그렸다. 나쁘지 않은 징조였다. 어릴 적 개를 좋아했던 희슬이 어딘가에서 자신을 보며 힌트를 주고 있는지도 몰랐다. 맞아, 엄마. 거기에 내 억울한 죽음이 담겨 있어. 어서 살펴봐!

　이모경은 이미 한 차례 읽은 수첩들을 연도에 맞춰 다시 정리했다. 성급하게 읽어서인지 아직 수첩 속 내용이 완벽하게 정리되지 않았다. 찻물이 떨어지지 않게 조심하며 휘갈겨진 문장들을 살폈다. 눈앞에는 희슬의 조각이 남김없이 펼쳐져 있었다. 처음 자위했을 때의 쾌감, 정혈에 대한 지겨움, 이유 없는 질투심과 애욕, 섹스 상대에 대한 묘사, 미래에 대한 불안과 현실을 꿰뚫는 식견이 낱낱이 적혔다. 이모경은 수첩을 보고 또 봤다. 천을 덧대 만든 첫 번째 수첩에서는 목단향이 희미하게 났다. 이모경은 이 냄새를 알고 있었다. 성년의 날을 맞아 희슬에게 선물했던 향수였다. 희슬은 그 향수를 역겨운 냄새라고 묘사했다. 미소가 지어졌다. 거칠고 모난 태도, 태생적으로 투쟁적인 말투가 사랑스러웠다.

이모경은 수첩에 적힌 날것의 감정들을 흡수했다. 빈정거리고, 모함하고, 때로는 세상을 다 아는 것처럼 거만해졌다가, 갓 태어난 아이처럼 어찌할 줄 몰라 방황하는 목소리가 들렸다. 그 많은 문장, 그 많은 생각들 사이로 유기영에게 자기 글을 소설로 써도 좋다는 허락은 보이지 않았다. 함께 잤던 상대방의 성기 모양까지 묘사하는 아이가 그런 중대한 사실을 빠뜨렸을 리 없었다. 분홍색 형광펜이 『부름』을 가로질렀다. 손가락에 힘이 들어갔다. 형광펜 액체가 새어 나와 종이 표면이 울었다. 이모경은 숨을 헐떡였다. 희슬이 설령 자기 글을 소설로 남겨달라고 했대도, 이건 아니었다. 핵심을 모두 남에게서 베낀 주제에 작가라고 불리다니. 이모경은 검은 천이 덮인 수첩의 마지막 페이지를 살폈다.

거짓말쟁이의 역설은 거짓말쟁이가 자신을 거짓말쟁이라고 말하는 순간, 끝없는 모순에 시달리게 됨을 뜻한다.

이모경은 궁금했다. 누가 거짓말을 하고 있는가? 누가 역설에 시달릴 수 있는가? 그러나 더 중요한 사실은 따로 있었다. 우희슬은 이제 절대 살아서 돌아올 수 없다.

이모경은 정리해둔 자료들을 컴퓨터로 모두 옮겼다. 쓰기 시작하니 게시글 길이가 길어졌다. 유기영이 한 번이라도 언급된 적 있는 사이트 목록은 이미 저장돼 있었다. 작성된 게시글이 사이트에 차례로 올라갔다. 곧 댓글들이 달리기 시작했다. 이모경은 모자를 뒤집어썼다. 튼튼한 부직포 가방에 일 리터짜리 자일렌을 네 통 집어넣었다. 어깨가 묵직했다. 이모경은 희슬의 자취방을 나섰다. 「부름」 속 불길을 태초의 공간으로 불러낼 시간이었다.

3

호연과 호수는 빈 수련실에 앉아 있었다. 옆 수련실에서 강사의 목소리가 희미하게 들렸다. 비밀을 게워내느라 호연은 말을 멈출 수 없었다. 죽은 희슬에 대한 이야기, 희슬의 엄마가 벌인 스토킹, 유기영의 수상쩍은 태도와 기수라의 자살까지. 순서가 바뀌어 이야기의 처음으로 돌아가도 호수는 참을성 있게 들었다. 어떤 말이 이어져도 놀라는 기색 없이. 희슬에 대한 사랑과 육욕을 밝혀도, 기수라와 아버지가 나신으로 서 있는 환상을 보았다고 해도 꿈쩍없었다. 호수의 눈이 어두운 수련실 안에서 반짝였다.

침착해, 언니. 지금은 진정해야 해. 눈을 감아봐. 훨씬 나아질 거야. 숨을 크게 들이쉬고 내쉬어.

멈출 것 같지 않던 입이 다물어졌다. 호연은 당혹감을 숨기지 않았다.

이 와중에 나보고 명상을 하라는 거야?

눈앞의 가슴팍을 밀쳤으나 호수의 마른 몸은 무너지는 법 없이 꼿꼿했다. 호수의 눈이 어둡게 가라앉았다.

내가 아는 방법은 이것밖에 없어. 그나마 효과가 있어서 알려주는 거야.

호연은 일어서려다 말고 호수의 악력에 시선을 마주했다. 호수는 엄마가 돌아가셨던 날처럼 위태로운 시선으로 호연을 응시했다.

이런 거라도 하지 않으면 혼란을 버틸 수 없는 사람들

이 있어. 눈에 안 보이는 걸 믿지 않으면, 이야기를 쫓아 가지 않으면 현실을 견딜 수가 없다고.

……

모두가 언니처럼 강하지 않아. 어디로든 도피하지 않 으면 참을 수가 없어. 그래서 다들 방법을 찾는 거야. 오 늘은 언니도 날 한 번 믿어봐.

호수의 손아귀 힘이 약해졌다. 어두운 갈색 눈에 비친 자신의 얼굴을 보기 전, 호연은 고개를 돌려버렸다.

난 기도고 명상이고 다 꺼림칙해. 할 생각 없으니까 이 만 녹우리로 돌아가자. 아무래도 널 여기 그냥 놔둘 수 없어.

난 괜찮아, 언니. 그리고 명상과 기도는 달라. 기도는 뭔가를 두려워할 때 하는 일이지. 명상은 마음을 비우는 행위야. 지금 같은 상태로는 뭘 봐도 이상하게 보이고 들 릴 거야.

호수의 목소리에서 울림이 느껴졌다. 평소에 말할 때 와 달리 낮고 부드러운 음성이었다. 백기를 든 건 호연이 었다. 그래, 원하는 대로 해. 모함하고, 스토킹하고, 베끼 고, 다들 자기 멋대로 사는데 너라고 못 그럴 거 있어? 호 연은 몸에 힘을 뺐다. 호수가 바로 옆에서 가부좌를 틀었 다. 건너편 거울에 호수와 호연의 모습이 비쳤다.

눈을 감아봐. 피가 흐르는 소리가 들릴 때까지 숨을 천천히 쉬어.

호연이 순순히 눈을 감았다. 건넛방에서 들려오던 소리가 멀어졌다. 호수가 몸을 뒤척이는 소리, 옷깃이 스치는 소음마저 천천히 사라졌다. 턱관절이 움직이고, 이가 맞부딪치고, 침이 넘어갔다. 피가 흐르는 소리를 정말 들을 수 있나? 귀 기울여도 심장 소리만 겨우 들리는데. 호수가 어디론가 걸어갔다. 목소리가 멀어졌다. 아주 먼 곳에서 들려오는 것처럼.

마음에 묻어둔 것들을 덜어내. 밖으로 꺼내봐.

스피커에서 낮고 음울한 소리가 울려 퍼졌다. 고래의 울음소리였다.

소리의 겹을 느끼면 돼. 울음 위로 다른 울음이 겹칠 거야.

여러 마리의 고래들이 서로를 부르는 것 같았다. 무릎을 세우고 바닥에 발을 디디자 서늘한 감촉이 느껴졌다. 이끼 냄새와 닮은 축축한 곰팡내가 났다. 호수의 기척마저 사라졌다. 뭉근한 불로 졸여내듯 공기가 끈적이게 변했다. 팔다리에서 힘이 빠졌다. 몸이 거대한 고치에 휩싸인 것 같았다. 신음을 흘리자 부드러운 손이 허벅지를 감쌌다. 어둠 속에서 숲 한가운데에 앉은 희슬이 나타났다.

빨갛게 타오르는 채로. 희슬의 얇은 입술이 벌어졌다.

속지 마.

희슬의 몸이 순식간에 녹아내렸다. 호연은 깜짝 놀라 눈을 떴다. 호수가 어느새 옆에 앉아 있었다. 거울로 숨을 헐떡이는 자신과 놀란 호수가 비쳤다.

언니, 왜 그래?

호연은 수련실 문을 열고 달아났다. 건물 밖으로 뛰쳐 나가자 호수가 쫓아왔다. 하늘에서 빗방울이 쏟아지기 시작했다. 물에 빠졌다가 나온 듯 온몸이 땀과 비에 젖었다. 호수가 뒤에서 어깨를 붙들었다. 호연은 호수를 밀어 내려고 했으나 어깨를 끌어안는 손길마저 거절하지는 못했다.

언니, 괜찮아. 진짜 괜찮아.

호연은 양팔에 힘을 뺐다. 지나가는 사람들이 둘을 흘 끗거렸다. 호연은 중얼거렸다.

나 왜 이렇게 됐을까? 왜 이렇게 약해졌지?

호수가 등을 쓸어내렸다. 그 말을 쭉 기다린 사람처럼.

나도 그래. 나도 약해졌어. 어쩌면 엄마가 죽은 뒤로 계속. 그런데 언니는 나와 다르잖아. 언니는 무너진 자기 를 두고 보지 못하는 사람이야. 맞지?

…….

호수가 안고 있던 팔을 풀었다. 공허한 두 눈에 순간 다정한 빛이 어렸다.

할 수 있는 일을 하면 돼. 나랑 달리 언니는 늘 방법을 찾아내잖아.

진동 소리가 들렸다. 호연은 느릿하게 주머니를 뒤적였다.

─진실을 알아내기 직전이야. 현장을 지켜봐줄 증인이 필요해.

문자를 보낸 사람은 희슬의 엄마였다. 그가 지도 앱으로 우곡산의 주소를 보냈다. 해가 점차 떨어지는 중이었다. 얼마 있지 않아 어둠이 찾아올 것이다. 희슬의 엄마는 이 늦은 시간에 무얼 하려는 걸까? 확실한 건 이대로 눈앞의 진실을 놓쳤다가는 희슬의 환영에 계속해서 시달릴지도 모른다는 것이었다.

근처 버스 정류장에서 비명이 들렸다. 버스를 기다리던 남자가 정류장 의자에 놓인 책을 발로 차 떨어뜨렸다. 책에서 불길이 솟아오르고 있었다. 주변에 있던 사람들이 휴대폰을 들어 촬영하며 다급히 불씨를 밟아 껐다. 호연은 저 책의 제목을 알 것만 같았다. 푸른색의 형이상학적인 무늬가 표지에 그려진 책, 『부름』이었다. 책의 주인은 어디로 간 건지 보이지 않았다. 누군가가 경찰에 신고

하는 사이 호연은 차가 있는 쪽으로 향했다. 호수는 제자리에서 멀어지는 호연을 지켜보았다. 차에 도착한 호연은 메신저를 켰다.

—수업 끝나면 바로 집으로 돌아와. 할 일 마치고 나도 돌아갈게.

호수가 휴대폰을 확인하는 모습이 백미러로 보였다. 버스가 오자 모여 있던 행인들이 흩어졌다. 호연은 내비게이션으로 시선을 돌렸다. 우곡산이 목적지에 추가됐다. 차가 출발했다. 보도블록 위로 잿더미가 휘날렸다.

4

유기영은 현관에 서 있었다. 경찰이 현장 사진을 찍는 사이, 다른 경찰이 질문을 쏟아냈다.

훔쳐 간 물건이 수첩이라고 하셨죠?

네, 제 수첩 열세 권을 전부 훔쳐 갔어요.

수첩에 중요한 내용이라도 적혀 있었나요?

유기영은 긴말하지 않고 『부름』을 보여주었다.

전 소설가예요. 수첩에 제 아이디어가 적혀 있어요.

CCTV에서 수상한 사람은 보이지 않았다던데요.

유기영은 조금 전 경비실에 들렀던 때를 떠올렸다. 경찰이 오길 기다리는 사이, 영상을 먼저 확인했으나 기대했던 얼굴은 보이지 않았다. 수상한 사람이 하나 있긴 했다. 몸집이 작고 헬멧을 쓴 여자가 배달 음식을 들고 엘리베이터에서 내렸다가 빈손으로 다시 탔다. 음식을 배달한 것치고는 시간도 오래 걸렸다. 수상한 배달부가 하나 있었다고 하는데도 경찰의 반응은 미적지근했다.

오르내린 배달부가 한 명도 아니고, 심증으로만 수사하기는 어려워요. 그리고 층이 확인됐다고 해도, 층별로 CCTV가 있지 않아서 정확히 어느 집에 갔는지도 알 수가 없고요.

경찰들의 무전이 울렸다. 과학수사대가 족적과 지문까지 따 간 뒤라 그들은 망설임 없이 나갈 채비를 했다.

담당 수사관이 배정되기까지 사흘 정도 걸릴 겁니다. 경찰서로 한번 나오셔서 다시 진술하시면 돼요.

경찰들이 오피스텔을 떠났다. 유기영은 어지럽혀진 거실을 피해 구석에 주저앉았다. 로비와 엘리베이터에만 CCTV가 있는 낡은 오피스텔인데다가, 건물을 오가는 사람들이 많아 범인을 특정하기까지는 여러 날이 걸릴 것이다. 금품도 아닌 수첩 따위를 찾느라 경찰이 시간을 낭비할 리가 없었다.

문제는 다음 소설이었다. 작품에 사용할 문장들은 모두 수첩에 적혀 있었다. 유기영은 책상 가장 아래 서랍을 열었다. 오래된 메모지 다발이 나왔다. 한참을 뒤적였지만 이전 소설에 쓰지 않은 문장은 보이지 않았다. 그는 마감 날짜를 확인했다. 새 작품을 보내기까지 몇 주 남지 않았다. 수첩들을 당장 찾아야만 했다. 유기영은 초조하게 방 안을 돌아다녔다. 지금 겪은 상황을 인터넷에 호소한다고 해도 누가 편을 들어줄까? 명확한 증거 없이는 범인을 찾기 어려울 것이다. 무엇보다 사람들이 수첩에 지나치게 관심을 가져서는 안 됐다. 대중은 이해하지 못할 것이다. 그 어떤 말도 변명이라고 생각할 거다. 유기영은 불안감에 사로잡혀 SNS 계정에 들어갔다. 로그인이 풀려 있었다. 비밀번호가 틀렸다는 화면이 떴다. 해킹이라도 당한 건가 의심하는데 전화가 왔다. 익숙한 번호였다. 이모경, 우희슬의 엄마가 보낸 문자였다. 사진에는 조수석에 놓인 수첩 더미가 찍혀 있었다.

—hs1ing1#.

유기영은 메시지에 적힌 문자열을 가만히 바라보았다. 그는 hs1ing1#을 비밀번호란에 적었다. 계정에 로그인됐다. 다이렉트 메시지 창에는 수십 개의 연락이 쌓여 있었다. 유기영은 그중 첫 번째 메시지를 눌렀다.

―죽은 사람 글 베끼니까 좋냐?

그 글을 확인한 순간에도 새로운 연락이 계속 쏟아졌다. 작가 유기영의 표절과 위선을 욕하는 메시지들이. 자신의 평소 글씨체와 희슬의 수첩 속 글씨를 비교하는 사진들도 연이어 도착했다. 휴대폰이 다시 울렸다.

―이게 진짜 네 물건이라면 찾으러 와. 「부름」이 시작된 숲으로.

유기영은 휴대폰을 집어 던졌다. 이모경이 말하는 숲, 그곳은 어디일까? 유기영은 자문하면서도 그곳이 어딘지 이미 알 것 같았다. 희슬이 죽은 숲, 주양시에서 험준하기로 유명한 우곡산에 자리한 숲. 유기영은 떨어진 휴대폰을 주웠다. 화면은 산산이 깨져 있었다. 그는 분열되듯 쏟아지는 메시지를 보다가 휴대폰을 꺼버렸다. 그러고는 오피스텔을 벗어났다. 수첩을 되찾기 위해. 자신의 생각들을 돌려받기 위하여. 사람들에게 결백을 증명할 방법은 그 생각들의 출처가 자신임을 다시 한번 보여주는 것뿐이었다.

5

호연은 어두운 우곡산 아래에 홀로 서 있었다. 저녁 여섯 시밖에 되지 않았는데도 사방이 캄캄했다. 조금 전 차 안에서 산 그림자를 보았을 때만 해도 숲으로 곧장 들어갈 생각은 없었다. 등산로 입구 쪽에 오래된 경차가 주차돼 있지 않았다면, 험준한 산세를 확인하기 무섭게 차를 돌렸을 것이다. 경차에서 내린 사람은 희슬의 엄마였다. 지나치는 차들이 있어서인지 그는 호연의 차에 별다른 관심을 보이지 않았다. 희슬의 엄마는 커다란 가방을 메고 등산로 입구로 향하는 중이었다. 호연이 전화를 걸자 유리창 너머 여자가 휴대폰을 꺼내 들었다. 짐이 무거운지 숨이 거칠었다.

오고 있어?

아직이요. 우곡산에서는 뭘 하려는 거예요?

말했잖아. 진실을 알기 직전이라고. 우선 와. 오면 설명해줄게.

전화가 일방적으로 끊겼다. 호연은 갓길에 차를 주차하고 등산로 입구 앞에 섰다. 그사이 희슬의 엄마는 산을 꽤 올라 손전등 불빛이 나무 틈으로 간신히 보였다. 그가 진실을 거론할 만한 일은 희슬과 관련된 일뿐이었다. 차로 돌아가야 한다고 생각하면서도 발걸음이 떨어지지 않았다. 녹우리까지 제시간에 갈 수 있을지도 알 수 없었다. 오래 지체했다가는 인원 점검 시간을 넘길 것이다. 고민하는 사이, 호수에게서 메시지가 도착했다. 문자에는 기사 링크가 첨부돼 있었다.

유명 작가 K 표절 논란, 상대는 우곡산에서 분신자살
주양시 인쇄소 화재 사건 재조명, 극성팬에 의한 연쇄 방화?

호연은 링크를 클릭했다. 스크롤을 내리는 속도가 빨라졌다. 기사에는 희슬의 수첩과「부름」을 비교한 사진이 삽입돼 있었다. 한 커뮤니티 사이트에 피해자의 어머니가 글을 올려 진실을 알려달라고 호소 중이라고 했다. 반대편 도로에서 또 다른 차가 다가오고 있었다. 호연은 근처의 커다란 나무 뒤에 몸을 숨겼다. 호수가 다시 메시지를 보냈다.

—이제 출발할 테니 집에서 마저 이야기해.

호연은 휴대폰을 무음으로 설정했다. 다가오던 차가 입구 바로 앞에 멈췄다. 한 남자가 휴대폰 플래시를 켜고 망설임 없이 산길을 오르기 시작했다. 가로등 아래로 그의 얼굴이 잠시 드러났다. 묵직해 보이는 검은 배낭을 멘 사람은 유기영이었다. 호연은 곧바로 그의 뒤를 따랐다.

이미 어둠이 내려앉은 산은 위압적이었다. 걸음을 내디딜 때마다 발등에 돌이 차였다. 산세가 험해 발을 헛디디는 것만으로도 크게 다칠 수 있었다. 유기영은 산에서 평생을 살아온 사람처럼 걸음이 빨랐다. 이대로라면 그마저 놓칠 판이었다. 숨이 턱까지 찼다. 순간 호연은 멈춰섰다. 어쩌자고 저 둘을 따라가고 있는 걸까? 그들이 보여주려는 진실이 뭐라고? 하지만 저지른 짓이 모두 까발려졌으니 유기영이 어떻게 나올지는 알 수 없었다. 혹시라도 그가 희슬의 엄마를 위협한다면 막아야 했다. 지금이라도 경찰에 연락할까? 수상한 남녀가 산을 오르고 있다고, 위험해 보이니 여기로 와달라고.

호연이 걸음을 주저하는 사이 유기영이 든 플래시 불빛이 멀어졌다. 팽팽한 달빛이 나뭇가지 사이로 들이쳤다. 어둠 속에서 보았던 희슬이 떠올랐다. 희슬은 넝쿨과 나무 사이에서 홀로 불타고 있었다. 희슬은 속지 말라고 했다. 그러나 속이는 주체는 누구일까? 유기영인가? 희슬의 엄마인가? 아니면 나 자신인가? 호연은 흐르는 땀을 닦았다. 자신을 속이고 있는 사람이 누구이든 복잡한 고민을 이만 끝내고 싶었다. 지금 저 두 사람의 뒤를 쫓으면 진실의 한 조각이나마 잡을 수 있을지도 몰랐다. 인쇄소 화재 혹은 희슬의 자살과 관련한 조각을.

호연은 휴대폰을 드는 대신 다시 유기영을 쫓았다. 허벅지 근육이 탄력을 받아 부풀었다. 길이 한층 더 가팔라졌다. 넘어지지 않기 위해 두 손으로 땅을 짚으며 갔다. 손바닥 아래로 뾰족한 돌부리가 만져졌다. 나무뿌리와 낙엽들, 이름을 모르는 수풀이 피부를 스쳤다. 유기영의 플래시 불빛이 등마루를 넘어가는 듯하더니 사라졌다. 호연은 사지를 이용해 그 뒤를 쫓았다. 장애물 위를 기고, 바위를 넘어가는 동안 생채기가 생겼다. 숨이 가쁜 나머지 얼굴에 열이 났다. 가장 가파른 곳을 넘어가니 마침내 평지가 나왔다. 유기영은 그 평지 너머, 나무가 우거진 비탈길을 따라 내려가고 있었다. 쫓기는 듯한 모양새라고 생각했으나 다시 보니 그는 눈앞의 상대를 쫓아가고 있었다. 숨통을 끊을 듯한 기세였다.

비탈길을 내려가기 무섭게 희슬의 엄마가 보였다. 벌목장이었는지 군데군데 그루터기만이 남아 있었다. 경찰 통제선이 숲 한가운데를 둥글게 감싸고 있었다. 희슬의 엄마는 그 통제선 안에, 새카맣게 탄 낙엽 위에 서 있었다. 주위에 나무들은 모두 그을린 채였다. 호연은 보는 순간 알아차렸다. 이곳은 희슬이 목숨을 끊은 곳이다. 유기영은 통제선에서 멀찍이 떨어진 곳에서 그를 향해 손을 내밀었다.

돌려주세요, 제 수첩들.

희슬의 엄마가 유기영을 조용히 바라보았다.

인정하는 거야?

뭘요?

네가 한 짓들, 네가 희슬이한테 한 짓들 다.

유기영은 탄식했다. 호연은 내심 기대했다. 유기영이 희슬의 아이디어를 빼앗은 게 맞다고 자백하기를. 하지만 유기영은 끝까지 기대를 저버렸다.

전 희슬이한테 아무 짓도 안 했어요. 희슬이 생각을 베낀 적도 없고요. 아무리 설명해도 믿지 않으시겠지만, 희슬이랑 저는 우연히 똑같은 문장을 썼던 것뿐이에요.

수첩에 있는 내용들 전부를 똑같이 썼다고? 쉼표 하나 빼놓지 않고?

희슬의 엄마가 부직포 가방에서 커다란 파우치를 꺼내 뒤집었다. 수첩들이 쏟아져 나왔다. 호연은 그들 쪽으로 더 가까이 다가갔다. 똑같은 수첩은 한 개도 없었다. 희슬의 엄마가 다시 부직포 가방에 손을 넣어 긴 통을 하나 꺼냈다. 뚜껑을 열자 옅은 화학약품 냄새가 호연이 있는 곳까지 날아왔다. 어딘가 익숙한 냄새였다. 혹시 모를 상황에 대비해 휴대폰을 꺼냈지만, 깊은 산속이라 전파가 터지지 않았다.

거짓말하지 마. 우연이라고 해도 모든 문장을 똑같이 쓸 수는 없어.

유기영은 동요하지 않았다. 두려운 상황에 직면해 얼어붙은 건지도 몰랐다.

평범한 사람이라면 그랬겠죠. 그런데 희슬이와 저는 달랐어요. 저도 희슬이 수첩을 보고 얼마나 놀랐는지 몰라요. 그리고 희슬이는 누가 무슨 소설을 쓰든 관심 없었어요. 그 애가 원한 건 자기가 직접 그 세계가 되는 거였어요. 오직 그것뿐이었어요. 그래서 죽은 거라고요.

헛소리 집어치워!

희슬의 엄마가 라이터에 불을 붙였다. 그리고 다른 손으로 통에 든 액체를 수첩 더미에 부었다. 유기영이 깜짝 놀라 통제선 쪽으로 달려들었다. 그때 희슬의 엄마가 유기영을 먼저 덮쳤다. 두 사람이 땅 위를 뒹굴었다. 상황을 지켜보던 호연이 다급히 모습을 드러냈다.

그만, 그만해요!

호연은 유기영을 압박하는 희슬의 엄마를 떼어내려 안간힘을 썼다. 유기영은 놀란 기색을 거두고 그 짧은 순간 호연에게 애처로운 눈빛을 보냈다. 희슬의 엄마가 두 팔과 다리로 더욱 거세게 유기영을 옭아맸다.

왜 내 딸이 죽어야 해, 왜?

바닥으로 떨어진 손전등 불빛이 그의 얼굴을 스산하게 밝혔다.

그냥 평범한 애였는데. 아무도 제대로 보려고 하지 않았어. 처음부터 끝까지 이용만 당했어. 그게 진실이야. 아무도 믿지 않는다고 해도.

희슬 엄마의 손이 유기영의 목으로 향했다. 핏발이 선 유기영의 눈이 점차 부풀었다. 호연이 희슬 엄마의 손을 깨물었다. 악 소리 없이 버티던 그가 유기영의 귓가에 속삭였다.

네가 희슬이를 몰아넣은 거야. 내 딸의 아이디어를 빼앗고, 그 미친 여자를 구슬려서 인쇄소를 불태웠어. 희슬이가 죽었을 때 어디 있었어? 당장 말해!

호연이 한층 더 힘줘 물자 희슬 엄마의 손이 마침내 유기영의 목에서 떨어졌다. 깨물린 손등 사이로 붉은 조직이 드러났다. 유기영이 몸을 일으켰다. 그는 낯선 표정을 짓고 있었다. 겁에 질리지도 분노하지도 않은, 모든 걸 초월한 표정이었다.

난 기수라는 구슬린 적 없어. 그리고 뭐가 진실이든 시작은 소설이야. 내가 아니라.

유기영이 수첩 쪽으로 다가가기 전, 희슬의 엄마가 자

리에서 일어나 통제선 안으로 먼저 넘어갔다. 호연은 낙엽 사이에 떨어진 라이터를 보았다. 유기영이 통제선을 넘기 전, 호연이 라이터를 주워 재빠르게 불을 켰다. 그의 시선이 호연에게로 향했다. 불꽃이 바람을 따라 일렁였다.

희슬이 죽던 날 무슨 일이 있었는지는 저도 좀 듣고 싶네요. 그날, 진짜 희슬이랑 있었나요?

호연 씨.

대답해요. 안 그러면 저 수첩은 내가 불태워버릴 테니까.

유기영은 뒤쪽에 선 희슬의 엄마와 호연을 번갈아 보았다. 그가 호연과 천천히 거리를 좁혔다.

그날 일이랄 것도 없어요. 희슬이가 죽기 몇 달 전부터 저한테 부탁했어요. 책이 나올 때쯤 인쇄소에 들러 자일렌을 가져와달라고.

…….

그게 끝이에요. 그러고는 갑자기 사라져서 영원히 돌아오지 않았죠.

그 말을 믿으라고요? 자일렌이 왜 필요한지 추궁도 안 했어요? 뭘 하려는 건지는 물었을 거 아니에요.

유기영이 호연을 주시했다. 주위가 어두워서인지 서로

의 표정이 분명하지 않았다.

제가 사실을 알고 말렸다고 한들, 들을 사람이 아닌 거 두 사람 다 알고 있잖아요. 희슬이는 평범한 사람이 아니 에요.

자기 딸은 그냥 평범한 아이였다는 희슬 엄마의 목소리가 귓가를 맴돌았다. 유기영이 손을 내밀며 다가왔다.

라이터 이리 줘요. 위험하니까.

유기영이 코앞으로 다가오기 직전, 호연은 어두운 숲 저편으로 라이터를 던져버렸다.

위험하니까 처리했어요. 됐죠?

그사이 희슬의 엄마가 떨어진 수첩들을 황급히 가방에 쑤셔 넣었다. 수첩을 처리할 방법이 불뿐인 줄 아느냐는 듯이. 호연은 움찔거리는 유기영을 향해 손바닥을 들어 가만있으라는 표시를 했다. 희슬의 엄마가 비탈로 들어서는 순간 유기영도 곧바로 달리기 시작했다. 이 산에 단련된 듯 재빠른 몸짓이었다. 그때 통제선 안쪽에 미처 줍지 못한 수첩 한 개가 눈에 띄었다. 호연은 수첩을 집어 검은 천을 매만졌다. 희슬이 대학 시절 내내 끼고 다녔던 첫 번째 수첩이었다. 젖은 부분에서 역시나 익숙한 냄새가 났다. 그때 멀지 않은 곳에서 희슬 엄마의 비명이 들렸다. 호연은 그 소리를 쫓아 어두컴컴한 산비탈을 내려갔다. 무언가가 터지는 소리가 나더니 순식간에 불길이 치솟았다. 라이터가 또 있던 걸까?

근처에 낙엽이 있어서 불길이 빠르게 커졌다. 호연이 그쪽으로 다가갔을 때 불은 이미 사방으로 번져 희슬의 엄마를 둘러싸고 있었다. 매캐한 연기 사이로 인쇄소 화재 때 맡아본 유독한 냄새가 났다. 자일렌이었다. 어째서 지금 이 냄새가 나는 걸까? 희슬의 엄마는 비명을 지르면서도 몸을 웅크린 채 움직이지 않았다. 자세히 보니 그는 가방을 끌어안고 있었다. 당황한 호연을 향해 유기영이 말했다. 다쳤는지 그의 오른손이 지나치게 붉었다.

라이터가 또 있었나 봐요.

유기영은 말을 하면서도 오로지 가방에만 시선을 두었다. 희슬의 엄마를 둘러싼 불이 곧 집채만 해졌다. 유기영은 타들어가는 수첩을 구하기 위해 불 속으로 뛰어들 기세였다. 호연이 유기영의 옷깃을 붙잡았다.

도망쳐야 해요. 이러다가 진짜 죽어요.

바람을 머금은 불길이 몸집을 불렸다. 희슬의 엄마는 필사적으로 수첩을 지켰다. 단 한 권도 유기영이 채 가지 못하도록. 도망쳐야 한다고 호연이 먼저 걸음을 떼는 순간, 희슬의 엄마가 몸을 일으켜 유기영을 붙들었다. 유기영은 거센 발길질로 그를 넘어뜨렸다. 희슬 엄마의 웃음소리가 들린 것만 같았다. 이번엔 유기영이 호연을 잡아당겼다.

어서 가요!

호연은 뛰어가는 내내 구르고 넘어졌다. 오른쪽, 왼쪽, 다시 아래로. 유기영이 방향을 지시하고 호연은 그에 따랐다. 이마에 가지가 스치고, 벌레 떼가 귓가에서 윙윙댔다. 등 뒤는 여전히 붉었다. 둘은 옷깃에 불이 옮겨붙기라도 할까 멈출 수 없었다. 마침내 등산로 아래에 다다랐을 때, 호연은 숨을 몰아쉬며 뒤를 돌아보았다. 첫 번째 등마루 근처로 새빨간 불길이 넘실거리고 있었다. 밤하늘에 불꽃의 단색이 물들었다. 유기영이 소방서에 신고하는 소리가 들렸다. 호연은 계단에 주저앉았다. 불에 타들어가던 희슬 엄마의 모습이 눈앞에 어른거렸다. 유기영이 호연의 발치로 다가왔다. 호연은 그의 손을 살폈다. 희슬의 엄마가 붙잡았던 왼팔 말고 오른손에도 불에 덴 자국이 선명했다.

손은 어쩌다가 그런 거예요?

다시 불을 지르려던 걸 막다가 다쳤어요.

유기영이 오른손을 등 뒤로 가져갔다. 호연은 정신없는 상황에서도 저 말이 사실일까 의심스러웠다. 호연은 옷깃을 여미며 주머니에 있는 수첩의 존재를 확인했다.

멀리서 구급차 오는 소리가 들리는 것 같았다. 유기영은
힘이 빠진 듯 주저앉더니 메모장 앱을 실행했다. 호연이
반사적으로 물었다.

뭘 쓰려고요?

머릿속에 남아 있는 메모요. 이제는 어쩔 수 없겠어요.
수첩이 사라졌으니 기억에라도 의존해야죠. 처음부터 차
근차근 떠올리다 보면 복구할 수 있을 거예요.

호연은 그가 쓰는 문장들을 지켜보았다. 처음 일곱 줄
은 호연에게도 익숙했다. 이미 『부름』에서 읽은 적 있는
표현들이었다.

롤러 비둘기와 너무 짧은 치마를 입은 여자아이가
붉은 모세혈관 점을 따라간다.
망치를 든 남자는
뱀의 혀처럼 갈라진 인두의 끝으로
유리를 통과한 얼음 눈과
팔이 잘린 자리에 비치는 뼈 모양.
주근깨가 녹는다.

산불이 계속 타올랐다. 숲 전체를 태워버릴 것처럼. 호
연과 유기영은 구급차에 올라탔다. 불이 어둠을 밀어내

듯 그들은 우곡산에서 달아났다.

6

진술이 끝났을 때는 이른 아침이었다. 휴대폰에는 호수와 경일의 연락이 여러 차례 남겨져 있었다. 호수가 걱정하고 있을 게 뻔했지만, 호연은 집으로 돌아가지 않았다. 대신 경찰서를 벗어나 유기영과 함께 택시에 올랐다. 우곡산으로 가 각자 차를 가져가기 위해서였다. 먼저 차를 찾으러 가자고 권한 사람은 유기영이었다. 호연은 그의 청을 거절하지 않았다. 해결되지 않은 한순간, 희슬의 엄마가 갑자기 불에 타고 만 어제가 여전히 마음에 걸렸다. 라디오에서는 산불에 관한 내용이 연이어 보도되는 중이었다. 앵커는 유명 소설가 K씨와 우곡산에서 연이어 자살한 모녀의 관계를 재조명하고 있었다. 산에서 번져나간 불길은 열두 시간이 지난 지금에야 완벽히 진화된 모양이었다. 택시 기사가 경쾌한 팝송이 나오는 곳으로 채널을 돌렸다. 호연은 경찰서에서 진술하던 몇 시간 전을 떠올렸다. 형사는 강도 높은 질문 세례를 퍼부었다. 쏟아진 물음들은 대부분 불이 나게 된 정황 그리고 유기영에 관한 것이었다.

불이 처음에 어떻게 시작됐다고요?

희슬이 엄마, 그러니까 이모경 씨가 하얀 통을 들고 수첩 더미에 부었어요. 그러다가 유기영 씨랑 몸싸움이 잠시 났고요.

희슬의 엄마가 수첩을 들고 도망치려고 했고, 유기영이 그 뒤를 쫓았다. 두 사람이 비탈 아래로 몸을 숨긴 것도 잠시 갑자기 불길이 솟기 시작했다. 호연이 본 건 그게 전부였다.

늦은 시간에 우곡산에 간 건 이모경 씨가 오라고 해서라고요.

네.

그냥 경찰에 신고해도 되지 않았나요? 왜 산에 올랐죠?

이모경 씨랑 유기영 씨 사이에 문제가 있는 걸 알아서 걱정되는 마음에 쫓아갔어요.

형사는 유기영이 그곳에서 어떤 일을 벌였는지 이미 들었음에도 다시 한번 캐물었다. 그가 폭력적인 모습을 보이지는 않았는지, 이모경과 유기영 사이에 어떤 대화가 오갔는지. 호연은 보고 들은 것들을 솔직히 전했다. 이모경은 우곡산에서 분신자살한 딸, 우희슬의 연인인 유기영을 의심하고 있었다고. 딸의 글감을 훔치고, 그 애를 죽음으로 몰아간 범인이 유기영이라고 생각했기에 그를 딸이 죽은 곳으로 유인한 것 같다고.

유기영 씨는 아이디어가 적힌 수첩들을 되찾으려고 우곡산으로 갔던 건가요?

아마도요. 그러다가 불이 번지는 걸 보고 저랑 유기영 씨는 도망쳤어요. 이모경 씨는 끝까지 수첩을 지키느라 그대로 남아 있었고요.

누군가와 함께 죽으려는 시도는 하지 않던가요?

유기영 씨가 도망치지 못하게 왼팔을 끌어안기는 했어요. 그러다가 유기영 씨가 이모경 씨를 발로 찼고요.

방어처럼 보였나요?

네, 불이 옷에도 옮겨붙었으니까요.

호연은 입을 다물었다. 진실을 전하고 있는데도 이상하게 말을 하면 할수록 사건의 아귀가 지나치게 들어맞는 느낌이었다. 딸의 갑작스러운 자살, 그 사실을 인정하지 못했던 어머니가 벌인 각종 범죄 행각. 거기에 더해 딸의 전 연인이었던 남자를 유인해 방화를 저지른 일까지. 유기영이 진짜 희슬의 아이디어를 표절했다고 한들, 희슬 엄마와의 이야기 속에서 그는 어디까지나 피해자로만 보였다. 그렇다고 보고 들을 것들을 바꿔 전달할 수도 없었다.

이모경 씨는 딸의 천재성을 훔쳐 간 사람이 유기영이라고 믿었어요. 그 의견에는 저도 동의해요. 어쨌든 그 믿음 때문에 유기영과 그 주변에 있던 저까지 스토킹했으니까요. 제 동생 요가원에까지 나타났었어요.

왜 그때 바로 신고하지 않으셨죠?

크게 피해받은 것도 없는데 신고했다가 오히려 표적이 될 것 같아서요.

진실에 다가가기 위해 신고를 미뤄왔던 거였지만, 저절로 다른 말이 나왔다. 무서워서, 괜한 일에 엮일까 봐 그랬다고. 형사는 더 캐묻지 않았다.

유기영 씨가 뭔가 이상한 말을 하지는 않았고요?

소설이 시작이래요.

소설이요?

네, 이 모든 사건을 일으킨 게 소설이라고요.

형사는 예술가의 헛소리라 여겼는지 김빠진 표정을 지었다. 조서 작성은 그제야 끝났다. 유기영도 얼마 지나지 않아 형사과를 빠져나왔다. 복도 대기석에 앉아 있으려니 그가 먼저 말을 걸었다.

같이 차 찾으러 가실래요?

유기영은 피로했는지 택시를 타고 가는 동안 졸았다.

다친 손과 팔에는 붕대가 감겨 있었다. 호연은 잠든 그를 보며 어젯밤 일을 떠올렸다. 지나치게 침착하던 유기영을, 몇 번이고 와본 것처럼 산을 넘나들던 그를. 유기영이 눈을 떴다. 호연은 자연스레 시선을 돌렸다. 바깥을 살피던 그가 이따 잠시 시간이 되는지 물었다.

마지막으로 드리고 싶은 게 있어서요. 한동안 조사다 뭐다 바빠질 테니까요. 참고로 희슬이 물건이에요.

장신구나 볼펜 같은 별거 아닌 물건이지만, 유기영은 희슬의 물건을 호연이 더 잘 간직해줄 것 같다고 했다. 수첩은 죽어도 안 돌려주겠다고 하더니 무슨 바람이 분 걸까? 의도가 무엇이든 희슬이 쓰던 물건이라면 받고 싶었다. 그리고 어쩌면 그가 숨기고 있는 진실을 캐낼 마지막 기회일지도 몰랐다.

우곡산에서 올라오는 검은 연기는 여전히 멀리서도 선명히 보였다. 출입 통제선으로 막힌 등산로 입구에는 소방차 여러 대가 서 있었다. 호연은 택시에서 내려 자기 차에 올라탔다. 유기영은 차에 오르기 전 호연에게 집 주소를 메시지로 보내주었다. 그가 먼저 출발했고, 호연이 그 뒤를 따랐다. 주양시의 경계선을 넘어서기까지 오랜 시간이 걸리지 않았다. 호연은 매캐한 냄새를 빼기 위해

창을 열었다. 호연의 눈은 유기영의 차에 고정돼 있었다. 유기영과의 만남은 아마 오늘이 마지막일 것이다. 그와 더 이상 만날 이유가 없었다. 유기영은 유기영대로 매스컴에 떠도는 이야기들에 일일이 항변하러 다녀야 했고, 호연은 호연대로 남은 경찰 조사와 다가오는 호수의 결혼식을 챙겨야 했다. 그러니 지금이 일상으로 돌아가기 전, 승부수를 둘 기회였다. 인쇄소 화재와 우희슬의 죽음에 유기영이 연관돼 있다는 주장에 대한.

호연은 유기영의 오피스텔 주차장에 차를 댔다. 먼저 도착한 유기영은 우편함 앞에 서 있었다. 편지는 우편함을 가득 채울 정도로 많았다. 각 나라의 다양한 우표와 직인 사이로 유려한 필체가 돋보였다.

누가 보낸 거예요?

형이요.

형이 있었어요?

유기영은 대답 없이 편지 더미를 들고 엘리베이터로 향했다.

물건은 얼른 드릴게요. 마감이라 일해야 하거든요.

유기영은 대답도 듣지 않고 현관문을 열어젖혔다. 그는 어딘가 초조해 보였다. 집 안은 도둑이라도 든 것처럼 엉망이었다. 유기영은 편지 더미를 침대에 쏟더니 책상

위를 성의 없이 가리켰다.

희슬이 물건은 거기 있을 거예요.

유기영은 편지를 확인하느라 바빠 보였다. 호연은 잡동사니가 가득한 바구니를 뒤적였다. 다 쓴 볼펜, 일회용 인공눈물과 손톱깎이 사이로 익숙한 머리끈이 보였다. 끈에는 번개 모양 장식이 달려 있었다. 착각이 아니었다. 그건 오래전 호연이 선물했던 물건이었다. 유기영이 편지를 읽다 말고 의자에 앉았다. 호연은 그 틈을 타 머리끈을 주머니에 넣었다.

왜 그래요?

형이 돌아온대요.

외국에 있었어요?

아주 오랫동안요.

유기영의 휴대폰이 울렸다. 그는 출판사에서 온 연락이라 받아야 한다고 했다. 유기영이 잠시 베란다로 향한 사이, 호연은 그가 떨어뜨리고 간 편지를 주워 들었다. 편지는 이렇게 시작했다. 들어봐.

들어봐. 나는 얼마 전에 극지방과 적도, 우림과 사막을 헤맸어. 중국어가 사방에서 들려오는 다리엔 갭에서 카라쿰 사막의 뜨거운 지옥 구덩이까지. 마약과

총성이 들리는 곳에 내가 있었고, 살인과 방황이 언제나 동의어가 아니라는 것을 깨달았을 때 역시 나는 거기 있었어.

어쩌면 난 평생 세상의 진실을 알지 못할 것 같단 생각이 들어. 그래도 뭘 해야 하는지는 조금 감이 잡혀. 작가들은 조금씩 다르긴 하지만 결국 비슷한 이야기를 하잖아. 그건 어떤 이야기는 반드시 말해져야 한다는 말 같아. 작가들이 공명하는 주제, 그들이 말할 수밖에 없는 문장 말이야. 어떤 작가는 꼭 내 마음속에 들어갔다가 나온 것 같아. 나이면서 그이고, 그이면서 나 같지. 어떻게 그럴 수 있을까? 한쪽이 다른 한쪽을 삼키지 않고, 어떻게 공생할 수 있느냐는 말이야. 그 비밀을 풀기 위해서라도 나도 이제는 글을 써보려고 해. 그리고 나와 완전히 같은 이야기를 하는 사람을 만난다면 그에게 묻고 싶어. 우리가 쓴 이야기가 현혹에 그친다고 해도 멈추지 않을 수 있겠냐고. 고민해봤는데 난 멈추지 않아야 한다는 쪽이야. 어쩌면 우리의 이야기가 꺼지려는 불길을 되살릴 수도 있으니까. 저 지면 아래의 불씨를 사람들의 얼어붙은 발밑으로 끌어올 수도 있는 거니까. 조만간 한국으로 돌아갈게. 곧 봐. 부모님께 안부 전해줘.

편지의 문체에서 이상하게도 희슬의 냄새가 났다. 호연은 들키기 전 편지를 책상에 올려두고 티 나지 않게 방을 둘러보았다. 헤집어진 방에는 자질구레한 살림살이만이 보였다. 쓸 만한 무언가가 있었다면 희슬의 엄마가 못 알아챘을 리 없었다. 이 방에 남아 있는 제대로 된 희슬의 흔적은 아마 수첩뿐이었을 것이다. 그리고 이제는 그 수첩들마저 불타버렸다. 통화를 마친 유기영이 베란다 밖으로 나왔다. 그는 좀 전의 초조해 보이던 기색을 내버렸는지 활달하게 말했다.

연쇄 방화범들을 잡았대요. 제 책에다가 불 지르고 다닌 사람들이요.

유기영은 흥분한 기색을 감추지 못했다. 그는 연쇄 방화범이 평소 자신을 좋아하던 극성팬들이라고 했다.

주부, 회사원, 다양했나 봐요. 그중에 간병인도 있었고요. 기수라랑 직접 접촉한 사람도 있대요. 제가 불을 지르고 다녔다는 누명에서 벗어날 수 있을 것 같아요. 사실 오늘 호연 씨한테 어제 있었던 일에 대해서 같이 인터뷰해줄 수 있냐고 부탁하려고 했는데, 안 그래도 되겠어요.

유기영은 쏟아지는 악의적인 소문들에 하나하나 대응할 거라고 했다. 그는 몹시 들떠 보였다. 호연은 묻지 않아도 희슬의 엄마가 올린 게시글이 어떤 취급을 받을지 알 수 있었다. 유기영이 목숨을 위협받은 건 사실이니 희슬의 엄마는 곧 정신 나간 여자로 취급받을 것이다. 희슬의 엄마가 정성껏 모은 증거들도 이미 나온 유기영의 책을 토대로 수첩에 끄적인 거 아니냐고 물으면 증명할 수단이 없었다. 지금 필요한 건 증거였다. 유기영이 인쇄소에 화재를 일으켰다는 증거, 우희슬을 죽음으로 몰아갔다는 증거는 남아 있지 않았다. 당시 상황을 증언해줄 사람들도 모두 죽어버렸다. 그렇다면 희슬의 엄마는? 희슬 엄마의 죽음에 만약 유기영이 개입했다면 나올 수 있는 증거는 무엇일까?

유기영이 책상 앞에 앉았다. 그의 얼굴에서 생기가 흘렀다.

물건은 다 챙기셨나요? 이제 작업에 들어가야 해서요.

네, 그런데 혹시 라이터 좀 빌릴 수 있을까요?

라이터요? 아 집에서는 담배를 안 피워서요. 라이터는 집에 없어요.

이전에 카페에서 제가 건넨 라이터도 없나요? 분홍색 일회용 라이터요.

유기영이 눈을 마주쳤다. 그는 웃음기 없이 대답했다.

죄송한데 그건 잃어버렸어요. 금연 좀 해보려고요.

호연은 인사 없이 현관으로 향했다. 유기영도 배웅하

러 나오지 않았다. 호연은 떠나기 전 마지막으로 소리 높여 물었다.

어제 그랬잖아요. 기수라는 구슬린 적 없다고. 그러면 배진택은요?

그는 현관 쪽을 내다보지도 않고 건조하게 되물었다.

호연 씨 아버님 말이에요?

네, 그 사람을 구슬린 적은 있나요?

호연은 언제든 달아날 수 있게 현관문을 열고 도어스토퍼를 내렸다. 자리에서 일어선 유기영이 다가왔다. 그가 호연과 조금씩 거리를 좁혔다. 호연은 두 다리에 힘을 줬다. 유기영이 목소리를 낮췄다. 여태 본 적 없는 눈빛을 하고서.

맞아요. 배진택을 구슬려서 자일렌을 얻어내고, 그에게 인쇄소에 불을 지르라고 시켰어요. 왜? 내 글이야말로 책의 야성을 불러낼 수 있는 존재니까. 기수라까지 나설 줄은 몰랐는데 덕분에 책이 더 유명해졌죠.

유기영이 도어스토퍼를 위로 올렸다. 현관에 갇히기 전, 호연은 문틈 사이로 발을 집어넣었다. 유기영이 문고리를 쥐고 조금씩 힘주어 당겼다. 호연은 발에서 느껴지는 고통 때문에 인상을 찌푸렸다.

희슬이가 쓴 글이 아직 많이 남아 있어서 그 애가 쓴

수첩만 있으면 이제 문제없다고 생각했어요. 심지어 자기가 세계가 되고 싶다는 남다른 아이니, 조금만 판을 깔아주면 되겠다고 생각했죠. 마지막 순간에 갑자기 마음을 바꾸지 않았다면 좀 더 좋았을 거예요. 그러면 더 편하게 모든 일이 정리됐을 텐데.

유기영이 문고리를 쥐고 있던 손에서 힘을 뺐다. 갑자기 문틈이 넓어지자 호연은 중심을 잡지 못하고 넘어지듯 뒤로 물러섰다. 유기영이 평소처럼 미소 지었다.

이런 이야기를 기대하셨던 거죠? 그런데 어쩌죠? 저는 진짜 잘못한 게 없어요. 잘못이 있다면 소설을 쓴 거겠죠.

현관문이 닫혔다. 호연은 비틀거리며 엘리베이터에 올랐다. 바깥으로 나오니 해가 내리쬤다. 봄이 벌써 끝나고 있었다. 무더운 여름의 시작을 알리듯 먼 곳에서 매미 울음소리가 들렸다. 호연은 주머니 속 희슬의 마지막 수첩을 만졌다. 오래전이지만 닳도록 읽은 탓에 어떤 문장들은 지금도 생생했다. 유기영이 빼앗아 간 최초의 유산들이 오롯이 적혀 있었다. 어쩌면 이것으로 유기영을 위협할 수 있지 않을까. 호연은 차에 올라타 수첩을 꺼냈다. 위험을 무릅쓰고 유기영의 집까지 따라왔는데 조롱당하기만 했다. 그는 어차피 제대로 된 증거는 없을 거라고 확신하는 듯했다. 수첩을 경찰서에 가져다준다고 해도 표절 관련한 시비만 붙을 게 뻔했다. 거기다 당사자인 희슬도, 희슬의 엄마도 죽은 상황이라 소를 제기할 수 있는 사람이 없었다.

호연은 수첩에 묻은 흙을 털어냈다. 거친 손길에도 수첩 표지에 붙은 천은 꿈쩍하지 않았다. 천 테두리를 접착제로 붙여둔 모양이었다. 예전에는 분명 천과 표지 사이에 공간이 있었던 것 같은데 이상했다. 수첩 날개 쪽 천은 상대적으로 헐겁게 붙어 있었다. 호연은 그 부분을 손톱으로 밀어 떼어냈다. 떨어져 나온 천 안쪽에 조그만 흰색 글씨가 보였다. 그곳에는 올해 일월 날짜가 적혀 있었다. 호연은 십여 년 전, 희슬의 자취방에서 마지막 하루를 보냈던 날을 떠올렸다. 그때 희슬은 자신을 칭찬했었다. 너만은 겉만 보지 않는다고, 표지를 뜯어내서라도 내부를 살핀다고. 이어진 문장을 보기 위해 천을 더 떼어냈다.

1월 12일, 겁이 난다. 내 힘으로 세계가 되는 게 아니라 유기영에게 개죽음당할까 봐. 내 결심이 흔들려서 변명하는 걸까?

1월 18일, 유기영이 언제 일을 벌일 거냐고 묻는다. 자일렌을 예상했던 날보다 더 빨리 구할 수 있겠다고 했다.

1월 23일, 마음이 바뀌려고 한다. 지금처럼 누군가의 기대와 강요를 받으며 일을 벌이려던 게 아니었다. 아무 의미 없이 분신해서는 안 된다고 하는데도 유기영은 어서 일을 벌이라고 부추긴다.

2월 1일, 유기영이 내 휴대폰을 빼앗았다. 도움을 청하려고 만들었던 SNS 계정도 빼앗겼다. 수첩에 뭔가를 적는 것만은 허락하고 있다. 무언가가 잘못되고 있다.

2월 3일, 유기영이 엄마가 사는 집 주소를 알아냈다. 명백한 위협이다.

알아보기 힘들 정도로 작은 글씨였지만 분명 희슬의 글씨체였다. 깨알같이 적힌 글씨는 단 한 명의 죄를 낱낱이 나열하고 있었다. 유기영은 희슬의 짧은 일기 속에서 그 아이를 자취방에 가두다시피 하고, 아이디어를 강탈하고, 종국에는 캄캄한 숲으로 데려갔다. 마지막 문장은 급하게 썼는지 글씨가 휘날렸다.

유기영의 강요로 유서를 적은 수첩을 방 안에 숨겨놓았다. 어쩌면 살해가 내가 세계가 되는 방식인지도 모른다. 그러나 내가 일으킬 불이 세상을 향한 경종이 될 수 있을까? 정말 나는 나로서 세계가 될 수 있을까?

희슬의 글은 거기서 끝났다. 겁에 질린 듯 글씨체가 거칠었다. 창밖의 세상과 달리 차 안은 시간이 멈춘 것만 같았다. 유기영의 형이 쓴 편지가 떠올랐다. 그는 이야기가 꺼져가는 불씨를 살릴 수도 있다고 했다. 세상에 벌을 주는 게 아니라, 잠든 사람들을 억지로 깨워 겁에 질리게 하는 것이 아니라. 그렇다면 희슬을 연료 삼아 지핀 불은 어떤 의미가 있을까. 그것은 신화화될 죽음은 없다는 것이다. 세계를 일깨우기 위해 존재하는 희생 같은 건 있을 수도, 있어서도 안 된다는 말이었다. 결과적으로 그건 그냥 개죽음이었다. 2ing1. 둘이면서 하나일 것. 그 말도 안 되는 행위는 어쩌면 수많은 현혹을 통해서 가능한 것인지도 몰랐다. 희슬은 스스로 현혹당한 과정을 내보여 자기만의 야성을 세상에 선보인 걸까. 이 메모의 발견마저 예상한 채로. 유기영이라는 한 인물을 움직이면서. 또 희슬 자신이 원했든 원하지 않았든, 책의 야성이 불러온 불길은 어떤 일에도 절대 꺼지지 않으리라는 것을 암시하면서.

호연은 차에 올라타 담당 형사에게 전화를 걸었다. 내

비게이션 위로 경찰서 주소가 떠올랐다.

안녕하세요. 현장에서 발견한 증거품과 관련해 드릴 말씀이 있어서요.

시간이 얼마나 걸리든 차는 반드시 목적지에 도착하고야 만다. 이야기도 마찬가지로 결말을 향해서 멈추지 않고 움직인다. 호연은 아직 자기 안의 야성을 발견하지 못했다고 생각했지만 그 소리를 가장 가까이서 들을 수 있는 곳이 어디인지 지금은 알고 있다. 경찰서 앞에 잠시 머물던 호연의 차가 다시 움직였다. 녹우리를 향해. 잊혀서는 안 되는 땅에 도달하기 위하여.

대문을 열었을 때 경일과 경일의 부모가 창백한 얼굴로 마당에 서 있었다. 호수는 보이지 않았다.

호수는?

어젯밤에 누나가 안 돌아왔다는 거 확인하고는 다시 밖으로 나갔어. 누나랑 같이 있던 거 아냐?

호연은 그 길로 집을 벗어났다. 벌써 거리에는 어스름이 깔리기 시작했다. 경일이 따라 나와 호연을 붙잡았다.

어디로 가려고?

마을부터 뒤져봐야지.

있었으면 진작 군인들이 알아차렸겠지. 호수 차, 마을

밖으로 나갔대. 요가원에도 출근 안 한 것 같아.

호연은 경일을 떠밀었다. 답답한 나머지 목소리가 커졌다.

넌 왜 안 나가고 여기에만 있는 건데? 나가면 되잖아. 나가서 찾으면 될 거 아니야.

경일의 얼굴이 굳었다.

나가면 어디서 찾으라고? 어디에 가면 있을 줄 알고?

경일이 화를 내는 모습은 처음이었다. 호연은 입을 다물었다. 경일은 어딘가 두려워 보였다.

나라고 안 찾고 싶은 줄 알아? 누나도, 호수도 그냥 나가버리면 다지. 여길 벗어나는 순간 녹우리 같은 건 없는 것처럼 굴잖아. 남아 있는 사람들이 어떻게 사는지 관심은 있어? 내가 하루라도 쉬면 어떤 일이 일어나는지 알기나 해?

……

누나만 기다리고 있었어. 누나라면 호수가 어디에 있는지 알 것 같아서. 난 아직도 호수를 모르겠어. 걔가 뭘 하고 싶어 하는지, 어떤 사람인지 여전히 모르겠다고.

호연도 마찬가지였다. 호수가 뭘 하고 싶어 하는지, 어떤 사람인지 한 번도 알지 못했다. 생각해보면 경일도, 경일의 부모도 마찬가지였다. 그들에게서 무언가가 끓어

오르고 있는데 들여다볼 생각을 하지 않았다. 집 앞에 늘어선 논과 밭처럼 보기에 심심하기 짝이 없었으니까. 그런데 세상을 태우는 불은 사실 이 논에서부터, 경일과 경일의 부모, 손을 잡아주던 노인들과 버스 기사를 거쳐 시작됐던 건 아닌가. 더없이 심심한 풍경을 긁어내보면 그곳에 이미 불길이 일렁이고 있던 건 아니었을까.

호수는 내가 찾아낼 테니까 기다려.

호연은 차를 타고 녹우리를 벗어났다. 호수가 갈 만한 곳은 딱 한 곳뿐이었다. 은행나무가 우거진 연못가, 그곳에 호수가 있을 것이다. 어느 틈엔가 저 앞에 커다란 은행나무가 눈에 들어왔다. 차에서 내리니 저녁의 한기가 느껴졌다. 호수는 연못이 잘 보이는 벤치에 앉아 있었다. 호연은 벤치 끝에 앉았다. 연못 너머로 타워크레인이 늘어서 있었다. 호수는 연락 없이 외박한 호연을 탓하는 대신 물었다.

아직도 보여?

뭐가?

환각 말이야.

아냐, 안 보여. 앞으로도 안 보일 것 같아.

호수가 은행나무를 올려다보았다. 초록빛 은행잎 위로 윤기가 흘렀다.

언니는 떠날 거지? 나랑 녹우리에 살지 않을 거야, 맞지?

응. 안 살 거야. 학기 마치자마자 거주권도 포기할 생각이야.

말하고 보니 목소리에 힘이 실렸다. 호수가 그럴 줄 알았다는 듯이 웃음을 흘렸다.

대신 찍어줄게. 네가 말했던 것처럼 녹우리의 풍경을 담을 거야. 그러니까 너도 이만 일어서. 말하고 싶은 걸 믿지 말고, 믿고 싶은 걸 말해.

호수가 호연의 곁에 붙어 앉더니 머리를 기댔다.

생각해볼게.

호연의 휴대폰에 유기영의 메시지가 도착했다. 그는 전날 있었던 사건과 관련하여 호연에게도 기자들이 연락할 수 있다고 했다. 그리고 그가 겪었던 일련의 일들을 소설로 쓸지도 모른다고도.

ㅡ그때는 호연 씨에게 인터뷰를 부탁해도 괜찮을까요?

호연은 휴대폰 전원을 껐다. 머리 위에서 나뭇가지가 흔들렸다.

유기영은 언제나 써야만 하는 것을 쓰려고 했다. 그가 사람들에게 걸출한 무언가를 보여주는 사이, 책의 야성은 다시 한번 지상으로 올라올 것이다. 우리를 끊임없이 현혹하는 한편, 잊힌 것을 깨우쳐주기 위하여.

호연은 나뭇가지가 부딪치는 소리에 귀 기울였다. 보지 않고 듣기 위해서. 세계가 들려주는 거친 목소리를 외면하지 않기 위해서. 그러자 저 먼 곳에서 우지끈, 우르르하고 무언가가 무너지는 소리가 들렸다. 그들은 한동안 크레인이 움직이는 모습을 보았다.

이만 돌아가자.

호수가 먼저 자리에서 일어서 차로 향했다. 두 사람은 함께 녹우리로 돌아갔다. 삭아버린 철책 너머, 이글거리는 소음이 차바퀴를 데우는 곳으로.

7

카메라가 돌아갔다. 쉴 새 없이.

환한 햇살이 경일과 경일의 부모, 호수를 감쌌다. 웨딩드레스와 연미복, 정장을 입은 네 사람은 표정이 무척 밝았다.

이제 찍을게요.

호연이 말한 순간 타이머가 작동됐다. 가족들을 향해

걸어가는 동안 호연은 불그스름한 빛을 보았다. 저 멀리, 이글거리는 논과 밭 사이로 불길이 솟아나고 있었다.

뒤늦게 밭을 태우는구나.

경일의 아빠가 중얼거렸다. 호수가 멀리 시선을 던졌다. 경일의 엄마는 카메라를 향해 밝게 웃었다. 호연은 가족들 사이에 서서 렌즈를 응시했다. 리모컨의 촬영 버튼을 누르자 조리개가 닫혔다가 열렸다.

호수가 다음 촬영 장소를 찾아 가장 먼저 뛰어갔다. 호연은 한동안 제자리에 서 있었다. 소설가 K씨가 벌인 일련의 범죄가 매스컴을 떠들썩하게 만드는 사이에도, 경찰 통제선이 아직 사라지지 않은 우곡산 그루터기에 번개 장식이 달린 머리끈이 놓아지는 동안에도, 저 먼 어딘가에서 누군가는 불길을 길어오고 있을지도 모른다.

아니, 불은 이미 이곳에서 났다.

불이 당신들에게로 다가가고 있다.

호연은 카메라를 들었다. 녹우리의 또 다른 풍경을 카메라에 담기 위해. 호연은 앞서가는 가족들을 뒤쫓았다. 볕이 그의 발아래서부터 피어올랐다. 호연은 걸음을 멈추고 뒤돌았다. 먼 곳에서 긴 포효가 이어졌다.

작가의 말

이 소설을 쓰던 작년 여름, 뉴스에서는 연일 오물 풍선에 관한 소식이 들려왔습니다. 열기구에 매달린 봉투의 정체를 알기 전까지 곧 어떤 일이 일어날지도 모른다고, 이번에는 진짜 큰일이 생길지도 모른다고 두려워했습니다. 생각해보면 새로운 도발과 포격, 선전, 대응이란 단어를 볼 때마다 일일이 얼어붙곤 했습니다. 이번에는 진짜일지도 몰라. 이번에는 정말, 정말로 큰일이 일어날지도 몰라. 이 같은 막연한 두려움 속에서 소설과 예술이 작아지고 내가 작아지는 시간을 견디다가 시간이 흐른 지금에는 어쩌면 그날의 감정들이 이 소설을 견인했는지도 모른다고 생각하게 되었습니다.

태어날 때부터 분단된 나라, 땅과 땅의 틈새에 사람이 살고 있다는 사실을 잘도 잊는 나라, 불안을 감추기 위해 큰일도 여상스럽게 넘기는 나라. 소설을 쓰는 동안 이런

저런 말들을 쓰다가 모든 문장에서 '-라'를 빼보니 이건 이것대로 또 말이 되는구나 싶어서 자판에서 손을 내려 놨습니다.

희구가 실질을 앞선다,고 어느 날의 저는 적었습니다. 도발과 포격과 선전과 대응 사이에 인간이 자고, 먹고, 밭을 갈고, 내일을 갈구하거나 망치고 있지만 그사이에도 소설은 생의 자각을 향해 나아갑니다. 우리나라를 그려보라고 하면 언제나 함경북도부터 제주도까지 그리면서 정작 인식의 범위에서는 절반으로 뚝 잘리고, 안보를 명목으로 계엄이 일어나는 동안에도 소설은 계속 나아가고 있습니다. 이 소설이 그 계보에 잠시나마 머물 수 있기를 기원합니다.

2025년 4월, 겨울과 봄, 초여름의 시작에서

등에 불을 지고

2025년 5월 26일 1판 1쇄

지은이
김혜빈

편집	**디자인**
장슬기, 윤설희, 최경후, 이여름	조정은

제작	**마케팅**	**홍보**
박흥기	김수진, 백다희, 이태린	조민희

인쇄	**제책**
천일문화사	J&D바인텍

펴낸이	**펴낸곳**	**등록**
강맑실	(주)사계절출판사	제406-2003-034호

주소	**전화**
(우)10881 경기도 파주시 회동길 252	031)955-8588, 8558

전송
마케팅부 031)955-8595, 편집부 031)955-8596

홈페이지	**전자우편**	**블로그**
www.sakyejul.net	literature@sakyejul.com	blog.naver.com/skjmail

페이스북	**트위터**	**인스타그램**
facebook.com/sakyejul	twitter.com/sakyejul	instagram.com/sakyejul

ⓒ 김혜빈 2025

ISBN 979-11-6981-375-4 03810